국어 문법의 탐구 1

국어의 시제, 상, 서법

홍종선·박주원·백형주·정경재·정연주·정유남

박문사

머리말

국어 문법의 탐구 1

　'국어 문법의 탐구'라는 이름으로 나오는 이 세 권의 책은 고려대학교 대학원의 '국어문법론연구' 시간에 같이 공부한 연구자들의 탐구 결과이다. 이 연구 논문들에서는 해당 분야에 대한 기존 연구들을 폭넓게 섭렵하면서 이들에 나타난 성과와 문제들을 연구자의 시각으로 점검하였다. 무릇 학문이 발달하기 위해서는 이전 연구에 대한 철저한 점검과 가치 평가가 요구되는데, 이 힘든 작업을 충실하게 해 낸 것이다. 여기에 연구자들이 갖는 새로운 시각을 내보여, 각 주제에 대해 한 걸음 나아간 성과를 이루었다고 할 것이다.

　국어 문법론 가운데에서도 중심적인 연구 주제들을 집중적으로 고찰한 이 논문들은 모두 깊은 성찰을 거쳐 이루어 낸 연구 결과들이다. 제1권은 국어의 시제와 동작상, 그리고 서법에 관한 연구들로, 그 체계뿐 아니라 해당 범주와 관련된 문법 형태나 표현 등을 치밀하게 분석하여 타당성 높은 해석을 해 놓았다. 제2권은 국어의 높임법에 관한 고찰로, 언어 현실성에 유의한 연구들이다. 특히 상대 높임법의 실현 실태에 관심을 가지고, 그 체계와 표현 양상, 그리고 교육 문제까지 실제 발화 자료에 근거하여 고찰한 성실한 논문들이다. 제3권은 접속과 내포를 통해 이루어지는 국어 문장의 확대에 관한 연구들이다. 국어 문장 확대 표현의 역사성에 주목하면서, 그 역사적 현재인 현대 국어 확대문에 이르기까지의 국어 자료를 정밀하게 분석하였다. 격과 조사 문제도 함께 논의한 주제이었으나 여러 편을 싣지 못한 것이 아쉽다.

이 논문들에서는, 오랜 연륜을 쌓아 온 기성 학자들의 논문에서 드러나는 성숙하고 완미한 안정감이 더 요구될 수도 있겠으나, 자신의 학문을 개척해 가는 패기에 찬 연구 열의와 성실성을 확인할 수 있다. 이런 점에서 학문을 열어 나가는 강호 동학분들께 이 글을 내놓는다. 이 논문들을 쓴 소장 학자들이 앞으로 국어 문법론 연구를 이끌어갈 것임을 생각할 때, 이들에게 거는 기대는 매우 큰 것이다. 많은 지적과 가르침을 기다린다.

국어학을 공부해 나가는 길목의 한 켠에서 등불을 켜들고 서 있는 도서출판 박문사를 만나 무척 고맙고 마음 든든하다. 저자들이 앞으로 큰 학문을 이루는 것이 오늘의 고마움에 대한 답례라고 생각한다.

2009년 8월 1일
지은이

국어 문법의 탐구 1

국어 문법의 탐구 1

국어의 시제, 상, 서법

홍종선 · 박주원 · 백형주 · 정경재 · 정연주 · 정유남

국어 문법의 탐구 1

01 국어 시제 체계와 그 표현

:: 홍 종 선

1. 머리말

국어의 시제 표현은 용언의 선어말 어미로 실현된다. 그런데 시제와 관련이 있는 선어말 어미는 여러 가지가 중첩되어 나타나기도 하고, 그 형태소들의 문법적 기능에 대한 국어학계의 해석 역시 다양하다. 더욱이 국어의 시제와 관련된 범주의 설정 자체에도 이견이 많아, 시제, 시상, 서법, 동작상, 양태, 무시제 등 그 개념과 명칭, 범위, 성격, 체계 등 거의 모든 면에서 일치점을 찾기 어려울 정도이다.

이처럼 국어의 시제 관련 범주가 쉽게 정리되지 못하는 것은, 현대 국어 시제의 표현 체계가 비교적 활발하게 변화하고 있는 과정이라는 점도 있고,[1] 시제 범주에는 본디 그와 관련을 갖는 문법 범주가 여럿이 있다는 범어적인 속성에서 비롯되기도 한다. 그러나 가장 커다란 요인으로, 언어학에서 설정한 '시제(tense)'라는 문법 범주가

---

1) 국어에서 시제 범주는 고대 국어 시기부터 중세 국어와 근대 국어를 거쳐 현대 국어에 이르기까지 그 개념과 범위 및 형태소 등에서, 다른 문법 범주에 비해 끊임없이 많은 변화를 거듭하는 대표적인 문법 범주이다.

한국어에 그대로 적용되기에 적당하지 않기 때문일 수도 있다. 즉 서구의 언어학에서 논의되는 '시제'라는 범주로는 이와 관련된 한국어의 문법 현상을 제대로 설명하기 매우 어렵다는 점이다.

본고에서는 현대 국어에서 보이는 시제 관련 범주(이하에서는 편의상 '시제'로 쓴다)의 표현 체계를 살피고, 각 시제의 표지 목록들을 점검하기로 한다. 과거 시제에도 논의가 상당 부분 가능하지만 여기에서는 우선 국어의 기본적인 시제 체계를 세우는 데에 의의를 두기로 한다. 이를 위하여, 체계 설정에 이의가 거의 없는 과거 시제에 관련하는 고찰은 다른 기회로 미루고, 현재 시제와 미래 시제의 형태소들을 살피고 그들이 갖는 의미 기능들에 대한 인식 문제를 논의한다. 이 글에서 사용하는 '시제, 동작상, 서법' 등 용어의 명칭과 개념은 학교 문법에 따른다.

2. 국어 시제 범주와 현재 시제의 표현

현대 국어는 시제 언어인가? 시제를 인정하는 견해에선, 국어의 시제를 '과거, 현재, 미래'로 보거나 '과거'와 '비과거' 또는 '과거'와 '현재'로 분간하기도 한다. 그러나 국어의 시제를 인정하지 않고 시제 대신 '시상' 또는 '서법'을 내세우기도 하며, 시제와 서법 및 동작상들 사이에 주된 범주와 부수적인 범주 관계를 설정하기도 한다. 현대 국어에 대한 공시적인 해석에서도 이처럼 차이를 보이지만, 국어의 통시적인 변화 과정에서는 이들 세 가지 범주가 서로 유기적인 관계를 가지며 발달해 온 것으로 이해되기도 한다.

통시적으로 국어가 서법 위주의 언어에서 변화 발전해 왔다고 하더라도 현대 국어가 시제 언어라고 하면, 원칙적으로 국어의 모든 문장에는 공시적으로 해석할 수 있는 시제 형태소가 나타나야 한다. '시제'는 분명히 문법 범주이므로 국어에서의 시제도 그를 담당하는 독자적인 문법 형태소가 모든 문장 표현에서 찾아져야 하는 것이다.2)

그런 점에서 국어에서 시제를 인정하기 어려운 표현으로 아래의 예들을 들 수 있다.

(1) 나는 내일 산에 가겠다.
(2) 나는 내일 산에 갈 것이다.
(3) 나는 지금 밥을 먹어/먹지/먹네/먹으오.
(4) 나도 지금 밥을 먹고.
(5) 나는 그가 가기를 원한다.

(1)에서는 시제 형태소가 불분명한 '-겠-'뿐이고, (2)에선 '-을 것이-'를 시제 형태소로 보기 어렵다면 서술격 조사 '이-'로써 '현재 시제'라는 해석을 해야 하는데 직관에 다소 어긋나 보인다. (3)은 동작 동사인 '먹-'에, 흔히 동작 동사의 현재 시제 형태소라고 하는 '-는-'이 없이 종결 어미가 바로 와서 시제 결정을 어렵게 한다. 이와 같이 시제 형태소가 안 보인다는 문제는 예문 (4)에서도 마찬가지이다.3) 예문 (5)에선 명사화 내포문에 시제 형태소가 없는 듯하다.

---

2) 생성문법에서 문장 구성을 IP로 보는 것도 시제가 있는 INFL(굴절소)을 문장의 핵으로 보는 것이며, 국어에 IP를 인정한다면 국어에서 '시제'나 그와 유사한 필수 문법 범주를 설정해야 할 것이다.
3) 예문 (4)도 완전한 상위문으로 볼 수 있다. 이제까지 학교 문법에서는 물론 거의 모든 논의에서도 (4)는 접속문에서의 선행절로 파악해 왔다. 이에 따르면

위의 (1)~(5)에서 시제 표지를 찾기 어렵다는 문제는 동작 동사의 현재 시제 형태소를 '-는-' 하나로 보는 데에서 연유하는 것이라 할 수 있다. 현재형 표지로 '-는'과 더불어 '-Ø-'을 하나 더 설정한다면 (1)~(5)에서 나타나는 무시제성 문제는 해결된다. 그러나 이 때에는 똑같은 '현재 시제'라는 문법 범주를 나타내는 문법 형태소로 두 가지를 설정하는 더 커다란 문제점을 가지게 된다.

하나의 문법 범주에는 하나의 형태소만 배당되어 그 기능 해석에 중의성을 원천적으로 배제하는 것이 일반적이다. 문법 형태소는 원칙적으로 어휘적 의미가 없이 문법적인 기능만을 담당하는 것이므로, 앞뒤의 문맥을 참고하더라도 그 중의성을 해소하기가 어렵기 때문이다. 그런데 현재 시제 형태의 유무를 달리하는 두 개의 형태소를 배정하는 것이 여러 면에서 무리함이 따를 수 있다. 하지만 현재로써는 두 가지 형태소를 설정하여야만 (1)~(5) 문장의 시제 문제를 해결할 수 있다. 특히 (2)~(5)의 문장에서 '-Ø-'으로 나타나는 범주를 '현재 시제'라는 문법 범주가 아닌 서법이나 동작상으로 해석될 기능 의미 근거를 찾을 수 없다.

예문 (4)는 후행절이 생략된 표현으로 이해되는 것이다. 물론 그러한 경우도 있다. 그러나 실제 언어 생활에서 (4)가 반드시 접속문 내의 선행절이라는 근거가 없다. 아래의 대화문을 보자.

  A : 어떤 꽃을 드릴까요?
  B : 아무거나 화사한 느낌이 드는 거라면 좋겠는데.
  A : 이건 어때요?
  B : 그것도 좋고/좋고요.

위의 대화에서 B의 대답문은 매우 자연스럽게 '-는데'와 '-고/-고요'로 끝나고 있다. 이들은 문장을 끝맺는 종결 어미 역할을 충실히 하면서 그 뒤에 다른 후행절을 요구하지도 않는다. 그렇다면 구태여 후행절이 생략되었다는 해석보다는 이들 자체를 문말 종결 어미로 보는 것이 좋을 것이다. 이들 문제에 대해서는 다음 기회에 자세히 논의하기로 한다.

현재 시제 형태소로 '-는-'과 '-∅-'을 모두 인정하는 체계의 근거로 다음 몇 가지 사실을 들 수 있다. 위의 예문 (3)에서 '먹어'와 (4)에서 '먹고'는 '먹는다'와 똑같이 현재 시제로 기능한다. '-어, -지, -네, -으오' 등이 현재 시제를 나타내는 것은 평서문뿐만 아니라 의문문이나 명령문에서도 마찬가지이다. 이 때 만약 현재 시제로 '-∅-'만을 인정한다면 '-는-'은 서법이나 동작상으로 해석해야 하고, '-는-'만을 현재 시제로 본다면 '먹어'는 무시제문 즉 부정법(不定法)이 되어야 한다. 이러한 두 가지 견해가 모두 무리스럽다는 것은 재론할 필요가 없으므로 더 이상의 논의를 생략한다. 세계의 여러 언어에서 부정법 형태가 현재 시제를 담당하는 경우는 많으므로, '-는-' 외에 '-∅-'을 현재 시제로 볼 가능성은 얼마든지 있다. 다만 이 때 문제가 되는 것은, 현재 시제 형태소로 '-는-'이 따로 있는데 구태여 부정법 형태가 왜 또 현재 시제를 담당하는가이다. 그에 대한 해답은 국어 시제 체계와 형태의 역사적인 변천에서 찾아야 할 것이다. 이에 대한 고찰의 일부는 홍종선(2008)에 있지만, 자세한 논의는 다음 기회로 미룬다.

(5)의 내포문에서 '가기'도 현재형으로 해석되어야 한다. 과거형으로 '갔기'가 있다면, 그리고 상위절 서술어가 내포절 서술어의 과거형만을 요구하는 의미 특성을 가지고 있지 않다면, '갔기'와 계열적인 관계를 갖는 현재형(또는 비과거형)을 마련해야 하고, 그것은 '-∅-'일 수밖에 없는 것이다. 다만 내포문에서는 어미 활용이 충분하지 못한 경우가 종종 있어서4) (5)의 문장에서 미래형 '가겠기'는 제

---

4) 부사화 내포문의 서술어에서 나타나는 부사형 어미에는 시제 형태소가 결합할 수 없고, 관형사화나 명사화 내포문에서도 상위절 서술어에 따라서 내포절 어미의 시제 결합에 제약이 있다. 접속문의 선행절 서술어 어미 가운데에는 시

약된다. 그러나 아래의 문장에서는 '-기'에 모든 시제 형태의 결합이
가능하다.

    (6) 그가 떡을 먹었기에/먹기에/먹겠기에 나도 (떡을) 먹었다.

    (6)에서 보듯이 명사화 어미 '-기' 앞에 '-었-, -Ø-, -겠-'의 결합이
모두 가능하고, 이들은 각각 과거, 현재, 미래의 시제로 해석하는 것
이 가장 자연스럽다. 이와 같은 시제 형태소 체계는 또 하나의 대표
적인 명사화 어미 '-음'에서도 똑같이 나타난다.
    현재 시제 형태소로 '-Ø-'을 설정할 수 있는 무엇보다도 강력한
근거는, 형용사와 서술격 조사가 모두 현재형으로 '-Ø-'를 쓴다는 사
실이다. 이에 따르면 적어도 국어의 모든 용언은 현재형으로 '-Ø-'을
가진다고 일괄적으로 말할 수 있다. 동작 동사와 상태 동사가 모든
시제에서 같은 형태의 선어말 어미를 갖는다고 하는 것은, 현재 시
제에서만 형태를 달리한다는 조건을 다는 것보다 자연스럽다. 이 때
동작 동사의 현재형 '-는-'은 그 외에 더 덧붙은 것이라고 설명될 수
있다. 존재를 나타내는 '있-'도 현재형으로 두 가지 형태가 있다.

    (7) ㄱ. 영이는 지금 부산에 있다. → 지금 부산에 있는 영이
        ㄴ. 그렇다면 나는 여기에 있는다.

    현재 시제를 가진 (7ㄱ)의 '있다'는 관형사형으로 '있는'이 되지만,
종결형은 '있Ø다'이다. 반면 (7ㄴ)에선 비록 미래적인 화용 의미를

    제 형태소 결합에 제약이 있는 접속 어미와 없는 접속 어미가 있다. 그러나 이
    들에서도 현재형은 제약되지 않는다.

가질 수 있지만 현재 시제 형태소로 해석되는데, '있는다'로 쓰였다. '-습니다'에서도 현재형은 '-Ø-'일 수밖에 없다. '먹었습니다-먹습니다-먹겠습니다'라는 계열적 체계에서 나오는 현재형 '-Ø-'은 '먹었더라-먹더라-먹겠더라'에서도 확인된다. 이와 같은 현재 시제 형태소 '-Ø-'은 '-나, -니' 등 의문형이나, '-노라, -도다' 등 감탄형에서도 실현된다, 명령형도 현재형 '-Ø-'라고 하겠지만, 국어 명령문의 동사 형태가 부정법이 아니라 현재형이라는 결정적인 근거가 없으므로 단언하지는 않기로 한다. 이상에서 열거한 것만으로도 종결문에서 현재 시제 형태소로 '-는-'과 더불어 '-Ø-'이 매우 넓게 쓰이고 있음을 알 수 있다.

　접속 어미들 가운데에는 시제 형태소와의 결합이 비교적 자유로운 것과 그렇지 못한 것이 있다. '-고, -으나, -으니, -으면, -는데, -어도, -어만, -어서, -지만, -더라도, -으니까, -다면' 등은 시제 형태소와 자유롭게 결합하며, '-어, -게, -고자, -자, -도록, -을수록, -으러, -으려, -느라고' 등은 부정형으로만 쓰인다.

　　(8) ㄱ. 봄은 갔고/가고/가겠고, 이제 여름이 올 것이다.
　　　　ㄴ. 네가 그것을 다 먹었으니/먹으니/먹겠으니 나도 화가 난다.
　　　　ㄷ. 네가 그것을 다 먹었어서/먹어서/먹겠어서 내가 화가 난 것
　　　　　　은 아니다.
　　(9) 네가 그것을 다 *먹었어/먹어/*먹겠어 나는 화가 났다.

　(8)을 보면, 등위 접속문 (8ㄱ)이나 종속 접속문 (8ㄴ, ㄷ)에서 모두 현재, 과거, 미래 시제의 표현이 가능하다. (8ㄷ)의 '-어서'도 일정한 상위문과 호응할 때는 이러한 시제들을 쓸 수 있다. 그러나 (9)에

선 과거형이나 미래형 표현이 제약된다. 선어말 어미의 형태가 문장 끝에 오는 상위절 서술어에 귀일(歸一)되는 국어 표현의 특징을 보이는 것이다. 그런데 시제 표시가 가능한 접속 어미들은 모두 과거형으로 '-었-'과 미래형으로 '-겠-'을 갖지만 현재형으로는 외형적인 형태가 없다. 그것은 바로 그들의 현재형이 '-∅-'이기 때문이라고 할 것이다.

이제 우리는 '-∅-'이 현재 시제 형태소임을 알 수 있었고, 또 그 쓰임이 매우 광범위하게 분포되어 있음도 보았다. 물론 '-는-'이 현재 시제를 나타내는 형태소임은 당연하다.5) 그렇다면 모든 용언의 현재형은 일단 '-∅-'을 설정하고, 동작 동사에서는 '-는-'이 함께 쓰인다고 정리할 수 있다. 다만 동작 동사에서 '-는-'과 '-∅-'이 분포하는 조건의 규칙성을 찾지 못하고, 현재로선 '-다' 앞에서만 '-는-'이 오며 그 밖에서는 모두 '-∅-'이 쓰인다고 어말 어미의 개별성에 따라 목록화할 수밖에 없다.

'-는-'과 더불어 또는 '-는-' 대신에 현재형으로 '-느-'를 설정하는 견해도 있다. '-느-'가 쓰이는 자리는 '-느니라, -노라, -느라(고), -느니'로 극히 제한되어 있으며, 더군다나 이들은 통합적인 관계는 물론 계열적인 관계도 갖고 있지 못하다. '-으니라'는 상태 동사에서만 쓰이므로 동작 동사에서만 쓰는 '-느니라'와 통합 관계를 갖지 않는다. '-라고'는 인용의 보문소로, 이유를 말하는 '-느라고'와 전혀 다르고, '-니' 역시 '-느니'와 별개의 어미이다. 따라서 '-느니라' 등에서 '느'는 어원적으로 '-는-'의 소급형 '-ㄴ/느-'에 다르지 않으나, 현

---

5) 종결형에서 쓰이는 '-는-' 외에, 관형사형의 현재형으로 동작 동사에 '-는'이 상태 동사의 '-은'과 더불어 나타남은 재론할 필요가 없으므로 여기에서는 논의를 하지 않았다.

대 국어에서는 '-느니라' 전체를 하나의 형태소로 해석하여야 할 것이다. 그렇다면 관형사형 '-는'을 구태여 '-느-'와 '-은'의 결합형이라고 분석할 필요가 없을 것이다.

3. 국어 시제 체계와 미래 시제의 표현

국어의 시제 체계를 어떻게 세울 것인가? 우리는 앞에서 현재 시제의 형태소를 살피었다. 국어에는 이들 현재 시제 외에 과거 시제를 설정하고 그 형태소로 '-었-'을 인정하는 것에는 이견이 없는 듯하다. 문제는 미래 시제이다. 흔히 미래 시제를 담당한다고 보는 '-겠-'을 시제가 아닌 서법적인 범주로 보는 견해도 많은데, 특히 최근에는 '-겠-'을 미래 시제 형태소로 보지 않는 논의들이 오히려 대다수에 이르고 있는 듯하다. 그렇다면 국어의 시제는 '과거 : 비과거'라는 2분 체계를 가지게 된다. 다음을 보자.

(10) ㄱ. 이제 곧 연주가 시작되겠습니다/시작되겠다/시작될 것입니다.
　　 ㄴ. 이제 곧 연주가 시작됩니다/시작된다.
(11) ㄱ. 내일은 오후부터 비가 오겠습니다/올 것이다.
　　 ㄴ. 내일은 오후부터 비가 옵니다/온다.
(12) ㄱ. 나는 내일 산에 (꼭) 가겠다/갈 것이다.
　　 ㄴ. 나는 내일 산에 (꼭) 간다.
(13) ㄱ. 영이도 지금(은)/지금쯤/내일(은) 웃겠지/웃을 것이다.
　　 ㄴ. 영이도 지금(은)/[?]지금쯤/내일(은) 웃는다.
(14) ㄱ. 나도 그 정도는 먹겠다/먹을 것이다.
　　 ㄴ. 나도 그 정도는 먹는다.

> (15) ㄱ. 영이도 지금(은)/지금쯤/내일(은) 웃고 있겠지/웃고 있을 것
>   이다.
>   ㄴ. 영이도 지금(은)/*지금쯤/*내일(은) 웃고 있다.

(10ㄱ)~(14ㄱ)의 문장에선 흔히 미래 시제라고 하는 '-겠-'이 쓰여
있다. (10ㄱ)과 (11ㄱ)은 예정이나 단순 미래, (12ㄱ)은 1인칭 화자의
'의지', (13ㄱ)은 화자의 '추측'으로, (14ㄱ)은 '가능, 능력'으로, 이들
은 '-겠-'이 나타내는 대표적인 문법적 의미 기능이다. 그런데 이러
한 기능은 그대로 (10ㄴ)~(14ㄴ)처럼 현재형 '-는-'이나 '-Ø-'으로 대
체해도 무리가 없어 보인다. 추측으로 사용된 (15ㄱ)은 (15ㄴ)으로
바꿀 수가 없는데, 현재 진행의 의미를 가진 '-고 있다'로는 추측이
나 미래 시제성 표현이 불가능한 것이다. (15ㄴ)에서 '웃고 있다'가
가능한 것은 추측의 표현이 아닌 현재의 사실일 경우뿐이다.

이상의 예문을 보면 '-겠-'은 '-는-'의 표현 범위 안에 있는 듯이
보인다. 그러나 면밀히 살펴보면 '-겠-'과 '-는-'은 그 표현 양상을 달
리함을 알 수 있다. 위의 예문들에서도 차이는 뚜렷하다. (10ㄱ)에서
'시작되겠습니다'와 '시작되겠다'는 미래에 있을 사건/사실을 미래
의 시점에서 진술하는 언급이지만, (10ㄴ)의 '시작됩니다'와 '시작된
다'는 미래에 있을 사실을 현재의 관점에서 바라보면서 말하는 것이
다. 이는 (11)에서도 마찬가지이다. (12ㄱ)은 현재의 의지이지만 그
의지가 미치는 서술 대상은 미래이다. 이에 비해 (12ㄴ)은 미래(내
일)에 어떤 일(산에 가는 것)이 있는 현재의 주어('나')를 말하는 것
이다. 이들은 모두 서술하는 내용이나 대상에 대해 화자가 갖는 인
식의 차이를 드러내는 것이다. 시제 범주는 바로 사물이나 현상에
대해 가지는 화자의 시간적 인식이다. 그러므로 절대 시제로는 과거

이지만 상대 시제로는 현재가 되어 현재형의 언어 표현으로 나타날 수도 있다. 절대 시제 역시 화자의 인식을 벗어날 수는 없는 것이다.

> (16) ㄱ. 아이구, 난 이제 죽었다.
> 　　 ㄴ. 아이구, 난 이제 죽겠다.
> (17) ㄱ. 저도 옆에 앉았습니다.
> 　　 ㄴ. 저도 옆에 앉아 있습니다.

(16ㄱ)과 (16ㄴ)은 똑같은 상황에 대한 표현이지만 '-었-'과 '-겠-'으로 달리 나타났고, (17) 역시 과거형과 현재형이 똑같은 상태를 말하는 것이다. 이와 같은 표현상 차이는 화자가 발화 내용에 대해 갖는 인식의 차이에서 오는 것이다.

(13ㄱ)의 '-겠-'과 (13ㄴ)의 '-는-'은 모두 '지금'이나 '내일'이라는 부사와 공기할 수 있을 만큼, 문법적인 범주상의 차이를 갖지 않는 것같이 생각되기도 한다. 그러나 '지금'이라는 시간 부사는 시제 결정에 거의 영향을 주지 못한다. '지금, 방금, 이제, 오늘' 등은 과거와 현재 그리고 미래 시제가 모두 공기할 수 있기 때문이다. (13ㄱ)이 미래에 있을 일을 그대로 언급하는 것이라면, (13ㄴ)은 미래에 있을 사실을 간직한 현재 즉 미래적 현재를 말하는 것이다. 이러한 차이 역시 서술 내용에 대한 화자의 인식에서 비롯하는 것이다. 이것이 서법적인 성격으로 해석될 수도 있을 것이다.

그러나 '예정, 의지, 추측, 가능' 등으로 해석되는 '-겠-'의 용법들을 모아 하나의 상위 교점으로 해결하는 것이 필요하다. 하나의 형태소를 두고 여러 가지 의미 기능을 부여하는 것은 문법 형태소에 걸맞지 않기 때문이다. 가령 '-겠-'을 서법 형태소로 보고, 표현에 따

라서 '의도법'이나 '추측법' 등으로 나누어 해석한다면, 이는 중의성
을 가급적 배제해야 하는 문법소로서 적절한 분석 방식이 되지 못한
다. 따라서 이들 의미들이 귀납되는 원형(原形) 의미소(意味素)를 설
정하는 것이 좋겠는데, 이들에는 아직 이루어지지 않았거나 확정적
이지 않다는 공통성이 있으므로 원의미소를 '미확정(未確定)'이라고
할 만하다. 그리고 이러한 의미 내용들을 모두 나타낼 수 있는 문법
적 범주로 '미래 시제'가 적합한 것이다. 그렇다면 미래 시제라는 문
법 범주로 실현되는 '-겠-'은 그 의미 기능으로서 서법성이 강한 '예
정, 의지, 추측' 등을 표현한다고 하겠다. 미래 시제 형태소인 '-겠-'
이 서법적인 요소를 함께 보이는 것은, 이 형태소의 형성 과정에서
비롯되는 역사성과6) '미래 시제'라는 영역이 갖는 속성에서 비롯하
는 것이다.

  (14ㄱ)은 '-겠-'의 표현 가운데 미래적인 요소가 비교적 적은 '가
능, 능력' 의미를 보인다. 그리하여 (14ㄴ)과 같이 현재 시제로도 잘
나타내는데, 이에 비해 (14ㄱ)은 추정적인 성격이 다소 많다고 할 것
이다. 그만큼 (14ㄱ)은 (14ㄴ)보다 미래적인 내용을 갖는 표현이라고
하겠다.

  미래 시제 성격의 표현은 종결형뿐만 아니라 접속 어미나 관형사
형 어미 어미에서도 나타난다. 아래 예문은 접속문 표현이다. 접속
문에서도 미래의 일에 대한 표현은 '-겠-'으로 쓰인다.

  (18) ㄱ. 나도/영이도 가겠고, 돌이도 갈 것이다.
       ㄴ. 내가/여러 사람이 하겠으니 더 이상 따지지 마라.
_____

6) 국어의 시제 체계와 그 형태소들이 갖는 역사성에 대해서는 홍종선(2008)에서
   논의하고 있다.

ㄷ. 나는 가겠지만 다른 사람들은 안 갈 거야.
ㄹ. 내가/네가/돌이가 그렇게 가겠다면 영이도 어쩔 수 없지.
ㅁ. 내가/네가/돌이가 그렇게 가더라도 영이는 어쩔 수 없지.

접속 어미에 '-겠-'이 선행하는 (18)의 여러 문장들을 보면 대부분이 단순히 미래를 나타내고 있다. (18ㄹ)은 모든 인칭에서 주어의 의지를 말하는데, 이는 종결문에서 화자가 1인칭 주어로 쓰일 때만 '-겠-'이 주어의 의지를 드러내는 것과 다른 양상이다. 이러한 의지적 의미는 접속 어미 '-다면'에서 연유하는 바가 큰 듯하다. 위에서 보듯이 접속문에서 '-겠-'은 대체로 '예정' 정도의 단순 미래를 나타내는 시제 형태소이다. 그렇다면 접속문에서 '-겠-'은 구태여 서법으로 볼 필요가 없이 그대로 '미래 시제'로 인정하게 된다.

다음은 미래적인 일이 관형사형 어미로 나타나는 표현이다.

(19) ㄱ. 내일 영이가 오겠습니다/오겠다/온다.
　　 ㄴ. 나는 내일 올 영이를 잘 안다.
　　 ㄷ. 나는 내일 오는 영이를 잘 안다.
(20) ㄱ. 나는 내일 산에 가겠다/간다.
　　 ㄴ. 나는 내일 갈 산에 관해서 여러 가지 정보를 수집하였다.
　　 ㄷ. 나는 내일 가는 산에 관해서 여러 가지 정보를 수집하였다.
(21) ㄱ. 나도 한 달이면 그런 책은 쓰겠다/쓴다.
　　 ㄴ. 나도 한 달이면 쓸 그런 책이 의미가 있을까?
　　 ㄷ. 나도 한 달이면 쓰는 그런 책이 의미가 있을까?
(22) ㄱ. 영이도 지금(쯤) 웃고 있을 것이다.
　　 ㄴ. 영이도 지금(*쯤) 웃고 있는 것이다.

관형사형으로 표현되는 미래의 내용은 '-을'형으로 '예정, 의지, 추측, 가능' 등이 크게 구분되지 않고 중화되어 나타난다. (19ㄱ)에

서 '오겠습니다'는 '예정', '오겠다'는 '추측', (20ㄱ)의 '가겠다'는
'의지', (21ㄱ)의 '쓰겠다'는 '가능, 능력'이지만, (19ㄴ)~(21ㄴ)의 '-
ㄹ'에서는 이러한 의미 특성이 드러나지 않은 채 미래적인 기능만
보일 뿐이다. (19ㄷ)~(21ㄷ)에서도 미래형 '-을' 대신에 '-는'이 거의
비슷한 뜻으로 쓰이는 듯하다. 그것은 (18ㄱ)의 '온다'와 (19ㄱ)의
'간다'에서도 같이, 여기에서는 단순히 미래적인 의미만을 찾을 수
있는데, 이 때 이들이 미래적인 의미로 해석되기 위해선 '내일'과 같
은 미래 의미의 시간 부사를 필요로 한다.7) 이처럼 미래에 있을 내용
을 나타내는 '-을'은 단순히 '미래 시제'를 나타내는 기능을 가지며,
이는 미래적인 의미 성격으로 쓰이기도 하는 '-는'에서도 그러하다.

 이로 보아, 현재형 '-는-'이나 '-는'이 미래적인 표현에서 간혹 쓰
일 수는 있지만, 미래 시제가 보일 수 있는 '예정, 의지, 추측, 가능'
과 같은 다양한 의미 기능을 제대로 갖지는 못하고 미래 의미의 시
간 부사의 도움을 받으며 단순히 미래적인 의미를 나타냄을 알 수
있다. 따라서 '-는-'이 현재 시제와 미래 시제도 맡는다거나 비과거
전체를 담당한다고 규정하기보다, 현재 시제 형태소로서 미래적인
표현에도 일부 가담할 수 있다는 정도로 해석해야 좋을 것이다.

---

7) 또는 '나는 오늘/지금 산에 간다.'에서처럼- 이러한 발화는 '오늘' 중에라도
  아직 산에 가 있지 않은 상태에서 말하는 것이므로- 발화 상황에 따라 미래
  적인 내용으로 파악하는 것이다. 이 문장도 미래 시제로 해석하기보다는 현재
  시제의 미래적인 확대 용법으로 보는 것이 좋을 것이다. 시간 부사로 '지금'을
  쓰면 대개는 '산에 가고 있는' 현재 시제로 해석되며, 이제 산으로 떠날 즈음
  에 발화되는 상황에서는 '지금'이 미래 방향을 가진 '지금'으로 해석되어 이
  문장이 미래적인 의미를 가질 수도 있다. 이 두 경우를 함께 아우르기 위해
  '비과거'라는 용어를 쓰는 것은 온당하지 않다. 이 경우는 중의적인 것이므로
  두 가지 값이 별개로 공존하는 것이며, 이 둘을 하나의 범위 안에 포함시키는
  것은 아무런 의의를 가질 수 없다. 이 표현도 역시 미래 시제가 아니라 현재
  시제의 미래적인 확대 용법이 되는 것이다.

'-을'은 단순히 미래 시제로서의 기능을 가지나, '-을 것이-'라는 표현에서는 그 의미 기능을 조금 달리한다. '것'이 워낙 어휘적인 의미를 별로 가지고 있지 못하므로 '-을 것이-'는 구절 전체가 문법소인 '-겠-'과 매우 비슷한 의미 기능을 수행하고 있다. 위에서도 (22ㄱ)은 추측의 뜻이 들어간 미래 시제의 일을 표현하고 있다. 이에 반해 (22ㄴ)은 (22ㄱ)과 같은 추측성 표현이 아니며, 추측적인 요소가 들어가는 (22ㄴ)의 '지금쯤'은 현재형 '-는'에서 표현이 제약된다. 이와 같이 '-을 것이-'는 (10ㄱ)~(15ㄱ)에서도 '-겠-'이 각각 나타내는 '예정, 의지, 추측, 가능'의 의미 기능을 거의 그대로 다 표현해 내고 있다. 다만 '-을'이 단순히 미래의 일임을 말하듯이 '-을 것이-'도 '-겠-'에 비해 이러한 하위 의미 기능은 약화되어 있다. 그러면 '-을 것이-'를 미래 시제로 볼 것인가? 그러나 이 통사적인 구절 구조는 아직 형태론적 구조로 재구조화에까지는 이르지 못하였다고 본다. 따라서 '-을'로 이끌어지는 관형사화 내포문은 미래 시제를 갖지만, 핵심 명사 '것'으로 서술되는 상위절은 현재 시제의 서술격 조사로('이-') 이루어져 있으므로, 문장 전체는 통사적으로 현재 시제가 되는 것이다. 하지만 초·중급 단계의 국어 교육이나 외국인을 위한 한국어 교육 과정에서는, 학생들이 이해를 쉽게 하기 위하여 '-을 것이-' 전체를 미래 시제 표현으로 교육하여도 좋을 것이다.

명사형 어미에 나타나는 미래적 표현은 아래와 같다.

(23) ㄱ. ?영이는 자기가 맡겠음을 돌이에게 말하였다.
    ㄴ. 영이는 자기가 맡겠기에 미리 자세하게 질문하였다.

　명사화 내포문의 어미 '-음'과 '-기' 앞에도 미래적인 선어말 어미 '-겠-'이 놓일 수는 있겠지만 자연스럽게 널리 쓰이지는 않는다.(23 ㄱ)은 어색하며, '-기'형도 (23ㄴ)처럼 '-기에' 정도에서나 '-겠-'과 무리 없이 결합한다. 이런 정도의 제한적인 쓰임을 보이는 명사형 어미와 결합하는 '-겠-'의 의미 기능은 그저 단순히 미래를 나타낼 뿐이므로 '미래 시제'에 다름이 아니다. 그나마 부사형 어미에서는 이러한 결합도 불가능하다.

　이제까지 종결형과 접속형 그리고 전성형에서 미래적인 표현에 대해서 살펴보았다. 관형사형에서만 '-을'이 쓰이고 나머지에서는 모두 '-겠-'형이 나타난다. 이들은 종결 어미와의 결합에서 '예정, 의지, 추측, 가능' 등의 의미 기능을 가지나, 접속 어미나 전성 어미와의 결합에서는 대부분 단순히 미래적인 문법적 의미 기능을 보이는 것에 그친다. '예정, 의지, 추측, 가능'도 미래 시제가 갖는 의미 속성들로, 표현 문장에 따라 다양하게 나타나는 것으로 해석된다. 그러므로 일관성 있는 문법 체계를 세워서 설명하기 위해서라도 '-겠-'과 '-을'은 '미래 시제'로 보는 것이 좋다고 본다.

　그러나 최근 들어 '-겠-'을 시제가 아닌 서법 범주의 형태소로 보는 견해들이 많아졌다. 이에 대해 문제점을 논의하기로 한다. 생성 문법에서도 굴절소(INFL)는 그것이 들어가 언어 구조체가 문장임을 증명하는 필수 성분이고, 한국어에서는 여기에 해당하는 것이 시제소이다. 앞에서 말했듯이 한국어를 시제가 있는 언어라고 상정한다면 (10)~(15)의 문장에서도 시제 표지가 반드시 있어야 할 것이다. 이들 문장에서는 시제 표지를 '-겠-'으로 보아야 하는데, '-겠-'을 시제 형태소로 보지 않는다면 (10)~(15) 문장들에서 시제소를 현재형

(또는 비과거형) '-Ø-'로 설정해야 한다. '-겠-'을 시제가 아닌 서법 등의 형태소로 보는 경우엔 이들 문장을 현재 시제(또는 비과거 시제)로 해석해야 할 것이며,[8] 이 때 그에 따르는 표지는 '-Ø-' 외에 달리 찾을 수가 없다. 그렇다면 예를 들어 (10ㄱ)의 문장에서 '되겠습니다'와 '되겠다'에 모두 시제소로 '-Ø-'를 배정하여야 하는데, 본래 현재 시제 형태소가 '-습니다'에서는 '-Ø-'이지만 '-다'에서는 '-는-'이라는 데에 문제가 있다. 서법의 '-겠-'과 결합할 때는 항상 현재 시제 형태소가 '-Ø-'가 된다는 근거를 찾을 수 없다.

문제는 더 있다. (19ㄱ)의 '오겠습니다/오겠다'에 상응하는 표현이 (19ㄴ)의 '올'이라고 할 때, 후자는 미래 시제인데 전자는 현재 시제나 비과거 시제로 해석되는 모순이 생긴다. (18ㄷ)에서 '오는'이 미래적인 의미를 갖는다면 이는 역시 미래적인 의미로 쓰인 (19ㄱ)의 '온다'에 대응하는 것으로 이해할 수 있다. (19)에서 나타나는 문제들은 (20)과 (21)에서도 그대로 드러난다. (18)의 접속형에서도, (23)의 명사형에서도 미래 시제는 보이며, 이들에서는 '의지'나 '추측'과 같은 서법적인 요소가 없는 단순한 미래 표현이다. 접속 어미와 관형사형 어미, 그리고 명사형 어미 등에서 '-겠-'과 '-을'로 나타나는 순수한 미래 내용 표현은 미래 시제로 보면서 종결 어미에서 쓰이는 '-겠-'만은 서법으로 해석하여, 체계성을 세울 수 없는 잘못은 지양되어야 한다.

형태소 '-겠-'은 '의지, 예정, 추측, 가능'이라는 의미 기능들을 가질 수 있는데, 이들을 '서법' 범주의 하위 의미 기능들이라고 할 때

---

8) '-겠-'을 시제 형태소로 보지 않는다면 국어의 시제 체계는 당연히 '과거 : 현재' 또는 '과거 : 비과거'라는 2분 체계를 가지게 된다.

하나의 형태소가 하나의 문법 범주 내에서 이와 같이 여러 가지 기능으로 나타난다고 하는 문제가 생긴다. 그것은 의미 기능 변별에서 애매성을 만들므로, 하나의 문법 범주 안에서는 대개 여러 개 형태소들이 있어서 그들이 각각 그 하위 기능들을 변별하여 분담하는, 문법 범주 체계들의 일반적인 현상과 어긋나는 것이다. 즉 상위 문법 범주는 그것이 문장 안에서 수행하는 역할이며, 그 문법 범주 내의 하위 영역들은 세분하여 나타내는 문법적 의미 기능이다. 따라서 '-겠-'은 '시제'라는 문법 범주의 하위 영역인 '미래 시제'로 보고, 이들 여러 가지 의미 기능들은 미래 시제가 갖는 다양한 의미 속성으로 해석해야 좋을 것이다.

4. 마무리

국어는 시제 체계를 가진 언어라고 본다. 서구의 언어를 중심으로 체계화한 '시제' 범주와 똑같은 성격은 아니더라도 한국어의 시제 역시 문법 범주로서 체계를 정연히 갖추고 있는 것이다. 그러나 이러한 국어의 시제 표현에 대하여 그 동안의 연구는 매우 다양하게 나타나고 있다. 서구어와 마찬가지로 '시제' 범주를 설정할 것인가에 대한 문제에서부터 국어의 시제 체계를 어떻게 세울 것인가 등에 이르기까지 의견이 엇갈리는 것이다. 특히 '과거 : 현재 : 미래'로 보는 3분 체계와, '과거 : 현재' 또는 '과거 : 비과거'로 보는 2분 체계는 아직도 논의가 분분하다. 최근에는 2분 체계로 보는 견해들이 늘고 있지만, 이러한 논의는 현재 시제 형태소가 미래적인 표현에 일부 쓰일 수 있다는 정도의 불안정한 근거에 의지하고 있는 실정이다.

이 글에서는 국어의 시제를 '과거, 현재, 미래'로 나누어, 이 가운데 현재 시제와 미래 시제를 나타내는 형태소들의 목록과 그들의 문법적인 의미 기능들을 살펴었다. 현재 시제에서는 '-는-', '-는'과 더불어 '-Ø-'가 중요한 형태소가 된다. '-겠-'은 미래 시제 형태소이며 그가 갖는 '예정, 의지, 추측, 가능' 등의 의미 기능들은 미래 시제가 가질 수 있는 의미 속성으로 해석할 수 있다. 다만 미래 시제 '-을'에서는 이와 같은 의미 속성들이 매우 약화되어 단순한 미래 시제의 표현이 되고 있다. 이러한 시제 형태소들은 종결형, 접속형, 명사형, 관형사형 등 대부분의 용언 어미에서 체계적으로 대응되고 있다.

이 글에서는 국어 시제 표현 체계를 전체적으로 보지 못하였다. 특히 '-더-'를 포함하는 과거 시제에 대해서는 전혀 살피지 아니 하였다. 여기에서 논의를 시작조차 하지 않았지만, 국어의 시제를 단선 층위가 아닌 다층위 체계로 볼 필요가 있다고 생각한다. 이러한 문제와 관련하여 '-더-'와 '-겠-'을 함께 재조명할 예정이다. 이에 대해서는 다른 기회에 자세히 논의하기로 한다.

▌참고문헌▌

고영근. 2004. 「한국어의 시제 서법 동작상」 서울: 태학사.

고영근·구본관. 2008. 「우리말 문법론」 서울: 집문당.

나진석. 1971. 「우리말의 때매김 연구」 서울: 과학사.

남기심. 2001. 「현대국어 통사론」 서울: 태학사.

남길임. 1996. "'-겠-' 결합 양상에 따른 종속접속문 연구." 연세대 석사학
위논문.

서정수. 1996. 「국어문법」 서울: 한양대학교 출판원.

이남순. 1998. 「시제, 상, 서법」 서울: 월인출판사.

임동훈. 2001. "'-겠-'의 용법과 역사적 해석." 「국어학」(국어학회) 37.

임홍빈. 1980. "{-겠-}과 대상성." 「한글」(한글학회) 170.

정경재. 2007. "{-겠-}의 발달에 따른 {-것-}의 역사적 변화." 고려대 석사
학위논문.

조일영. 1995. "'-겠'의 양태적 의미." 「어문논집」(안암어문학회) 33.

한동완. 1996. 「국어의 시제 연구」 서울: 태학사.

홍종선. 2008. "국어 시제 형태소 체계와 그 기능 변이." 「한글」(한글학회)
282.

국어 문법의 탐구 1

02 상적 보조동사의 문법상 기능에 대한 비판적 고찰

- 결과지속의 '-어 있다'와 '-고 있다'를 중심으로 -

:: 박 주 원

1. 머리말

상(aspect)은 시제(tense)와 함께 '시간'과 관련되는 범주이다. 그러나 시제가 기준 시간을 중심으로 선후가 결정되는 관계적 범주로서의 성격이 명료한 반면에 상은 시간 내부의 구조에 관련되는 모호함 때문에 그 정의가 쉽지 않다. 따라서 각 범주의 개념을 정의하기 위한 많은 노력이 언어학 연구 전반에 걸쳐 진행되면서, 서구에서는 시제와 상이 독립적인 범주로서 자리를 잡게 되었고 '상'에 대한 구체적 연구도 활발해졌다. 이러한 연구 경향은 한국어에 적용될 때도 마찬가지였는데, 시제와 상을 미분화된 범주로 인식한 초기 연구의 시기를 지나 상을 시제와 다른 독립된 범주로 인식하려는 시도가 적극적으로 나타났고, 이를 통하여 상 범주 자체의 개념과 특성을 고찰하는 연구들이 이어졌다.

시제와 상을 시상(tense-aspect)이라는 하나의 범주로 보거나 한국

어에는 시제와 상 가운데 하나의 범주만 존재한다는 견해들도 존재
하지만, 본고에서는 상은 시제와는 구별되는 독립된 범주이며 한국
어에는 두 범주가 모두 존재함을 전제로 하고 논의를 진행할 것이
다. 이는 일반 언어학에서의 상 논의와 한국어에서의 선행 연구들에
바탕을 두고 있다. 이러한 전제를 바탕으로 먼저 '상'이란 무엇인가
그리고 한국어에서는 어떻게 적용되고 있는가를 살펴 볼 것이다. 상
논의에서 화두가 되어 온 것은 문법상과 어휘상이 어떻게 구별되며
상을 실현시키는 요소가 무엇인가인데, 선어말어미, 연결어미, 보조
동사 구성 등이 상 형식으로서 크게 주목을 받았으며 동사 자체가
내적으로 상적 속성을 지닌다는 점 또한 주목되었다.

그동안의 연구에서 동사가 가진 의미자질에 의해 나타나는 상적
의미를 '어휘상'으로, 그 외의 문법형태소를 통해 드러나는 상적 의
미를 '문법상'으로 보는 견해가 많았다. 문법상 논의에서 눈에 띄는
점은 통사적 구성이라고 할 수 있는 보조동사 구성이 대표적인 상
실현 요소로서 제시되어 왔다는 점이다. 어미들을 상을 실현하는 문
법형태소로 보는 데는 반대의 견해가 어느 정도 있는 것에 비하여,
비록 연구자마다 세부적인 상의 체계와 그에 속하는 구체적인 보조
동사 구성 목록은 차이가 있지만, 문법화된 일부 보조동사 구성이
상을 실현시키는 요소라는 데는 이견이 별로 없다. 특히 '-어 있다',
'-고 있다'는 대표적인 상적 보조동사 구성이라는 합의 아래 여러 개
별 연구들이 진행되어 왔다.

사실 한국어에서 상 범주는 그 존재 자체가 뚜렷해 보이지 않는
측면이 없지 않다. 상을 실현시키는 요소가 무엇인가에 대하여 다양
한 논의가 진행되어 온 것도 이 때문일 것이다. 한국어의 상 연구에

있어서, 장기적으로는 어미, 보조동사 구성, 동사의 의미자질 등 그동안 거론되어 온 모든 부분에 대하여 더욱 면밀한 연구가 필요할 것이라 생각된다. 본고는 그러한 연구의 일환으로 이른바 상적 보조동사에 주목하여, 그것이 어떻게 상 범주와 관련을 맺는가에 대하여 보고자 한다.

  상적 보조동사는 문법상 설정을 지지하는 데 있어서 좋은 근거가 되는데, 그러기 위해서는 보조동사가 어휘적 의미를 잃고 어느 정도 이상 문법화되었을 뿐만 아니라 상적 기능이 그것의 기본 기능이 되어야 한다는 조건을 충족시켜야 한다. 그러나 그동안의 연구에서 제시된 목록들을 보면 어휘적 의미가 꽤 있고 선행하는 본동사와의 결합에서도 제약을 보이는 경우를 발견할 수 있는데, 대표적인 것이 '있다'이다. 이는 보조동사 구성이 상적 의미를 나타내는데 관여하기는 하지만 문법상에 속한다고 보기는 어렵지 않을까하는 의구심을 들게 한다. 본고의 논의는 이러한 의구심을 바탕으로 기존의 상적 보조동사를 비판적으로 검토하는 데 목적이 있다. 이를 위해 상의 개념을 간략히 살펴보는 일이 선행되고, 보조동사 구성과 상의 관련성을 고찰하는 순으로 논의가 진행될 것이다. 그리고 대표적인 상적 보조동사인 '-어 있다'와 '-고 있다'를 중심으로 문법상 기능에 대하여 비판적으로 검토할 것이다.

2. 일반 언어학에서의 相 연구

상은 본래 동사의 활용을 통해 완료와 미완료가 형태적으로 뚜렷하게 대립되는 슬라브 어에서, 그렇게 구별되는 현상을 지칭하기 위해 사용된 'vid'라는 용어에서 유래하였다. 러시아 어에서 상에 대한 전통적 견해를 보면, 동사에 일정 접두사(na-, pro-, s-, raz- 등)가 첨가된 경우는 완료상을 첨가되지 않은 경우는 미완료상을 나타내면서 서로 대립 관계에 있다고 보았다.

> (1) 러시아어에서 상의 대립
>   pisát'(쓰다) - 미완료 pisát / 완료 napisát
>   délat'(하다) - 미완료 délat' / 완료 sdélat'

이렇게 있고 없음에 따른 대립의 접근법은 전일성(totality)이라는 상성(aspectuality)이 있고 없음에 따라 상의 쌍이 대립한다는 사실을 중심으로 한다. 전일성은 '사태의 시작과 끝 전체 과정이 하나의 덩어리로 관찰됨'을 의미한다. 그러나 결합하는 동사와 상적 요소에 따라서 전일성이라는 상성이 있느냐 없느냐 뿐만 아니라 다른 상적 의미들이 다양하게 나타났기 때문에, 이는 다시 동작류(aktionsart)라는 개념으로서 설명되기 시작하였다. 특히 슬라브 어의 상 범주가 다른 유럽어들에 적용되는 과정에서 상의 개념이 재정립되고 그 사용 범위가 확대되었는데, 상이 'aspect'와 'aktionsart'로 구분되었다.

흔히 'aspect'는 문법상으로, 'aktionsart'는 어휘상으로 이해된다. 연구자에 따라서 상 범주란 문법 범주이므로 문법상만을 인정하기도 하지만, 대체로는 상이 성격이 다른 두 범주 즉 문법상과 어휘상을 포괄하는 것으로 본다. 다시 말해서 상은 문법적 요소나 어휘적 요소 모두에 의해서 실현될 수 있다는 것이다. 문법 현상이 세계의 모든 언어에서 동일하게 나타나지 않는다는 것은 주지의 사실이다. 예를 들어 시제는 어떤 언어에서는 문법형태소가 정연한 체계를 이루어 과거, 현재, 미래를 표현할 수 있지만 또 다른 언어에서는 시제를 나타내는 특별한 문법 요소가 없이 어휘에 의해서만 그 의미가 드러날 수도 있다. 마찬가지로 상도 언어마다 실현되는 방법이 다르다. 동사의 활용형에 의해 체계적으로 상이 실현되는 슬라브 어에 비하여 게르만 어에서는 이것이 체계적으로 나타나지 않는 대신에 동사 자체의 속성에 의해서 상적 의미가 실현되는 방법이 발달하였다. 따라서 이를 기존의 'aspect'와 구별하여 'aktionsart'라고 불렀다.

　언어에 따라서는 상 범주가 아예 없다고 보이거나 뚜렷하지 않아 보이는 경우도 있는데, 한국어나 몽골 어 같은 알타이 어 계통의 언어가 뚜렷하지 않아 보이는 경우로 파악되기도 하였다. 이러한 모호성 때문에 한국어의 상 범주 논의에서 어려움이 많았으나, 연구들이 진행되면서 한국어에서도 상 범주를 확인할 수 있음이 널리 인정되었다. 한국어에서 상 범주가 어떻게 실현되고 있는지 구체적으로 연구하기 위해서는 우선 어휘상과 문법상에 대하여 자세히 이해할 필요가 있다.

2.1. 어휘상

　'동작류(aktionsart)'가 정확히 의미하는 바는 동사 자체에 내재되어 있는 어휘적 의미이다. 이는 시간과 관련된 의미자질로서 곧 상적 의미(aspectual meaning)와 연결된다. 독일어를 비롯한 게르만 어에는 이를 표시하는 다양한 수법이 발달되어 있어 그에 대한 연구가 일찍부터 활발하였다. 전통적인 'aktionsart' 연구에서 시작된 어휘상 논의는 초기에는 개별 동사들에 주목하였다.

　　Vendler(1967)에서는 동사를 그 내재적 속성에 따라 네 가지 종류로 분류하였다. 그 기준이 된 것을 보면 일차적으로 'What are you doing?(당신은 무엇을 하고 있습니까?)'이라는 질문에 대한 답에 따라[+지속성]과 [-지속성]을 구분하였다. 그리고 [+지속성]을 가진 동사군은 다시 [+종결성]이 있고 내부 국면이 동질적이지 않은 '완성 동사(accomplishment verb)'와 [-종결성]이 있고 내부 국면이 동질적인 '행위 동사(activity verb)'로 나누었고, [-지속성]을 가진 동사군은 시간적으로 한 순간에 일어나는 즉 [+순간성]이 있는 '달성 동사'(achievement verb)와 일어남이 아예 불가능한 '상태 동사'(state verb)로 나누었다. '[±지속성], [±종결성], [±순간성]'에 의해 동사가 '상태, 달성, 완성, 행위' 네 가지 부류로 분류된 것이다. Vendler 스스로도 언급했다시피 이는 동사에 있어서 유일하고 절대적인 구분이 될 수는 없다. 그러나 기준이 된 속성들을 보면 모두 상적 의미와 관련이 있기 때문에 어휘상 실현에 있어서 동사의 역할을 보여주는 데는 중요한 분류가 된다고 할 수 있다. 그의 동사 부류는 이후 다른 연구들에서 지속적으로 참고되고 또 수정되면서 많은 영향을 끼쳤다.

　　동사 중심의 어휘상 연구는 최근으로 오면서 그 범위가 넓어졌다. 동사의 그것의 논항으로 이루어진 절을 '상황(situation)'이라 하고 그 시간적 특성을 분석하는 논의가 주를 이루게 되었는데, 이에 따라

'상황유형(situation type)'이 대두되었다. '상황유형'(또는 '상황상'이라고도 불림)은 상황에 의해 표현되는 시간적 특질을 지칭하는 개념이라고 할 수 있다. 같은 동사를 공유하고 있어도 논항의 차이에 따라 상적 의미가 다르게 해석되고 나아가 시간 부사와 같은 문장의 다른 요소에 의해서도 의미가 달라지는 경우가 많으므로, 동사에 국한하지 않고 '상황'의 개념을 도입한 것은 설명적 타당성이 높다고 하겠다.

Smith(1991)에서는 상황을 [±동성(dynamism)], [±지속성], [±종결성]이라는 속성을 기준으로 하여 '상태, 행위, 완성, 순간, 달성' 다섯 가지의 상황유형으로 구분하였다. Vendler(1967)과 비교했을 때, 달성 동사가 '달성'과 '순간'의 상황유형으로 나누어진 데서 차이가 있다. Vendler(1967)의 동사 부류와 Smith(1991)의 상황유형은 몇몇 문제점이 지적되거나 비판을 받기도 했지만, 일반 언어학 논의에서뿐만 아니라 국내 상 연구에서도 상당 부분 수용되어 이론적 바탕이 되었다.

2.2. 문법상

연구자에 따라서 문법 범주로서의 상만을 '상'으로서 인정하는 경우도 있기 때문에 문법상은 좁은 의미로서의 상이라고 할 수 있다. 실제로 슬라브 어에서 유래한 'vid'는 문법상의 특성을 지니고 있기 때문에 'aspect'는 일반적인 상 개념을 지칭함과 동시에 문법상을 가리킨다고 하겠다.

문법 범주로서 상 논의를 자세히 다룬 것으로는 Comrie(1976)을

들 수 있다. Comrie는 상은 시제와 마찬가지로 시간과 관련이 있지
만 다른 시점과의 관계 속에서 성립하는 것이 아니라 '한 사태의 내
적인 시간 구성'에 관련된다고 하였다. 그리고 어떤 동작이나 상황
이 전개되어 있는 구성을 외부로부터 들여다본다면 하나의 덩어리
로 인식하기 때문에 '완료', 내부에서 어떤 한 지점을 본다면 '미완
료'로 구분되는 것이라 보았다. '상은 장면의 내적인 시간 구성을 받
아들이는 여러 가지 방법'이라고 한 Comrie의 정의는 독창적인 것은
아니고 이전 연구들에서의 정의에 의거하여 일반화한 것이다. 이후
에 그의 설명이 은유적이고 명확하지 않다는 비판이 있기는 했지만,
사태의 내적인 시간 구성을 어떻게 바라보는가에 따라 완료와 미완
료가 나뉜다는 요지는 유효하였다.

　Smith(1991)는 앞서 말한 상황유형과 함께 화자의 관점에 따른
'관점상'을 제시하였다. 상황유형은 어휘상에 관점상은 문법상에 해
당한다고 볼 수 있으며, 특히 관점상은 Comrie의 개념의 재정리된
것이라 볼 수 있다. 그는 문장의 상적 의미는 상황유형과 관점이라
는 두 부문이 독립적으로 작용하여 합성적으로 의미가 산출되는 것
이라고 하였다. 관점상은 상황이 완료적 관점에 의해 초점화되느냐
아니면 미완료적 관점에 의해 초점화되느냐에 의해 구분되는 범주
인데, 이는 일정한 문법 요소에 의하여 표현되므로 문법상이라고 할
수 있는 것이다. Smith의 상황유형과 관점상은 상의 하위 범주로서
어휘상과 문법상을 뚜렷하게 구분하여 정리한 것으로 평가할 수 있
다. 그리고 상의 해석에 있어서 어휘상과 문법상이 모두 개입할 수
있다는 논의의 이론적 바탕으로서 많이 수용되었다.

3. 한국어에서의 相 연구

한국어에서 상 연구는 1970년대에 이르러 상이 시제와는 다른 독립된 범주로서 주목받기 시작하면서 활발하게 진행되었다. 논의는 상의 개념을 정립하고 어떤 요소에 의해 상이 실현되는지 밝히는 방향으로 전개되었는데, 앞서 살펴본 어휘상과 문법상 개념에 맞추어 연구의 흐름을 정리하여 보겠다.

초기의 어휘상은 동사의 상적 의미 특성 즉 '동작류(aktionsart)'의 연구를 통해 꾸준히 논의되었다. 이는 대체로 동사를 하위 분류하는 것이었는데, 대표적으로 油谷幸利(1978), 이남순(1981), 이지양(1982), 정문수(1984), 이필영(1989), 이익환(1994), 정희자(1994) 등이 있다.

[표1] 油谷幸利(1978)의 동사 분류

A류	[+상태성][+결과성]	느끼다, 믿다, 알다, 바라다
B류	[+상태성][-결과성]	있다, 없다, 모르다
C1류	[-상태성][+순간성][+결과성]	가지다, 맡다, 이기다
C2류	[-상태성][+순간성][+결과성]	남다, 비다, 숨다
D류	[-상태성][+순간성][-결과성]	그치다, 다치다, 켜다
E1류	[-상태성][-순간성][+결과성]	매다, 입다, 쓰다
E2류	[-상태성][-순간성][+결과성]	뜨다, 차다
F류	[-상태성][-순간성][-결과성]	가다, 놀다, 먹다

油谷幸利(1978)이 계기가 되어 한국어의 동작류에 대한 연구가 본격화되었는데, 이남순(1981), 이지양(1982), 정문수(1984) 등이 이를

비판하고 설정 기준을 달리하여 수정하는 방향으로 이어졌다. 정문수(1984)는 '[±상태], [±순간], [±결과], [±완성]' 네 가지의 상적 의미 자질을 기준으로 하여 '상태풀이씨, 순간풀이씨(결과/비결과), 완성 풀이씨(결과/비결과), 비완성풀이씨'로 분류하였다.

[표2] 정희자(1994)의 동사 분류

상태동사		높다, 낮다, 푸르다, 검다, 희다 등 일반적인 형용사
과정동사		사랑하다, 미워하다, 걷다, 달리다, 울다, 살다, 노래하다
완성동사	결과성/비결과성	닫다, 열다, 눕다, 앉다, 일어서다
	비결과성	기록하다, 먹다, 주다, 짓다, 만들다
순간동사	결과성	죽다, 깨닫다, 가지다, 감다, 도착하다
	비결과성	끝나다, 이기다, 차다, 때리다, 꼬집다
심리동사1)		믿다, 느끼다, 알다, 바라다, 생각하다

정희자(1994)에서는 [표2]에서 보는 바와 같이 동사의 의미자질 가운데 상과 관계있는 자질로 '[±상태성], [±완성성], [±순간성]'을 두고 [±완성성]의 하위 자질로 [±결과성]을 설정하여 동사를 분류하였다. 이는 Vendler의 분류와 거의 유사하지만, 상태 동사에 형용사 만을 포함시킨 차이가 있다. 이익환(1994) 역시 Vendler의 분류와 유사하지만 심리 동사를 새롭게 추가한 점이 눈에 띈다. 그러나 이에 대하여 정언학(2006)에서는 심리 동사를 독립시키기보다는 상태 동사에 포함하는 편이 더 적절하다고 지적하였고 본고도 이에 동의하

---

1) 이익환(1994)에서 설정된 것으로, 油谷幸利의 체계에서 A류에 속한다. 정희자(1994)에 없지만 편의상 함께 제시하였다.

는 바이다.2)

　최근으로 오면서 동작류에서 벗어나 상황유형과 관련하여 논의하는 움직임이 많이 나타났다. Smith의 상황유형을 한국어에 적용한 김종도(1993)에서 처음으로 그 윤곽이 제시되었고, 이호승(1997)에서 본격화되었다. 여기에서는 상황유형을 '상태, 완성, 과정, 순간' 네 가지로 구분하고 관련되는 상적 의미자질을 기본적인 것과 부차적인 것으로 나누었다.

[표3] 이호승(1997)의 상황유형

	기본적 상적 의미자질			부차적 상적 의미자질	
	상태성	지속성	완성성	예비성	결과성
상태 상황유형	+	+	·	·	·
완성 상황유형	-	+	+	·	#
과정 상황유형	-	+	-	·	·
순간 상황유형	-	-	+	#	#

　Smith의 이론에 기대고 있는 이호승(1997)의 상황유형 연구는 의미 범주로서의 상 즉 어휘상을 단순하게 동사 차원이 아니라 문장 차원에서 거론하였다는 점에서 의의가 있다. 이전의 연구에서는 어휘상이 상의 부차적인 요소로 취급된 경향이 있었으나, 동사뿐만 아니라 문장 전체가 상적 의미를 표현하는 데 중요한 역할을 할 수 있음이 부각되면서 어휘상이 문법상과 대등한 위치에 놓이게 되었다.

---

2) 심리 동사로 분류된 '알다, 믿다, 생각하다' 등은 영어를 중심으로 한 전통적인 일반 언어학적 분류에서는 주로 상태 동사에 속하는 것으로 보았다. 이들 동사가 모두 [+상태성]이 강하므로, 상태 동사로 구분하는 것이 적절하다고 생각된다.

  문법상 연구의 흐름은 상 연구 자체의 흐름과 맥을 같이한다고
볼 수 있다. 한국어에서 상 범주가 독립적으로 존재함을 인정하면서
부터 상 범주의 개념을 정의하고 한국어에서 상을 실현시키는 요소
가 무엇인지 밝히는데 노력이 집중되었는데, 주로 형태론적으로 접
근하여 상적 기능을 하는 선어말어미나 종결어미를 찾으려고 하였
다. 이 과정에서 과거 시제 선어말어미 '-었-'이 완료상적 의미를 나
타낸다고 보이는 경우들이 주목을 받으면서 '-었-'과 같은 시제 선어
말어미가 상적 기능을 담당하는가에 대하여 수많은 연구들이 이어
졌다.3) 또한 '-다가, -어서' 등의 연결어미 역시 주목되었다. 그러나
본고는 선어말어미나 연결어미가 상적 기능을 하는 것이 아니라 그
것이 쓰인 문장에서 상적 의미가 드러나는 것처럼 보이는 원인은 동
사나 문장의 다른 요소들과의 결합에서 해석되는 의미 때문이라고
보며, 따라서 이에 대하여는 다루지 않을 것이다.

  전체적인 상 체계를 세우는 데 있어서는 완료와 미완료의 대립
아래 세부적으로 상이 나누어진다고 보는 견해가 지배적이었다. 이
른 시기의 연구에서는 완료와 미완료의 상위 구분 없이 '시발상, 계
속상, 중지상, 종료상, 반복상'(김민수 1972)으로 구분하기도 했지만,
대체로 먼저 완료와 미완료의 대립함을 인정하였고 이는 일반 언어
학의 문법상 논의와 맥을 같이 한다.

  김성화(1992)는 상 범주에서 어휘상을 배제하고 문법상만을 인정
하여 그 체계를 엄밀하게 정립하고자한 연구로서, 문법상이 유래한

---

  3) '-었-'의 기능을 시제로 파악하는 견해와 시제와 상을 각각 담당하여 2가지 기
    능을 가진다고 보는 견해, 상의 기능만을 가진다고 보는 견해가 있다. 상을 독
    립된 범주로 인정하지 않고 '시상(tense-aspect)' 범주를 설정하는 입장에서는
    시상의 형태소로 본다.

슬라브 어 가운데 러시아 어 연구를 바탕으로 하고 있는 점이 특징
이다. 여기에서는 "동적 상황이 나타내는 모든 움직임은 시작점에서
끝점에 이르기까지 전개 과정을 갖는데, 하나는 움직임이 시작되어
끝나기 직전까지 끊임없이 이어지는 '지속'의 모습이며 다른 하나는
지속 과정을 거친 후 종결점에 이른 '종결'의 모습이라고 하여, 지속
과 종결의 대립을 문법 범주화한 것이 상"이라고 정의하였다. 지속
은 미완료, 종결은 완료라고 할 수 있으며, 아래 [표4]에서와 같이
매우 자세하게 하위 분류를 하였다. 그리고 이전 연구들에서 선어말
어미나 연결어미가 상적기능을 하는 형태소일 가능성이 많다고 했
던 것과는 달리 '본동사 + 연결어미 + 보조동사'의 통사적 구성만을
문법상 실현 요소로 인정하였다.

[표4] 김성화(1992)의 상 체계

상	종결상	결과성	자동성	-어 있다	
			타동성	-고 있다2	
		보유성	보존성	-어 두다	
			유치성	-어 놓다	
		완수성	통과성	-고 나다	
			극복성	-고 내다	
		소거성	제거성	-어 버리다	
			정리성	-어 치우다	
		단절성	일탈성	-고 말다	
			중단성	-다가 말다	
	지속상	진행성	목표지향성	누적성	-어 오다
				감소성	-어 가다

		단순지향성	-고 있다1	
	반복성	연속성	등질성	-어 대다
			축적성	-어 쌓다
		단속성	-곤 하다	

고영근(2004)는 오랜 기간에 걸친 상 연구를 집대성한 것이라 할수 있다. 상에 대한 정의는 기존 연구와 크게 다르지 않으나 어미들과 보조동사 구성 모두를 문법상 요소로서 인정하고 포괄적으로 정리한 점이 특징이다.

[표5] 고영근(2004)의 상 체계

	완료상		-어 있다, -고 있다2 -어 버리다	-고서, -어서
상	미완료상	진행상	-고 있다1, -는 중이다 -곤 하다	-(으)면서, -으락~ -(으)락
		예정상	-게 되다, -게 하다	-고자, -(으)러

박덕유(2007)은 어휘상과 문법상 두 부류가 상호보완적인 관계에 의하여 한국어의 상이 합리적으로 해석될 수 있다는 관점 아래 진행해 온 다양한 연구들을 집대성하여 보여주고 있다.

[표6] 박덕유(1998)의 상 체계

상	완료상	결과상태: -고 있다2, -어 있다 종결: -어 버리다, -어 치우다, -어 내다, -어 나다, -어 두다, -어 놓다, -고 말다

	진행상	-고 있다1, -어 오다, -어 가다
미완료상	반복상	-곤 하다, -어 대다, -어 쌓다
	예정상	-려고 하다, -게 되다

[표6]은 그의 이전 연구에서 이미 정립된 상 체계를 보여주고 있다. 반복상이나 예정상을 두는 것에 대하여 '한 사태의 시간 내적 구성'이라는 정의에 맞지 않는 점에서 비판되기도 한다. 박덕유(2007)에서는 전체적인 상 체계뿐만 아니라 동사의 상적 의미자질을 면밀하게 고찰하고 있기 때문에 어휘상과 문법상을 고르게 다루고 있는 최근의 연구 경향을 잘 반영한다고 할 수 있다.

4. 상과 상적 보조동사 구성

보조동사는 많은 연구들에서 상 실현 요소로서 제시되어 왔다. 물론 보조동사 판별 자체의 모호성 때문에 어디부터 어디까지를 보조동사로 인정할 것인가 이견들이 존재하고 모든 보조동사 구성이 상적 기능을 하는 것은 아니지만, 몇몇 보조동사 구성은 비교적 뚜렷하게 상적 의미를 드러낸다는 점에서 주목을 받았다. 그리고 동사가 기존의 어휘적 의미를 잃고 문법화된 혹은 문법화의 과정에 있는 것이라는 보조동사의 개념을 따르자면, '연결어미+보조동사'로 굳어져 쓰이는 구성은 문법적 요소로서 취급될 수 있으므로 이른바 상적 보조동사 구성은 문법상을 설정하는 좋은 근거가 되었다. 앞 절에서 살펴본 대로 연구자마다 제시하는 상적 보조동사의 세부 목록에는 차이가 있지만, 상 체계를 세우고 각각의 개별 상을 실현시키는 상적 보조동사 구성을 제시하고 있는 것이 상 논의에서의 일반적인 흐름이었다.

상적 보조동사로 제시되어 온 것들 가운데 가장 대표적인 것은 보조동사 '있다'로서 연결어미 '-어, -고'와 결합하여 쓰인다. '-어 있다'와 '-고 있다'는 각각 '결과지속'과 '진행/결과지속'이라는 상적 의미를 나타낸다고 보는 것인 일반적인 입장이다. 그러나 '-어 있다'의 경우 본동사와 결합할 때 많은 제약을 보이는데, 일반적으로 자동사 그 중에서도 끝점이 있는, 즉 [+종결성]을 지닌 자동사와만 결합이 가능하다고 관찰되었다. '-고 있다' 역시 몇몇 본동사의 결합에서 제약을 보일 뿐만 아니라 일반적으로 진행의 상적 의미를 나타내지만, 결합하는 동사에 따라 진행과 결과지속의 상적 의미를 모두 나타내는 의미적 중의성이 관찰되었다. '-어 있다'와 '-고 있다'는 하나의 보조동사가 연결어미만을 달리 하여 두 개의 구성을 이룬다는 점, 다른 보조동사 구성과 비교할 때 결합이 가능한 선행 동사에 대하여 상당히 제약적이고 복잡한 조건을 가진다는 점에서 특징적이다. 따라서 이를 설명하기 위한 여러 방면에서의 연구들이 진행되어 왔다.

(2) '-어 있다' 구문의 결과지속의 상적 의미
  ㄱ. 민호는 학교에 가 있다.
  ('가다'는 자동사이고 [+종결성]이므로 결합 가능)
  ㄴ. *경미는 달리어 있다.
  ('달리다'는 자동사이지만 [-종결성]이므로 결합 불가)
  ㄷ. *성주는 옷을 입어 있다.
  ('입다'는 [+종결성]이지만 타동사이므로 결합 불가)

(3) '-고 있다' 구문의 진행/결과지속의 중의적인 상적 의미
　　ㄱ. 민호는 밥을 먹고 있다.
　(먹는 동작이 진행 중)
　　ㄴ. 경미는 신발을 신고 있다.
　(신발 신는 동작 진행 중/신발 신은 후의 결과 유지)

　선행 본동사에 '연결어미+보조동사' 구성이 결합하여 상적 의미를 나타내는 것은 통사적인 현상이라 할 수 있다. 그리고 각각의 어휘가 고유한 의미를 가지고 있으므로, 문장 내에서 어휘들이 서로 결합하는 과정에서 제약을 보이는 것은 그리 어색한 일은 아니다. 또한 동사의 경우 내재적으로 상적 의미자질을 지니고 있기 때문에 의미자질끼리 충돌이 있다면 결합이 불가능하다고 보는 추측도 자연스럽다.

　기존의 여러 연구들에서 '-어 있다'나 '-고 있다'의 복잡한 결합 제약은 이례적인 것으로 여겨진 경향이 있다. 이는 이 보조동사 구성들을 문법적 요소로 파악했기 때문일 것이다. 어떤 요소가 문법적 요소로서 기능하기 위해서는, 예를 들어 한국어 시제에 있어서 '-었-'이 큰 제약이나 예외가 없이 동사 활용형에 결합하여 과거를 나타내는 것처럼 그 기능이 명료하고 고유하며 적용이 자유로워야 할 것이다. 물론 모든 문법적 요소들이 단 하나의 예외도 없어야 한다는 엄정한 잣대를 들이대는 데는 무리가 있지만, 제약과 예외는 최소한이어야 한다. 따라서 제약이 많다는 점은 문법적 요소로서의 타당성이 적다는 근거가 될 수 있으며, 결합하는 선행 요소에 따라 의미 기능이 달라질 수 있다는 점 역시 문법적 요소로서의 정당성에 의문을 갖게 할 수 있는 부분이다.

본고는 이러한 점에서 모든 상적 보조동사가 문법상을 실현하는 요소라는 점에 이의를 제기하고, '있다'가 쓰인 구성의 경우를 비판적으로 고찰해 보고자 한다. '-어 있다'나 '-고 있다' 같은 구성이 사용된 문장에서 상적 의미가 나타난다는 점에는 동의하지만 그것이 보조동사 구성이 문법상의 기능을 하기 때문이라고 보기는 어려우며, 상적 의미로 해석되는 것은 각각의 요소들이 모두 어휘적으로 결합하여 복합적으로 나타내는 결과물이라고 보는 것이 더 타당하다고 생각된다. 이에 따라서 '-어 있다'와 '-고 있다'를 대상으로 그것이 문장 내에서 어떻게 상적 의미를 나타내는지 면밀하게 검토하여, 문법적 요소로 볼 수 있는 근거가 부족함을 밝히는 작업을 절을 바꾸어 진행할 것이다. 그리고 여기에 앞서 참고로 한국어의 상적 보조동사 구성과 많은 유사성을 보이는 일본어의 동사 분류와 상의 실현에 대하여 간략히 살피고 넘어가겠다.

일본어의 상 연구에서도 어휘상과 문법상의 개념을 모두 찾아볼 수 있다. 어휘상에 있어서는 역시 동사를 분류하는 연구가 대표적인데, 일본어의 동사는 동사가 나타내는 동작이나 작용이 시간적으로 어떻게 파악되는가 즉 상적 의미자질에 따라 상태 동사, 계속 동사, 순간 동사, 특수 동사로 구분된다. 이 분류는 동사의 활용형과 다른 요소의 접속에 있어서 일어나는 제약을 검토하는 데 유익하다고 하는데, 이는 한국어에서 상적 속성에 따른 동사 부류 분류가 하는 역할과 비슷하다.

상을 실현하는 방법 가운데 가장 대표적인 것은 '동사+て+보조동사'와 '동사+て+존재동사(いる, ある)' 형식인데, 이는 한국어의 이른바 상적 보조동사 구성과 매우 유사하며 번역에 있어서도 상적 보조동사를 이용하여 자연스럽게 옮길 수 있다. 한국어의 '있다'에 해당하는 'いる, ある'를 중심으로 살펴보자. 'て いる'는 선행하는 동사의 어휘적 의미에 따라 다른 의미를 나타낸다.

(4) 계속동사 + て いる
= 동작의 진행이나 현상의 지속, '-고 있다'에 대응
　子供がないている。(아이가 울고 있다.)

(5) 순간동사 + て いる
= 결과의 상태나 결과의 잔존, '-어 있다'에 대응
　窓が開いているんです。(창문이 열려 있습니다.)

(6) 특수동사(형용사적 동사) + て いる

'ている'의 의미는 '-고 있다'나 '-어 있다'처럼 진행이나 결과상태의 지속이지만, 결합하는 동사의 구별에 관계없이 문맥적 요인에 따라 현재의 습관이나 과거 회상의 의미를 나타내기도 한다는 점이 특징이다.

'てある'는 주로 타동사에 접속하여 결과의 상태를 나타낸다. 자동사와 타동사가 어휘적 대응을 보이고 있는 동사의 경우에는 뉘앙스 차이를 무시하면 '자동사+てある'와 '타동사+てある'가 동일하게 결과의 상태를 의미할 수 있다고 하는데, 이는 기존의 관찰에서 '-어 있다'와 '-고 있다'가 선행하는 동사의 차이만 있을 뿐 결과지속상을 의미한다고 한 것과 외형적으로 매우 유사한 측면이 있다.

(7) ㄱ. 机がならんでいます。(책상이 가지런히 놓여 있습니다.)
　　　- 주어의 의도에 의하지 않고 자연히 그렇게 되는 경우 혹은

　　　　다른 사람의 힘에 의해서가 아닌 자신의 힘으로 그렇게 되
　　　　었을 때
　　ㄴ. 机がならべています。(책상이 가지런히 놓여 있습니다.)
　　　- 일을 손쉽게 하기 위해서 혹은 회의를 하기 위해서처럼 어
　　　　떤 의도나 목적을 나타내는 경우

　　'자동사+てある'와 '타동사+てある'의 미세한 차이를 구분하자면,
전자는 사태가 주어의 인위적인 행위에 의하여 발생한 것인가 자연
히 발생한 것인가 즉 주어가 행위주인가 경험주인가를 상관하지 않
는데 반해 후자는 사태가 자연 발생적인 아니라 주어의 의도적인 행
위 때문이라고 파악되는 데 차이가 있다. 이는 한국어 번역에서는
반영하기가 어려운 부분이다.

　　한국어에서 선행 동사와 상적 보조동사 구성의 결합할 때 여러
제약이 나타나는 것처럼 일본어에서도 특정 부류의 동사와만 결합
하여 특정한 상적 의미를 드러내거나 다른 요소에 의해 의미가 다르
게 해석되는 경우도 있음을 보았다. 일본어의 'て+보조동사'나 'て+
いる・ある' 형식에서 후행하는 동사가 어휘적 의미에 의존하는 측면
이 강하고 문법형식화가 충분히 이루어지지 않았으며 동사의 결합
에서 제약을 보인다는 점에서 문법상으로 인정하지 않는 견해도 있
다고 한다. 한국어와 일본어의 경우를 모두 일대일로 대응시킬 수는
없겠지만 유사한 현상들에 대하여 비교해 보는 것도 좋은 참고가 될
것이다.

5. 상적 보조동사 '-어 있다, -고 있다'의
비판적 검토

기존 관찰과 연구들에 의하면 '-고 있다'에 비해 '-어 있다'가 결합에 있어서 제약이 훨씬 심하다는 것을 알 수 있다. '-어 있다'의 경우 끝점이 있는 자동사와만 결합이 가능하고 선행 본동사와 결합하여 '결과지속'의 상적 의미를 표현한다는 것이 지금까지의 일반적 논의이다. 대표적인 논의를 살펴보자. 임홍빈(1975)는 '있다'가 경직성을 가지고 있어서 역동성을 갖는 타동사와 결합할 수 없다는 '역동성 조건'으로, 정태구(1994)는 '있다'의 의미가 정적 존재 상태이므로 어떤 개체가 정적으로 존재할 수 있는 동사만이 결합 가능하다는 '존재 조건'으로 설명하고자 하였다. 한동완(2000)에서는 이전 연구들의 문제점을 지적하면서 '-어 있다' 구성이 [-결과상태성]의 상황유형과 결합하지 못한다는 점에서 의미론적 제약을 가지는 것이라 하여 그동안 제기된 예외들에 대하여 좋은 설명력을 제공하였다. 또한 자동사와 타동사 여부가 결합 조건에 간섭하는 것은 상 범주 이론 전체에서 볼 때 매우 이례적인 것이라 지적하고, 이는 한국어에서 접속 구성에서 '-어'와 '-고'를 각각 선택하는 일반적인 원리로 설명할 수 있다고 주장하였다. 자동사와 타동사를 결합 제약의 조건으로 언급한 것은 관찰상의 기술에 불과하며, 다른 방식으로 접근할 수 있다는 점에 본고도 크게 동의하는 바이다.

두 구성의 결합 제약을 다른 방식으로 설명할 길을 찾기 위해서는 우선 두 구성이 문장에서 쓰일 때 정확히 어떤 상적 의미를 나타내는지 정리해 볼 필요가 있다.

(8) ㄱ. 민호는 의자에 앉아 있었다. (변화: stand → sit)
    ㄴ. 경미는 죽어 있는 쥐를 보았다. (변화: alive → dead)
    ㄷ. 아이스크림이 녹아 있었다. (변화: solid → liquid)

(8ㄱ)은 '앉다'라는 동작이 종결된 후의 결과가 지속됨을, (8ㄴ)은 '죽다'라는 사건이 종결된 후의 결과가 지속됨을, (8ㄷ)은 '녹다'라는 사건이 종결된 후의 결과가 지속됨을 의미한다. 이렇게 '-어 있다' 구성이 결합된 문장에서는 '동사가 혹은 상황(situation)이 나타내는 사태가 종결된 뒤의 결과 상태가 지속됨'이라는 상적 의미가 해석된다. 여기에서 결과란 '어떤 사태가 완결됨으로 인해 나타난 변화의 결과'이며, 그 결과 상태의 존재가 지속되는 것이다.

(9) ㄱ. 죽은 줄로만 알았던 친구가 살아 있었다.
    ㄴ. 우리 마을은 산으로 둘러싸여 있다.
    ㄷ. 떡 몇 개가 그릇에 남아 있었다.

(9ㄱ)의 '살다'나 (9ㄴ)의 '둘러싸이다', (9ㄷ)의 '남다'는 어떤 사태의 발생으로 인한 변화나 그 결과를 상정하기 어려운 동사라고 판단된다. 따라서 '-어 있다'가 쓰인 문장에서 해석되는 의미는 그저 '현재의 상태가 지속됨'이라고 보는 것이 더 적절할 것이다. 이는 '-어 있다'는 결과지속상을 나타낸다고 하는 일반적인 입장과는 차이가 있다. 본고에서는 동사에 내재된 상적 의미자질도 중요한 요소로 취급하기 때문에 '-어 있다'가 쓰인 문장에서 결과지속으로 해석되지 않는 것은 선행 동사의 특성에 따라 발생하는 것이라고 본다. '살다, 둘러싸이다, 남다'와 같은 동사의 경우, [+결과성]이라는 상적 의

미자질을 가지지 않는다. 따라서 '-어 있다'가 쓰인 전체 문장에서 드러나는 상적 의미가 항상 '결과지속'이 아니라 결합하는 선행 동사에 따라 일부는 '상태지속'으로 해석될 수 있다.

(10) ㄱ. *성주가 자 있었다.
　　　ㄴ. 그땐 이미 바람이 자 있었다.

위의 예에서는 동일한 동사가 쓰였지만 (10ㄱ)은 비문으로 (10ㄴ)은 정문으로 받아들여진다. 이는 '자다'는 '[-종결성], [-결과성]' 동사이기 때문에 사태의 종결은 물론 결과상태도 나타나지 않으므로 '-어 있다'와의 결합이 어색하지만, (10ㄴ)에서처럼 문장 내 다른 요소와의 작용에 의해 '바람이 잠잠해지다'의 의미를 갖는다면 '[+종결성], [+결과성]'이 되기 때문에 자연스럽게 결합할 수 있다.

(10)은 동일한 동사와 결합해도 정문과 비문의 여부가 달라질 수 있음을 보여준다. 이는 그동안 '-어 있다' 구성이 결합된 문장을 해석할 때 얻어진 '결과지속'의 상적 의미가 단순히 '-어 있다'가 붙었기 때문에 나타나는 기계적인 현상이 아니라, 선행하는 동사 그리고 나아가 동사의 논항이나 전체적인 맥락과 복합적으로 결합하여 산출되는 의미라는 증거이다. 또 결합하는 요소나 양상에 따라 결과의 지속이 아닌 다른 의미로도 해석될 수 있기 때문에 '-어 있다'의 의미 기능을 고정시키는 데도 문제가 있음을 알 수 있다.

'-고 있다'의 경우는 의미 해석에 있어서 더 복잡한 양상을 지닌다. '-고 있다' 구성은 진행의 상적 의미를 나타내지만 경우에 따라 진행과 결과지속의 의미가 모두 해석될 수가 있어서 그 중의성이 문제가 되었다. 이 때문에 여러 연구들에서 '-고 있다'를 진행상을 담당하는 '-고 있다1', 결과지속상을 담당하는 '-고 있다2'로 나누는 입장을 취하기도 한다.

    (11) ㄱ. 경미가 책을 읽고 있다. - 진행
          ㄴ. 성주가 옷을 입고 있다. - 중의적 : 진행/결과지속

    (12) ㄱ. 민호는 뛰어난 수학 실력을 가지고 있다. - 중의적 : 결과지
              속/상태지속
          ㄴ. 수많은 팬들이 그에게 격려와 응원을 보내고 있다. - 반복
              의 의미
          ㄷ. 영수는 군대 간 친구에게 매일 편지를 쓰고 있다. - 반복의
              의미

   (12ㄱ)에서 '-고 있다'가 '가지다'라는 동사와 결합했을 때 (9)와 같이 '상태지속'으로 해석되거나 또는 결과지속으로 해석될 수 있는 중의성을 보인다. 이는 '가지다'의 상적 의미자질을 어떻게 파악하느냐에 따라 달라지는 문제로서, 시작과 끝점 즉 'not have(갖지 않음)'와 'become to have(가지게 됨)'의 두 상황을 상정하여 [+종결성]이 있는 동사로 본다면 결과지속으로, [-종결성]에 [+상태성]만 있다고 본다면 상태지속으로 해석이 가능하다.

   (12ㄴ)과 (12ㄷ)은 모두 사태의 반복으로 해석되는데, 일단 상을 '하나의 사태가 전개되는 시간의 내적 구성'으로 보았을 때, 이 경우는 하나의 사태가 아니라 사태가 반복적으로 일어난다는 의미가 되므로 '반복상'의 설정 자체의 문제점이 지적될 수 있다. 두 예문에서 반복의 의미가 드러나는 것은, (12ㄴ)의 경우 한 사람이 아닌 '팬들'

즉 복수의 사람이 '보내다'라는 사태에 관여하기 때문이며, (12ㄷ)의 경우는 '매일'이라는 시간 부사어 때문이다. 만약 '팬들'이나 '매일'이 없었다면 단순히 진행상으로 해석될 수도 있었겠지만 이들이 문장 전체의 해석에 영향을 미쳐서 반복의 의미가 산출된 것이다. 따라서 '사태의 반복'이라는 상적 의미는 따로 상 체계의 하위 부류로 세우기보다는, 진행의 '-고 있다'가 쓰인 문장에서 다른 요소들 때문에 해석되는 것이라고 보는 것이 적당하다.

　'-어 있다'와 마찬가지로 '-고 있다' 구성도 그동안 일반적으로 알려진 진행과 결과지속의 의미 외에 반복의 의미가 나타나거나 상태 지속으로 해석될 수 있음을 확인하였다. 지금까지 살펴본 바를 해석되는 의미를 중심으로 하여 정리하면 다음과 같다.

[표7]

지 속	결과로서의 상태 지속	-어 있다
		-고 있다
	상태 지속	-어 있다
		-고 있다
진 행		-고 있다

　이러한 다양한 해석이 가능한 것은 선행 본동사나 동사의 논항 또는 문장을 구성하는 다른 요소들과 전체적인 맥락과의 상호 관계에 기인한다. 특히 선행하는 본동사의 상적 의미자질이 중요한 역할을 하며 이 때문에 결합의 제약이 나타나는 것이다. 그러므로 '-어 있다' 구성의 기능은 끝점이 있는 자동사와 결합하여 결과지속상을, '-고 있다' 구성의 기능은 진행상을 또는 일부 자동사나 타동사와 결

합하여 결과지속상을 나타내는 것으로, 즉 그들이 고정된 기능을 한다고 단언할 수 없다. 그리고 고정된 기능을 하지 않는다는 것은 문법상 표지로서의 이들의 지위를 흔들리게 한다.

　기존 논의에서는 예를 들어 '-어 있다' 구성의 경우, '동사와 결합하여 지속의 상적 의미를 나타내는데 동사 중에서도 끝점이 있는 자동사와만 결합한다.'라는 식의 보조동사 구성 중심의 관점을 취하였다. 그러나 본고에서는 선행 동사와 보조동사 구성 양 쪽에 동일한 비중을 두는 접근 방식을 취하고자 한다. 즉, 어떤 특징을 공유하는 일련의 동사 부류와 '-어 있다' 또는 '-고 있다'과 결합했을 때, 무엇과 무엇이 결합하는가에 따라 각각 결과지속, 상태지속, 진행으로 상적 의미가 해석되어 나오는 것이라고 보는 입장이다. 이 때 선행 동사와 후행하는 보조동사 구성은 각각 동일한 비중으로 상적 의미 해석에 관여한다.

[표8] 선행 동사와 후행 보조동사 구성의 결합 양상

	선행 동사	후행 보조동사 구성	해석되는 상적 의미
1	V	-어 있다	결과지속
2	V	-고 있다	진행
3	V	-어 있다	상태지속
4	V	-고 있다	상태지속
5	V	-어 있다	결과지속
		-고 있다	진행
6	V	-고 있다	결과지속
			진행

위의 [표8]에서는 동사와 보조동사 구성이 결합할 수 있는 모든 경우를 정리하여 제시하였다.

대부분의 동사는 '-어 있다'와 '-고 있다' 중 하나와만 결합하여 하나의 상적 의미를 산출하지만, 5부류와 6부류의 동사는 조금 다른 양상을 보인다. 먼저 6부류는 기존 논의에서 '-고 있다'가 결합하여 중의성을 보이는 경우, 즉 한 동사가 '-고 있다1'과 '-고 있다2' 모두 와 결합할 수 있는 경우이다. 5부류는 두 구성 모두와 결합이 가능 하며 '-어 있다'와의 결합에서는 결과지속의 의미를 '-고 있다'와의 결합에서는 진행의 의미를 각각 나타내는 경우이다.

위의 결합 양상에서 선행하는 동사 부류의 특성을 결정하는 것은 바로 개별 동사가 고유하게 지니고 있는 상적 의미자질이다. 이는 문법상과는 다른 어휘상 즉 '동작류(aktionsart)'와 관련된 개념이다. 각 부류의 특성을 알기 위해서는 우선 상적 의미자질에 의해 동사를 분류해 보는 작업이 이루어야 할 것이다. 본고에서는 선행 연구를 바탕으로 하여 한국어의 동사를 가장 적절하다고 판단되는 기준을 바탕으로 분류할 것인데, 기준으로 삼을 상적 의미자질은 다음과 같다. 상적 의미자질이란 하나의 사태(state of affair)의 내적인 시간 구조를 어떻게 인식하는가와 관련된 의미자질이다.

(13) 상적 의미자질
 ▶ 상태성(static)
happening과 non-happening의 여부, 즉 어떤 사태가 발생 가능한 것인 가를 구분하는 자질이다.
 ▶ 종결성(telic)
사태가 발생했을 때, 끝점이 있는가를 구분하는 자질이다.
 ▶ 순간성(punctual)

사태가 끝점을 향해 나아갈 때, 그 내부의 과정이나 변화가 얼마나 즉각적인가를 구분하는 자질이다. 과정이나 변화가 어느 정도 이상 지속된다면 순간적이지 않은 것이고, 지속의 정도가 매우 짧다면 순간적이라고 할 수 있다.

▶ 결과성
사태가 종결된 후에 사태 발생 이전과는 다른 변화의 결과가 상정되는가를 구분하는 자질이다.

이러한 의미자질을 기준으로 동사를 분류하는 과정을 표로 나타내면 아래와 같다.

[표9] 동사 부류의 재정립[4]

상적 속성	[+상태성]	X			1
	[-상태성]	[+종결성]	[+순간성]	[+결과성]	3
				[-결과성]	4
			[-순간성]	[+결과성]	5
				[-결과성]	6
		[-종결성]	X		2

동사들은 총 6개 부류로 구분될 수 있다. 각 동사군의 속성과 해당하는 예를 정리하여 보겠다. 제시된 예들은 아주 일부에 불과하며, 연구자에 따라 직관이 다르므로 어떤 동사군에 속하는가에 대한 판단에서 차이가 날 수 있을 것이다.

① [+상태성] : 상태 동사

---

4) 'X'는 해당 의미자질이 기준으로 적용될 수 없는, 무관한 경우이다.

살다, 남다, 믿다, 느끼다, 사랑하다, 알다, 가지다
② [-상태성][-종결성] : 행위/동작 동사
먹다, 읽다, 달리다, 걷다, 삶다, 썰다, 굽다
③ [-상태성][+종결성][+순간성][+결과성] : (결과 있는) 순간 동사
죽다, 깨지다, 넘어지다, 뜨다(=감았던 눈을 벌리다), 감다(=눈꺼
풀을 내려 눈동자를 덮다)
④ [-상태성][+종결성][+순간성][-결과성] : (결과 없는) 순간 동사
이기다, 지다
⑤ [-상태성][+종결성][-순간성][+결과성] : (결과 있는) 완성 동사
차다(=가득하게 되다), 녹다, 앉다, 입다, 신다, 쓰다(모자 따위
를), 끼다(장갑 따위를)
⑥ [-상태성][+종결성][-순간성][-결과성] : (결과 없는) 완성 동사
만들다, 짓다

선행 동사들은 그들이 가지는 상적 속성에 따라 위와 같이 여섯
부류로 나누어 볼 수 있다. 각 부류에 속하는 선행 동사와 보조동사
구성이 결합하는 각각의 경우를 보면 몇 가지 특징들을 다음과 같이
정리할 수 있다.
첫째, [+종결성]과 [+결과성]을 함께 지닌 동사는 '-어 있다' 혹은
'-고 있다'가 결합할 때 결과지속의 의미가 나타난다.

(14) ㄱ. 소나무가 뿌리째 뽑혀 담 쪽으로 넘어져 있었다.
ㄴ. 초콜릿이 손에서 다 녹아 있었다.
ㄷ. 민이는 흰 가운을 입고 있었다. (입고 난 후의 결과가 지속)

둘째, [+상태성]을 지닌 동사는 '-어 있다'와 '-고 있다' 모두와 결합하여 상태지속의 의미를 나타낼 수 있다.

    (15) ㄱ. 주머니에는 동전 몇 개가 남아 있었다.
          ㄴ. 나는 오래 전부터 그 녀석을 알고 있었다.

셋째, 진행의 상적 의미는 동사와 '-고 있다'의 결합만으로 산출된다. [-상태성]을 지닌 동사는 비교적 자유롭게 '-고 있다'와 결합하여 진행의 의미를 나타낼 수 있다. 따라서 진행의 상적 의미는 '-고 있다' 구성이 가지는 고유한 기능으로 볼 수 있다.

이렇게 동사의 상적 속성에 따라 '-어 있다' 혹은 '-고 있다'와 결합하는 경우들을 여러 가지로 나누어서 살펴봄으로써 '-어 있다'와 '-고 있다'의 상적 기능은 고정된 것이 아니라 선행하는 동사에 따라 달라질 수 있음을 구체적으로 확인할 수 있었다. '지속'의 의미를 갖는다는 점에서는 동일하지만 세부적으로 보면 선행하는 동사의 성격에 따라 결과지속이나 상태지속으로 해석되는 것이다. 선행하는 동사의 성격은 기존 연구에서 지속을 나타내는 '-어 있다' 혹은 '-고 있다' 구성의 결합 제약으로서 다루었던 부분이다. 그러나 [+종결성]을 지닌 자동사가 '-어 있다'가 결합이 가능하고, 일부의 타동사가 '-고 있다'와 결합이 가능하다는 조건은 많은 예외들에 대하여 설명하지 못하였다. '-어 있다'나 '-고 있다'가 어떤 동사와 결합할 수 있는가에 대한 조건을 따지기 보다는 [+종결성]과 [+결과성]을 지닌 동사들이 '-어 있다'나 '-고 있다'와 함께 쓰일 때 결과나 상태의 지속이라는 상적 의미가 산출된다고 보는 것이 예외를 최소화 할 수 있

는 설명이라고 본다. 이는 전체 문장에서 상적 의미가 해석되는 과
정에는 고유한 상적 의미자질을 가진 동사가 일정한 역할을 한다는
본고의 입장에 바탕을 두고 있다.

    본고에서는 문장의 상적 의미가 표지로서의 보조동사 구성에 의
해 전적으로 해석되는 것이 아니라 선행하는 동사와 보조동사를 이
루는 각각의 요소들이 모두 해석 과정에 참여할 수 있다는 입장을
취하고 있다. 지금까지는 선행 동사에 대하여 살펴보았고, 이제 보
조동사 구성이 상적 의미 해석에 어떻게 관여하는지 살펴보도록 하
겠다.

    보조동사는 외형 면에서는 본동사와 구별이 되지 않으나, 추상화
되어 본래의 어휘적 의미를 잃고 주로 문법적인 기능을 한다는 점에
서 구별된다. '덜 문법적인 것에서 더 문법적인 것으로 어떤 항목이
변화하는 연속 변이의 과정 및 각 단계의 변화'라는 넓은 개념의 문
법화 측면에서 본다면, 본동사에서 보조동사의 변화가 바로 이에 해
당하는 예라고 할 수 있다.5) 상적 보조동사 구성이 문법상 기능을
한다고 주장하는 연구들에서는 본동사에서 문법화된 보조동사가 연
결어미를 통해 선행 본동사에 결합하는 구성 자체가 문법화 되었거
나 그 과정 중에 있다고 본다. 이는 기존 연구들에서 정의하는 보조
동사의 개념과도 맥이 통한다. 그리고 이에 대한 반례가 될 수 있는
경우들, 예를 들어 선행 본동사와의 결합에서 다양한 제약을 보이는
것에 대하여는 그 구성이 아직 문법화 과정에 있기 때문에 남아 있

---

5) 본고에서는 문법화를 문법형태소화로 규정하는 전통적 시각에서 벗어나, 본래
   의 어휘적 의미를 상실하고 기능어로 쓰이는 경우까지도 문법화에 포함하는
   광의의 개념으로서 받아들인다.

는 어휘적 속성에 기인하는 것이라고 설명한다.

실제로 어떤 항목의 문법화 정도를 정확하게 가늠하기란 매우 어려운 일이므로, 어디까지가 어휘적 요소이고 어디부터가 문법적 요소에 해당하는지 가르는 것은 불가능하다는 것은 인정한다. 그러나 굳이 갈라야 한다면, 한 끝이 어휘적 요소의 특성이고 다른 한 끝이 문법적 요소의 특성이 있을 때 상적 보조동사 구성의 특성은 어느 쪽에 가까이 있을까 살펴봄으로써 결론을 내릴 수 있을 것이다. 이는 상적 의미가 어떻게 해석되는지 그 과정을 보면 밝혀질 수 있다.

'-어 있다'나 '-고 있다'가 쓰인 문장에서, 상적 의미가 해석되는 과정에 참여하는 '-어 있다'나 '-고 있다'의 '있다'가 보조동사라면 내용이 없는 기능어로서 참여한다고 할 수 있다. 그러나 고유의 어휘적 의미를 보탠다면, 즉 그 의미가 해석 과정에 영향을 준다면 보조동사라고 보기 어려울 것이다.

본동사로서의 '있다'의 기본 의미는 '존재 또는 소재'이다. '-어 있다'와 '-고 있다'를 문법상의 실현 요소로 보는 입장에서 보면 '있다'는 보조동사이고 이 구성 자체가 문법화되었으므로 본동사 '있다'의 의미는 상적 의미를 나타내는 데 관여하지 않을 것이다.

   (16) ㄱ. 쥐가 죽어 있다.
        ㄴ. 물이 욕조에 차 있다.
        ㄷ. 물고기는 살아 있었다.

위의 예를 해석하면, (16ㄱ)은 주어인 쥐가 'not dead→dead'라는 사태를 겪은 후 그 결과로서의 상태가 지속되고 있는 것이다. '있다'의 주체는 변화를 겪은 대상 즉 쥐이기 때문에 결국 전체는 '쥐가 죽고 그 상태로 있음'의 의미이며, 여기에서 '있다'는 '존재'라는 본동사의 의미를 충분히 나타내고 있다고 볼 수 있다. (16ㄴ)도 '물이 욕조에 차고 그 상태로 있음'의 의미로 해석되며, '차다'나 '있다'의 주체는 모두 주어인 물이고, '있다'는 '존재'라는 의미를 드러내고 있다. 결국 결과지속의 의미는 주어가 선행하는 동사의 사태를 먼저 겪고 그 상태로 존재함이 지속되는 것이라고 해석되기 때문에 생겨나는 것이며, 이 때 '있다'는 선행하는 동사와 똑같이 본동사로서 기능한다. 이는 (16ㄷ)의 상태지속 해석에도 마찬가지로 적용될 수 있는데, [+상태성]의 '살다'는 사태의 변화나 결과를 상정할 수 없고, 주어인 물고기가 'alive'의 상태로 존재하는 것이라고 해석이 가능하다.6)

(17) ㄱ. 민호가 빵을 먹고 있다.
ㄴ. 경미가 치마를 입고 있다. - 진행상
ㄷ. 경미가 치마를 입고 있다. - 결과지속상

'-고 있다' 구성이 쓰인 문장에서 (17ㄱ)이나 (17ㄴ)과 같이 진행의 의미가 나타날 때는 '있다'를 본동사로서 해석하기가 쉽지 않다. 앞서 '-고 있다'는 [-상태성]을 가진 동사와 비교적 자유롭게 결합하여 진행의 상적 의미를 나타내므로, 진행을 나타내는 '-고 있다'는 보조동사 구성의 고유한 기능으로 볼 가능성이 있다고 하였다. '있다'를 본동사로서 해석하기 어려운 것도 역시 이를 상적 보조동사

---

6) 동사 '있다'에는 '어떤 상태를 계속 유지하다'라는 의미가 있는데, 결과지속이나 상태지속의 상적 의미 해석 과정에서 관여하는 '있다'의 의미와 맞아 떨어진다고 볼 수 있다.
    예 : 떠들지 말고 얌전하게 있어라. / 우리 모두 함께 있자.

구성으로 보는 것이 더 적절할 수 있는 하나의 근거가 된다. 물론 진행의 '-고 있다'도 모든 동사와 결합할 수 있는 것은 아니기 때문에 보다 면밀한 연구가 필요하겠지만, 일단 본고에서는 진행의 '-고 있다'에 대하여는 상적 보조동사 구성으로 남겨두기로 한다. 결과나 상태의 지속의 나타내는 '-고 있다'의 경우는 보조동사 구성보다는 선행 동사와 후행하는 어미 그리고 '있다' 동사가 결합하여 복합적으로 상적 의미를 산출한다고 볼 수 있기 때문에, 기존 연구에서와 같이 '-고 있다'를 둘로 분류할 필요 없이, 진행의 '-고 있다'만이 보조동사 구성으로 취급할 수 있다. (17ㄷ)을 보면 결과지속의 의미를 나타낼 때는 '-어 있다'의 경우와 마찬가지로 주어인 경미가 'not dressed→dressed'의 사태 변화를 겪고 그 상태로 존재함을 나타낸다고 해석할 수 있다.

　진행의 '-고 있다'는 보조동사 구성으로, 결과나 상태 지속의 '-고 있다'는 연결어미와 본동사로서 쓰인다고 할 때, (17)에서와 같이 동사 '입다'의 상적 속성은 내재되어 있는 것인데 왜 어떤 경우에는 그것이 지속의 의미를 산출하는 데 역할을 하고 어떤 경우에는 보조동사 구성과 결합하기만 하는지 여전히 의문이 남을 수 있다. 이는 해석 과정에서 동사의 상적 의미자질 중 어느 것이 중점적으로 작용하느냐에 따라 달라지는 것이라는 설명해 볼 수 있다. '입다'의 [-상태성]에 초점이 맞춰진다면 행위자로서의 주어의 동작이 부각되기 때문에 보조동사 구성과 결합하여 진행의 의미로 해석될 가능성이 높고, '입다'의 [+종결성]과 [+결과성]에 초점이 맞춰진다면 사태가 끝난 후의 경험자로서 주어가 겪는 변화가 부각되기 때문에 결과지속의 의미로 해석될 가능성이 높다. 실제로 어떤 동사가 '-어 있다'

나 '-고 있다'와 함께 쓰일 수 있고 그 문장에서 결과지속의 의미가 드러나는 경우에 대부분 주어는 경험주로 나타나는 경향이 있다. 이는 '결과지속'이라는 상적 의미가 산출될 수 있는 조건으로서 '선행하는 동사의 논항이 경험주'라는 것을 상정할 수 있는 가능성을 생각하게 하는데, 여기에서는 가정의 단계로만 그치고자 한다.

(18) ㄱ. 성주는 의자에 앉아 있다.
　　 ㄴ. *성주는 의자에 앉아 (방에) 있다.
　　 ㄷ. 영수는 모자를 쓰고 있다.
　　 ㄹ. 영수는 모자를 쓰고 (방에) 있다.

(18)을 보면 '-어 있다'가 쓰인 (18ㄱ)이나 '-고 있다'가 쓰인 (18ㄴ)이나 모두 결과지속의 의미를 나타낸다는 점에서 동일하지만 약간의 차이가 있음을 볼 수 있다. (18ㄴ)은 '앉다'와 '있다' 사이에 다른 요소가 개입해서 비문이 되는 반면 (18ㄹ)은 '쓰다'와 '있다' 사이에 다른 요소가 개입해도 여전히 정문으로 성립된다. 이러한 차이는 연결어미 '-어'와 '-고'의 차이에 기인한다. 한동완(2000)에서는 '-어'와 '-고'의 선택과 배제 원리에 대하여 [V1 어 V2] 구성에서 후행 V2는 선행하는 V1의 수행 결과 일차적으로 변화를 입은 X와 통사 의미론적인 관계를 가질 것을 요구하는 반면 [V1 고 V2] 구성에서는 선행하는 V1의 수행 결과 변화를 입은 X와 후행 V2 간에 통사 의미론적 관계가 요구되지 않는다고 상정하였다. 이는 이전 연구들에서 '-어'가 진술미완의 전제 기능을, '-고'가 진술완료의 계기 기능을 한다는 점에서 차이가 있다고 한 것과 상통하는 면이 있다. 선행 요소와 후행요소 사이에 '-어'가 쓰이면 '-고'가 쓰이는 데 비해 훨씬

밀접한 관계가 성립되기 때문에 (18ㄴ)에서처럼 분리가 불가능해지
는 반면에 상대적으로 '-고'로 연결된 관계는 덜 밀접하므로 분리가
가능하다. 이러한 원리를 바탕으로 하면 동일한 결과지속의 의미로
해석되는 문장에서 선행 동사와 후행 '있다' 사이에 어떤 경우에는
'-어'만 허용되고 어떤 경우에는 '-고'만 허용되는 선택과 배제가 자
연스럽게 이해된다. 그리고 이렇게 '-어'와 '-고'가 각각 자신만의 고
유한 기능을 하고 있음을 볼 때, 문장 전체의 차원에서 연결어미도
상적 의미의 해석에 참여하는 하나의 요소라고 할 수 있다.

6. 마무리

　지금까지 대표적인 상적 보조동사 구성 '-어 있다'와 '-고 있다'을
비판적으로 검토하는 것을 중심으로 논의를 진행하였다. 상 범주에
대한 이해가 많이 필요했기 때문에 이에 대한 선행 작업으로서 일반
언어학에서의 상 연구를 어휘상과 문법상으로 나누어 자세히 살펴
보고 한국어에서의 상 연구도 살펴보았다. 이를 통하여 필자는 본
논의에서 전제로 하는 바를 정리하였는데, 일단 상 범주는 독립적으
로 존재하며 어휘상과 문법상으로 하위분류되고, 언어에 따라 그 실
현 양상이 다양함을 기본 바탕으로 삼았다. 그리고 한국어에서의 상
범주의 존재를 인정하고 그것이 어휘상으로나 문법상으로 모두 실
현될 수 있는 가능성을 열어 놓았다.

　상적 보조동사 구성은 그동안의 연구들에서 가장 뚜렷한 문법상
표지로서 제시되어 온 것인데, 본고에서는 이에 이의를 제기하였다.

그 까닭은 '-어 있다'나 '-고 있다'와 같은 상적보조동사 구성이 선행 본동사와의 결합에서 여러 제약을 보이는 점이 문법화 과정을 겪은 문법적 요소로서의 자격에 어울리지 않는다는 데 있었다. 그리고 이러한 의문을 바탕으로 '-어 있다'와 '-고 있다'가 쓰인 문장들을 해석하는 과정을 통해 문법상 실현 요소로서의 부적절함을 주장하였다.

먼저 '-어 있다'는 결과지속상, '-고 있다'는 둘로 나뉘어 각각 진행상과 결과지속상의 표지가 된다는 기존의 일반적 견해와는 달리, 이들이 쓰인 문장이 상태지속이나 반복 등 다양한 의미를 산출해 낼 수 있음을 확인하였다. 따라서 이들 구성이 고정된 기능을 갖지 않는다고 볼 수 있으며, 결합하는 동사나 그 논항 또는 문장의 다른 요소나 전체적 맥락과의 관계에서 영향을 주고받으면서 의미가 드러난다고 보는 것이 적절하다고 보았다. 특히 지속의 의미를 나타내는 경우, 선행하는 상적 속성에 따라 나타나는 의미를 분류하여 검토한 결과, 동사가 가진 의미자질이 상적 의미를 드러내는 데 관여함을 알 수 있었다.

또한 실제 해석의 과정에서 본동사 '있다'의 기본 의미인 '존재 혹은 소재'로서의 '있다'가 문장에서 하는 의미적 역할을 설명할 수 있음을 확인하였다. 따라서 '-어 있다'와 '-고 있다'의 '있다'는 본동사로서 기능한다고 할 수 있으며, 기존의 결과지속상 표지인 보조동사 구성은 문법화된 것이 아니라 '선행동사+연결어미 '-어/고'+본동사 '있다''가 문장에서 함께 쓰일 때 상적 의미가 산출되는 것이라고 할 수 있다. 연결어미 '-어'나 '-고'의 선택과 배제는 이들이 가진 고유의 기능이 문장 내에서 조화될 수 있는가 혹은 충돌할 수 있는가에 따르는 것이었다.

이러한 모든 논의들을 종합하여 볼 때, 결과나 상태의 지속을 나타내는 '-어 있다'와 '-고 있다'는 연결어미 '-어, -고'와 본동사 '있다'가 각각 문장에서 통사적으로 결합하는 것이며, 따라서 문법상의 표지로 볼 수 없다는 결론에 도달한다. 어휘적 의미들의 복합적인 결합으로 인해 상적 의미가 드러나는 것은 어휘상에 속한다고 할 수 있다.

한국어의 문법상 설정에서 주요 근거가 되었던 이른바 상적 보조동사 구성들이 실은 보조동사 구성이 아닐 수 있고 선행하는 동사와 결합하여 어휘적으로 상적 의미를 드러내는 것으로 볼 가능성이 있다는 점은 문법상을 설정하는 데 있어서 재고의 필요성을 제기한다. 본고에서는 '-어 있다'와 '-고 있다'만을 중심으로 논의를 진행하였고, 진행의 '-고 있다'에 대하여는 지속의 상적 의미를 해석하는 과정과 동일하게 설명할 수 없는 점이 있으므로 여전히 보조동사 구성으로 본다고 하였다. 따라서 하나의 가능성만이 제시되었을 뿐이며, 다른 보조동사 구성들에 대하여도 면밀한 검토 작업이 있어야 더욱 발전적인 논의가 이루어질 수 있을 것이다. 이는 앞으로의 과제로 남겨 둔다.

▋참고문헌▋

고석주. 2007. "'있다'의 의미에 대한 연구: 어휘개념구조 표상을 중심으로." 「한말연구」(한말연구학회) 20.

고영근. 2004. 「한국어의 시제 서법 동작상」 서울: 태학사.

국립국어원 편. 1999. 「표준국어대사전」 서울: 두산동아.

김성화. 1992. 증보판 「국어의 상 연구」 서울: 한신문화사.

김종도. 1993. "우리말의 상 연구." 「한글」(한글학회) 240/241.

박덕유. 1998. "국어의 상 종류와 특성에 대하여: 문법적 동사상을 중심으로." 「새국어교육」(한국국어교육학회) 55.

박덕유. 2007. 「한국어의 상 이해」 서울: 제이앤씨.

박진호. 2003. "한국어 동사와 문법 요소의 결합 양상." 서울대 박사학위논문.

오충연. 2006. "국어 상 연구의 최근 동향: 통사론과 결부된 논의를 중심으로." 「한국어학」(한국어학회) 30.

우창현. 2006. "보조용언의 문법상적 기능에 대하여." 「한국어학」(한국어학회) 33.

이남순. 1987. "'에', '에서'와 '-어 있다', '-고 있다'." 「국어학」(국어학회) 1.

이남순. 1994. "한국어의 상." 「동서문화연구」(홍익대학교 동서문화연구소) 2.

이성하. 1998. 「문법화의 이해」 서울: 한국문화사.

이익환. 1994. "국어 심리동사의 상적 특성." 「애산학보」(애산학회) 15.

이재성. 2001. 「한국어의 시제와 상」 서울: 국학자료원.

이지양. 1982. "현대국어의 시상형태에 대한 연구." 「국어연구」(국어연구회) 51.

이필영. 1989. "상 형태와 동사의 상적 특성을 통한 상의 고찰." 「주시경학보」(주시경연구소) 3.

이호승. 1997. "현대국어의 상황유형 연구." 서울대 석사학위논문.

이호승. 2001. "국어의 상 체계와 보조용언의 상적 의미." 「국어학」(국어학회) 38.

임홍빈. 1975. "부정법 {어}와 상태진술의 {고}." 「국민대학논문집」(국민대학) 8.

전수태. 1985. "전제의 {아}와 계기의 {고}." 「어문논집」(민족어문학회) 24,25.

정문수. 1984. "상적 특성에 따른 한국어 풀이씨의 분류." 「문법연구」(문법연구회) 5.

정언학. 2006. 「상 이론과 보조 용언의 역사적 연구」 서울: 태학사.

정태구. 1994. "'-어 있다'의 의미와 논항구조." 「국어학」(국어학회) 24.

정희자. 1994. "시제와 상의 화용상 선택조건." 「애산학보」(애산학회) 15.

조민정. 2000. "국어의 상에 대한 연구." 연세대 박사학위논문.

한동완. 1999. "'-고 있-' 구성의 중의성에 대하여." 「한국어 의미학」(한국어 의미학회) 5.

한동완. 2000. "'-어 있-' 구성의 결합제약에 대하여." 「형태론」 2-2.

油谷幸利. 1978. "현대조선어의 동사분류." 「조선학보」(조선학회) 87.

Comrie, B. 1976. *Aspect: An Introduction to the Study of Verbal Aspect and Related Problems*. New York: Cambridge University Press. (이철수·박덕유 역. 1998. 「동사 상의 이해」 서울: 한신문화사.)

Smith, C. 1991. *The Parameter of Aspect*. Dordrecht: Kluwer.

Vendler, Zeno. 1967. Verbs and Times. *Linguistics in Philosophy*. Ithaca, N.Y.: Cornell University Press.

국어 문법의 탐구 1

03 미래 시제 형태소
- '-겠-'과 '-을 것이-'의 의미 분석 -

:: 백 형 주

1. 머리말

1.1. 연구목적

'-겠-'과 '-을 것이-'에 대해서는 지금까지 많은 연구가 이루어져왔다. 특히 국어의 시제를 일차적으로 분류하는데 있어서 이 두 형태소의 의미에 대한 논의는 분분했다. 주로 과거·현재·미래 삼분체계로 보는 것과 과거·현재 혹은 과거·비과거의 이분체계로 보는 입장의 차이에 의한 논의가 주를 이룬다. 국어의 시제를 삼분하는 체계에 따르면 '-겠-' 또는 '-을 것이-'가 간단하게 미래의 시제 형태소가 되지만 이분 체계에서는 '-겠-'이나 '-을 것이-'가 단순한 '미래'의 의미 이외에 대한 다양한 해석이 가능해진다. 본고는 '-겠-'과 '-을 것이-'가 시제 형태소인가 아닌가의 여부를 떠나, 먼저 그 의미 기능을 체계적으로 분석하고, 단의들의 파생관계에 대해 살펴보는 것을 목적으로 한다. '-겠-'과 '-을 것이-'의 의미 분석에 있어서는 '연세구

어말뭉치'를 자료로 삼아 현대 국어에서의 살아있는 쓰임을 분석하는 데에 그 의의를 두었다.

다음 절에서 간단하게 '-겠-'과 '-을 것이-'에 대한 선행연구들을 살펴보고, 2장에서는 본격적인 '-겠-'과 '-을 것이-'의 의미 분석이 이루어질 것이다.

1.2. 선행연구

'-겠-'과 '-을 것이-'의 의미에 대한 연구는 두 형태소를 비교하는 형식으로 다양하게 이루어져왔다. 서정수(1977)에서는 '-겠-'의 의미가 '추정'과 '의도'로 파악되었다. 이 추정의 의미는 '-을 것이-'와 대비해 보았을 때, '-겠-'은 화자의 주관을 바탕으로 하는 짐작을 표시하고 '-을 것이-'는 객관적 증거에 의한 추정에 쓰인다. 즉 '-을 것이-'가 '-겠-'보다 더 확실한 추정을 나타내는 것으로 파악되었다. 이어 서정수(1978)에서는 '-겠-'에 의해 나타나는 추정의 성격이 객관적인 근거를 바탕으로 한 짐작의 성격을 가진 '-을 것이-'에 비해, 화자의 주관을 바탕으로 한 짐작이므로 '-을 것이-'가 '-겠-'보다 더 확실한 추정을 나타낸다고 하며 이기용(1977)에 대해 다음과 같이 반박하고 있다. 이기용(1977)에 따르면 '-겠-'은 다음 예문에서처럼 의도를 뜻하지만 '-을 것이-'는 그렇지 못하다고 하였다.

> (1) ㄱ. 나는 내일 원고를 마치겠다.
>   ㄴ. 나는 내일 원고를 마칠 것이다.

이기용(1977)에서는 "'-겠-'은 어떤 상황 또는 사건의 가능성을 알고 있음을 뜻하고, '-을 것이-'는 그 가능성을 믿고 있음을 뜻한다"고 밝히며 "따라서 '-겠-'의 경우는 사실 여부 또는 실현 가능성에 대한 객관적 증거가 있어야 하겠으나 '-을 것이-'의 경우에는 그런 증거가 필요없다"고 하였다. 그러나 서정수(1978)에서는 위의 예문을 살펴보더라도 이기용(1977)의 견해와는 오히려 반대되는 결론을 시사하고 있다고 하였다. 이기용(1977)은 (1ㄱ)과 (1ㄴ)을 비교하면서 "이 둘은 내일의 화자의 상황에 대한 짐작을 뜻할 뿐 아니라 (1ㄱ)은 (1ㄴ)과는 달리 화자의 의도 또는 약속을 뜻한다"고 하였다. 그러나 서정수(1978)에 의하면 이런 설명이 도리어 '-겠-'이 '-을 것이-'에 비하여 주관성이 강한 짐작을 나타낸다는 점을 보여준다는 것이다. '-겠-'이 화자의 의도나 약속을 나타낼 수 있는 사실은 곧 주관성과의 밀접한 관련을 암시하고 있으며 '-겠-'이 화자의 심리작용을 바탕으로 사건이나 상태에 관하여 예정하는 속성이 있음을 시사해주고 있다고 하였다.

그러나 이기용(1978)에서는 다시 '-겠-'은 강한 짐작을 뜻하고 '-을 것이-'는 약한 짐작을 뜻하며 강한 짐작은 화자의 주관적 확신이 곁들여 있다고 하는데 짐작의 강도에 역점을 두어 '-겠-'과 '-을 것이-'를 구분하고 강한 짐작을 주관적 확신과 관련지어 설명하고 있음을 볼 수 있다. 짐작의 강도는 '틀림없이' '아마' 등의 부사와의 공기관계로 설명되고 있다.

결국 서정수(1977, 1978)과 이기용(1978)은 '-겠-'이 '-을 것이-'보다 화자의 주관이 개입되어 있다는 데에는 맥을 같이 하고 있으나 이를 바탕으로 한 확실성의 정도에는 정반대의 견해를 보이고 있어 '객관성'과 '주관성'을 바탕으로 한 해결은 어렵다는 것을 시사하였다고 볼 수 있다.

장경희(1984)는 짐작의 근거가 주관적인가 객관적인가에 따라 '-겠'과 '-을 것이-'의 용법이 구분되는 것 같지 않다고 주장하면서 서정수(1978)에 대해 다음의 반례를 들고 있다.

> (2) ㄱ. 10시가 지난 것을 보니 오늘 순이는 안 오겠다.
> ㄴ.*10시가 지난 것을 보니 오늘 순이는 안 올 것이다.

(2)에서 '영이가 오늘 안 오겠다'는 추정에 대한 근거는 '10시가 지났다'는 사실이다. 이 근거는 분명히 객관적인 근거라고 말할 수 있다. 그런게 '-겠-'의 사용이 문법적인데 대해 '-을 것이-'의 사용은 비문법적인 것으로 나타나 서정수(1978)의 논의에서와 반대되고 있다는 것이다.

장경희(1984)는 이기용(1978)에 대해서도 반례를 들고 있다. 다음의 예는 화자의 확신의 여부로 '-겠-'의 용법이 '-을 것이-'와 구별되지 않는다는 것이다.

> (3) ㄱ. 우리도 언젠가는 틀림없이 죽을 것이다.
> ㄴ.? 우리도 언젠가는 틀림없이 죽겠다.
> ㄷ. 우리도 언젠가는 틀림없이 죽는다.

부사 '틀림없이'는 이기용(1978)에서 논의되었듯이 화자의 확신을 뜻하는 부사인데 (3ㄴ)의 '-겠-'이 결합된 문장에서 '틀림없이'가 오히려 부자연스러운 것을 볼 수 있다고 하였다.

임홍빈(1980)에서는 '-겠-'의 특성으로 제시한 "현재 사실 관련성"과 "대상성"이 '-을 것이-'에는 결여되어 있다는 점에서 '-겠-'과 '-을 것이-'를 구분하고 있다. '-을 것이-'는 따라서 대상성을 요구하지도

않으며 현재 사실과의 관련성도 요구되지 않으므로, 확인성의 표현
이나 화자의 자기 상태에 대한 표현이 불가능하다고 하였다.

(4) ㄱ. 참 별꼴 다 보겠네.
  ㄴ.* 참 별꼴 다 볼 것이다.

(5) A 운동장을 한 바퀴 돌아 와!
  B 예, 알겠습니다.
  C* 예, 알 것입니다.

이남순(1981)도 "주관성"과 "객관성"으로의 해석을 배제하고 '-겠
-'은 판단의 주체가 항상 화자인 "배타적 판정"을 '-을 것이-'는 청자
나 제3자의 판단을 배제하지 않는 "포괄적 판정"을 나타낸다고 하였
으며 "의지"나 "의도"는 '-겠-'과 '-을 것이-'의 본래적 기능이 아니
라 다만 판단의 내용이 되는 것들 중 어느 한 가지임을 보여주는
"선택의 판단"일 뿐임을 보이고 있다.

(6) ㄱ. 구하라 그러면 얻을 것이요, 두드려라 그러면 열릴 것이다.
  ㄴ.?* 구하라 그러면 얻겠고, 두드려라 그러면 열리겠다.

(6)은 자주 듣는 성서의 한 구절이다. 성서의 내용은 대중에게 진
리로 받아들여지는 것이다. 화자가 듣는 사람 모두에게 이것이 진리
라는 판단을 말하기 위해서는 (6ㄴ)이 보여주듯이 '-겠-'을 쓸 수 없
다. 이남순(1981)은 그것은 '-겠-'이 화자만의 배제적 판단을 나타내
는 요소이기 때문이라고 설명하고 있다. 화자가 말하는 내용이 여러
대중들에게 하나의 진리로서 제시되려면 포괄적 판단의 형식으로
진술되어야 한다는 것이다.

이에 대해 장경희(1984)에서는 이남순(1981)에서의 '판단'의 개념
이 우선 문제시 된다고 지적하고 있다. 판단이란 주어와 술어가 결
합하여 이루어진 형식을 일컫는 것으로 서술적인 언어 표현은 모두
가 판단을 表現하는 것이다. '-겠-'과 '-을 것이-'는 판단의 범주를 모
두 포괄할 수 있는 것이 아니라 양상 범주의 한 부분만을 表現하는
것이다. 이밖에도 '배제적'과 '포괄적'이라는 의미는 '추량', '의도',
'약속' 등의 '-겠-'의 의미들을 충분히 설명해주지 않는다고 하였다.

안명철(1983)도 마찬가지로 '-겠-'과 '-을 것이-'의 의미가 '주관성'
과 '객관성'에 의해 결정되는 것이 아님을 지적하였다. 대신 여기서
는 '-을 것이-'는 인식적 불투명세계에 있을 사건 자체에 관심이 있
을 때에 추정이 이루어진다 하여 '-겠-'과 구별하고 있다. 따라서 "추
정"이나 "의도"는 이러한 의미와 간접적인 관계에 놓이는 것으로 파
악하고 있다.

(7) ㄱ. 이 공주는 15살이 되면 장미 가시에 찔려 죽을 것이다.
     ㄴ.* 이 공주는 15 살이 되면 장미 가시에 찔려 죽겠다.
(8) ㄱ. 이 아기는 장차 자라나서 아버지를 해칠 것이다.
     ㄴ.* 이 아기는 장차 자라나서 아버지를 해치겠다.

(7)과 (8)의 예문에서 모두 화자가 관심을 보이는 것은 추정되는
사건에 대한 근거가 아니라 인식적 불투명세계에 있을 사건 그 자체
라고 설명하였다. 덧붙여 위의 예문에서 '-겠-'을 사용할 수 없는 것
은 예언이나 계시가 어떤 현장적 근거에 의해서 이루어지는 것이 아
니라는 점에도 그 이유가 있다고 하였다. 즉 '-겠-'은 발화현장에 존
재하는 어떤 추정 근거를 기술하는 것인데 비해, '-을 것이-'는 발화

현장에서 어떤 근거를 발견할 수 없는 추정에 사용된다는 것이다.
고창운(1991)은 이에 대해 다음과 같은 반례를 들고 있다.

  (9) 언젠가는 구조선이 올 것이다.

안명철(1983)에 따르면, (9)는 무인도에서 표류생활을 하는 사람들
끼리 구조선을 기다리면서 할 수 있는 말이다. 여기서 '-을 것이-'가
사용된 것은 (9)의 발화 상황에서 화자가 추정의 근거를 떠올리기가
쉽지 않기 때문이라고 보았다. 그러나 고창운(1991)은 이같이 설명
하는 데에는 무리가 있다고 본 것이다. 추정을 하기 위해서는 추정
을 가능하게 해주는 어떤 근거가 전제로서 반드시 상정되어야 하기
때문이다. 즉 청자의 입장에서는 그 추정의 근거를 떠올리기 어려울
지 모르나 화자의 입장에서는 반드시 어떤 근거에 기대어 (9)를 말
한다고 보는 것이 타당하다는 것이다.
김규철(1988)은 지각 심리학에서 말하는 모습과 바탕의 이론에 입
각하여 '-겠-'은 새 정보에 기초하여 내린 짐작(모습), '-을 것이-'는
주어진 정보에 기초하여 내린 짐작(바탕)이라 설명하고 있다. 과거
경험을 기초로 한 짐작일지라도 새 정보로 취급할 경우에는 '-겠-'이
사용된다고 하였다.

  (10) ㄱ. 어제 문병갔었는데 그 사람 죽겠더라.
      ㄴ.* 어제 문병갔었는데 그 사람 죽을 것이다.

(10)에 대하여 확실한 과거 경험에 '-을 것이-'가 아닌 '-겠-'이 쓰
인 것은 문병 간 것을 화자가 새 정보로 취급했으며, 청자의 머릿속
에는 정보를 가지고 있지 않다고 가정했기 때문이라고 설명하였다.

(11) ㄱ.* 지구는 내일도 돌겠다.
    ㄴ. 지구는 내일도 돌 것이다.

'너도 잘 알고 있는 사항'은 주어진 정보이다. 따라서 '-을 것이-'
가 자연스럽게 사용된다고 하였다.

고창운(1991)에서는 '-겠-'과 '-을 것이-'가 모두 추정을 기본의미
로 갖는다고 보고, '-겠-'은 청자도 화자가 가진 것과 같은 추정 근거
를 갖고 있는 상황의 추정에 사용되고, '-을 것이-'는 화자만이 추정
근거를 갖고 있는 상황의 추정에 사용된다고 하였다.

(12) 와, 되게 ㄱ. 아프겠다.
    ㄴ.* 아플거야.

(12)와 같은 경우, 돌부리에 부딪힌 청자를 보고 '아프다'는 사실
을 추정할 수 있는 근거는 청자가 돌부리에 부딪혔다는 사실 자체이
다. 그런데 화자의 이같은 추정근거를 청자도 발화상황에서 분명히
함께 갖고 있으므로 '-을 것이-'에 의한 추정을 할 수 없고 '-겠-' 추
정문만이 가능하다는 것이다.

이와 같이 '-겠-'과 '-을 것이-'의 의미 차이를 밝히고자 하는 측
면의 연구가 다양한 접근으로 이루어져왔다. '-겠-'과 '-을 것이-'는
서로 다른 형태소로 각각의 의미 기능을 하고 있기 때문에 어느 정
도의 공통점과 차이점이 존재할 것이다. 두 형태소 간의 '차이'라는
것은 한 마디로 설명하기에는 어려운 점이 있을 것으로 생각된다.
본고의 연구 목적에 따라 '-겠-'과 '-을 것이-' 각 형태소의 의미를
세세하게 분석해나가면 그 차이점이 비교적 확연해질 것으로 예상
된다.

2. '-겠-'과 '-을 것이-'의 의미 분석

선행 연구에서의 '-겠-'과 '-을 것이-'의 의미 기능으로 언급된 것들을 살펴보면 미래, 의지, 능력, 추측, 가능성, 예정 등이 있다. 이것들 중 어느 하나만이 '-겠-'이나 '-을 것이-'의 의미로 결정되는 것이 아니라 환경에 따라 다양한 의미 기능을 나타내는 것이다. 그렇다면 어떤 환경에 따라 어떤 의미를 가지게 되는지 분석해보도록 하겠다. 기존의 연구에서는 '-을 것이-'에 대해 건조체, 강건체의 문장에서 쓰임이 확대되었다는 견해가 있었으나 이는 '-을 것이다'의 형태로 쓰였기 때문으로 생각된다. 현재 '-ㄹ거-' 형태로 구어에서 '의도, 추정'의 의미로 사용되는 기능 부담량이 커지고 있는 것으로 보인다. 이에 비해 '-겠-'의 형태는 실제 발화에서는 여타 다른 영역으로 확장된 의미로 더 많이 사용되는 경향이 있다. 즉, '구어체'와 '문어체'의 문제로 '-겠-'과 '-을 것이-'의 구별에 접근하는 것은 문제가 있는 것으로 생각한다. 이에 따라 본고에서는 '연세한국어말뭉치'의 자료를 참고하여 구어의 쓰임을 바탕으로 분석하였다.

2.1. '-겠-'의 의미 분석

'-겠-'의 의미 기능은 다양한 환경들로부터 영향을 받는다. 본고에서는 과거시제 형태소 '었'과 결합하여 그 의미 기능의 변화가 나타나는 부분은 분석에서 배제하였다. 이것은 '-겠-'의 의미 기능을 좀 더 명확하게 살펴보기 위함이다.

2.1.1. 의미 분석의 기준

최호철(1993)에서는 서술소에 한하여 의소(義素)의 설정 방법을 다섯 가지로 나누어 설명하고 있다[1]. 하지만 본고의 연구대상은 서술소와는 다르기 때문에 이를 참고하였을 뿐, 그대로 반영하지는 않았다. 본고에서 적용한 명사의 단의 분류 기준은 아래와 같다.

① 주어의 인칭

'-겠-'이 결합한 서술어의 주어가 1인칭, 2인칭, 3인칭인가에 따라 '-겠-'의 의미 실현에 영향을 미친다. 가장 기본적인 환경이 되며, '-겠-'의 의미에 영향을 주지 않는 인칭은 3인칭으로, '-겠-'의 주어가 1인칭이나 2인칭이 되면서 화맥적인 요인이 개입되는 것으로 보인다.

② 확신성

여기서의 확신성은 사건 자체의 확신성이 아닌 화자의 확신성이다. 화자가 사건에 대해서 확신하고 있는가 그렇지 않은가에 따라 '-겠-'의 의미가 다르게 나타난다. 기본이 되는 것은 불확신의 태도로 보인다.

③ 문장 형식

'-겠-'이 실현된 문장이 평서문인가 의문문인가의 여부에 따라서

---

1) 의소의 설정 방법
   ① 단의 사이의 의미적 유연성을 살펴 어소를 분류한다.
   ② 서술소의 단의 분포를 조사한다.
   ③ 한 어소에서 기본적인 의미를 선정하여 그것을 일반화한다.
   ④ 일반화한 기본 의미로써 다른 의미의 출현을 검증하여 보완한다.
   ⑤ 의미격을 설정하여 그 특성을 명세화한다.

'-겠-'의 의미가 다르게 나타난다. 발화 상황에 따른 화맥적 요소가 개입된 결과로 보인다.

④ 기타 요소

초분절음적 요소 및 기타 화맥적 요소가 '-겠-'의 의미를 결정하는 데에 개입한다.

2.1.2. '-겠-'의 의미 분석

위에서 제시한 기준들에 의거하여 '-겠-'의 의미를 분석한 결과는 다음과 같다.

[표 1] '-겠-'의 의미 분석

시제	주어	확신성	용례	
미래	1 인칭	확신	제가 하겠습니다.	①
			나도 하겠다.	②
		불확신	이러다가 내가 지겠다.	③
			(저는) 잘 모르겠습니다.	④
	2 인칭	불확신	평서 다음에는 네가 가겠다.	⑤
			의문 너 이거 하겠어? (너 이거 할 수 있겠어?)	⑥
			너 이거 하겠어? (너 이거 할래?)	⑦
	3 인칭	확신	평서 개회사가 있겠습니다.	⑧
		불확신	평서 버스가 곧 오겠다.	⑨
			의문 그가 이거 하겠어?	⑩
			그가 거기에 있겠니?	⑪

① 의지: 화자 자신의 앞으로 할 행동에 대한 의지
② 능력1: 화자 자신의 행동에 대한 능력
③ 가능성1: 화자 자신이 앞으로 할 불확실한 행동에 대한 가능성
④ 불확실: 화자 자신의 상태에 대한 불확실성
⑤ 가능성2: 청자가 앞으로 할 불확실한 행동에 대한 가능성
⑥ 능력2: 청자의 행동에 대한 능력
⑦ 의도: 청자의 행동에 대한 의도
⑧ 예정: 제3자가 앞으로 할 비교적 확실한 행동에 대한 예정
⑨ 추정: 제3자가 앞으로 할 불확실한 행동에 대한 예정
⑩ 능력3: 제3자의 행동에 대한 능력
⑪ 가능성3: 제3자의 행동에 대한 가능성

　분석된 '-겠-'의 의미는 총 11개이다. 위에서 최종 분류 기준이 제시되지 않은 단의들은 기타 화맥적인 요소나 초분절음적 요소가 개입한 경우이다. 1인칭 주어가 확신을 가지고 발화하는 경우의 [의지]와 [능력1]의 경우를 보면, 예문으로 제시된 '나도 하겠다.'가 어떤 억양으로 발화하는가에 따라 두 가지 단의 모두로 실현 가능함을 알 수 있다. [의지]와 [능력1]을 구분 짓는 기준은 구체적인 발화 상황과 화자의 억양에 의존할 수밖에 없다. 하지만 '-겠-'이 경어체의 어미와 결합하는 경우는 [의지]로 해석되는 경향이 더 강해지는 것으로 보인다.

　1인칭 주어가 불확신하는 태도로 발화하는 경우의 [불확실]과 [가능성]은 서술하는 대상이 화자 자신의 상태인가 그렇지 않은가에 따라 나뉜다. 화자 자신의 상태는 확실하게 알고 있는 사실이기 때문에 '-겠-'과는 결합하기 어려워보이나, '-겠-'과 결합하여 불확실성을 나타낸다. 이것은 결과적으로 '공손한 표현'을 하기 위한 화용적 전략으로 보이지만, 이때의 '-겠-'의 의미는 [불확실]으로 다른 의미들

과는 확연하게 구분되는 하나의 단의이므로 분석에 포함하였다.

2인칭 주어에게 불확신한 태도로 묻는 경우의 [능력2]와 [의도]도 온전히 발화의 구체적인 맥락과 초분절음적 요소에 의존하여 구분된다. 이를 잘 보여주는 같은 형태의 예문을 표에 제시하였다. '너 이거 하겠니?'라는 문장은 어떤 상황에서 어떤 억양으로 발화되는가에 따라 표에도 덧붙인 바와 같이, 청자의 능력을 묻는 '너 이거 할 수 있겠니?'의 의미를 가지거나, 청자의 의도를 묻는 '너 이거 할래?'의 의미를 가지게 된다.

3인칭 주어를 가지는 의문문을 불확신하는 태도로 발화하는 경우, [능력3]과 [가능성3]도 발화상황에 의존하는 부분이 많지만, 주어가 무정물인 경우나 서술어가 의지가 개입될 수 없는 술어인 경우에는 [가능성3]의 의미를 나타내는 경우가 대부분인 것으로 보인다. 하지만 주어가 유정물이고 의지가 개입될 수 있는 술어인 경우에는 두 가지 모두로 해석이 가능하여 발화의 구체적인 맥락과 화자의 억양에 의존하게 된다.

2.1.3. '-겠-'의 의미 파생 관계

이 절에서는 지금까지 분석한 '-겠-'의 단의들의 다의 파생 관계를 살펴보고자 한다. 의미 분석 기준을 제시하면서 간단하게 언급했던 것과 같이, 기본 의미가 되는 것은 3인칭 주어의 불확신성을 가진 평서문의 ⑨[추정]이 된다. 여기서 주어가 1인칭, 2인칭으로 바뀜에 따라 ③[가능성1]과 ⑤[가능성2]가 파생된다. ③[가능성1]에서 확신성을 가질만한 발화 상황에 따라 ②[능력1]의 의미가 파생되었다고 분석했다. 그리고 ⑤[가능성2]에서 의문문의 형태로 발화하게 되어,

2인칭 주어라는 발화 환경 요인과 더불어 ⑥[능력2]와 ⑦[의도]의 의미가 파생된다. 다시 ⑥[능력2]에서 제3자를 주어로 하게 되어 ⑩[능력3]이 파생된다.

　다시 기본의미 ⑨[추정]에서 의문문의 형태를 함으로 ⑪[가능성3]이 파생한다. 그리고 ⑨[추정]에서 비교적 확실한 일에 대한 완곡한 표현 의도를 가지고 발화하게 되어 ⑧[예정]의 의미가 나타나게 된다. ⑧[예정]에서 1인칭 화자가 자신의 일에 대해 말하게 됨으로 파생한 것이 ①[의지]와 ④[불확실]이라고 보았다. 이 파생 관계를 그림으로 나타내면 다음과 같다.

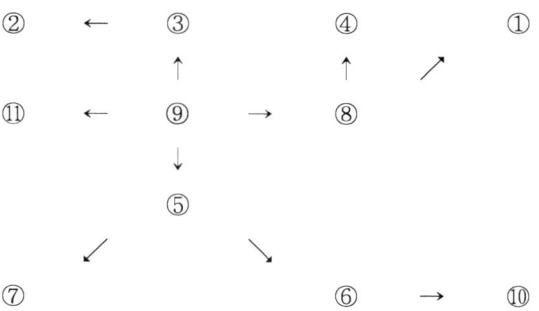

2.2. '-을 것이-'의 의미 분석

2.2.1. 의미 분석의 기준

위에서 제시한 '-겠-'의 의미 분석 기준과 크게 다르지 않으나, '-을 것이-'의 의미는 '-겠-'에 비해서 비교적 명확하게 구분되는 모습을 보였다. 그 기준을 제시하면 다음과 같다.

① 주어의 인칭

'-을 것이-'이 결합한 서술어의 주어가 1인칭, 2인칭, 3인칭인가에 따라 '-을 것이-'의 의미 실현에 영향을 미친다. 기본이 되는 것은 역시 3인칭으로 보인다.

② 확신성

마찬가지로, 여기서의 확신성은 사건 자체의 확신성이 아닌 화자의 확신성이다. 화자가 사건에 대해서 확신하고 있는가 그렇지 않은가에 따라 '-을 것이-'의 의미가 다르게 나타난다. 기본이 되는 것은 불확신의 태도로 보인다.

③ 문장 형식

'-을 것이-'가 실현된 문장이 평서문인가 의문문인가의 여부에 따라서 '-을 것이-'의 의미가 다르게 나타난다. 발화 상황에 따른 화맥적 요소가 개입된 결과로 보인다.

④ 술어의 의지 개입 여부

'-을 것이-'가 결합한 서술어가 의지가 개입되는가 그렇지 않은가의 여부에 따라 '-을 것이-'의 의미가 다르게 나타나는 것으로 보인다.

2.2.2. '-을 것이-'의 의미 분석

위에서 제시한 기준들에 의거하여 '-을 것이-'의 의미를 분석한 결과는 다음과 같다.

[표 2] '-을 것이-'의 의미 분석

시제	주어	확신성	용례		
미래	1 인칭	불확신		(나도) 보고 싶을 거야	①
		확신	평서	의지 (우리가) 이번 경기는 반드시 이길 겁니다.	②
				무의지 (나는) 열두 시쯤 도착할 거야.	③
	2 인칭	불확신	평서	(네가) 보면 알 거야/ (너도) 마찬가지일 거야 / (네가) 내년에 졸업할 거면…/(네가) 임용을 볼 거라면…….	④
			의문	집에 내려갈 거야?/ 진짜 결혼할 거야?/ 어떻게 할 건가?	⑤
	3 인칭	확신	평서	기차가 이제 올 겁니다/ 그쪽에서 언급을 할 겁니다.	⑥
		불확신	평서	그 노래 좀 뜰 거 같네/ 선생님도 다 아실 거야.	⑦

① 가능성1: 화자 자신이 앞으로 할 불확실한 행동에 대한 가능성
② 의지: 화자 자신이 앞으로 할 행동에 대한 의지

③ 예정1: 화자 자신이 앞으로 할 비교적 확실한 행동에 대한 예정
④ 가능성2: 청자가 앞으로 할 불확실한 행동에 대한 가능성
⑤ 의도: 청자가 앞으로 할 불확실한 행동에 대한 의도
⑥ 예정2: 제3자가 앞으로 할 비교적 확실한 행동에 대한 예정
⑦ 추측: 제3자가 앞으로 할 불확실한 행동에 대한 추측

분석된 '-을 것이-'의 의미는 총 7개이다. 현재 '-ㄹ거-' 형태로 구어에서 '의도, 추정'의 의미로 사용되는 기능 부담량이 커지고 있는 것으로 보이기 때문에 예문에는 구어에서의 예를 많이 제시하였다.

'-을 것이-'의 경우에는 2인칭을 주어로 삼을 경우에만 의문문 생성이 가능하다는 것이 특징적이다. 그리고 이 경우에는 청자가 앞으로 할 행동에 대한 의도를 묻는 [의도]의 의미로 나타난다. 나머지는 1차적으로 주어의 인칭에 따라 그 의미가 다르게 나타나며, 그 다음으로는 화자가 확신의 태도로 발화했는가 그렇지 않은가에 따라 나뉜다고 볼 수 있다. 하지만 1인칭 화자가 불확실의 태도로 발화한 경우에 서술어의 성격에 따라 '-을 것이-'의 의미가 두 가지로 나타나는 것을 볼 수 있다. 화자의 의지가 개입될 수 있는 술어인 경우에는 [의지]를, 그렇지 않은 경우에는 [예정1]의 의미를 가진다.

2.2.3. '-을 것이-'의 의미 파생 관계

이 절에서는 지금까지 분석한 '-을 것이-'의 단의들의 다의 파생 관계를 살펴보고자 한다. 의미 분석 기준을 제시하면서 간단하게 언급했던 것과 같이, 기본 의미가 되는 것은 3인칭 주어의 불확신성을 가진 평서문의 ⑦[추측]이 된다. ⑦[추측]에서 1인칭, 2인칭의 환경 변화에 따라 ①[가능성1]과 ④[가능성2]가 파생된다. ④[가능성2]가

의문문의 환경에서 청자의 의도를 묻는 ⑤[의도]로 파생한다고 볼 수 있다. 다시 기본의미인 ⑦[추측]이 비교적 확실한 사건에 관한 발화에서 사용됨에 따라 ⑥[예정2]가 파생했다고 볼 수 있다. 그리고 ⑥[예정2]에서 1인칭으로 환경 변화함에 따라 ③[예정1]이 파생한다. ③[예정1]에서 화자의 의도가 개입할 수 있는 서술어를 사용함에 따라 ②[의지]가 파생되는 것으로 보았다. 지금까지 분석한 파생관계를 그림으로 나타내면 다음과 같다.

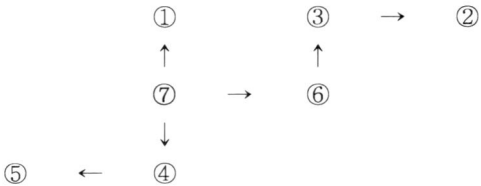

2.3. '-겠-'과 '-을 것이-'의 의미 비교 및 대조

2.1.과 2.2.에서 각각 분석하여 제시한 '-겠-'과 '-을 것이-'의 단의들은 다음과 같다.2)

    <-겠->
    ① 의지: 화자 자신의 앞으로 할 행동에 대한 의지
    ② 능력1: 화자 자신의 행동에 대한 능력
    ③ 가능성1: 화자 자신이 앞으로 할 불확실한 행동에 대한 가능성

---

2) 혼동의 우려가 있어 '-을 것이-'의 단의 번호를 검은색으로 표시하였다. 이 절에서는 검은색 번호는 '-을 것이-'의 단의로, 흰색 번호는 '-겠-'의 단의로 구분하여 사용하였다.

④ 불확실: 화자 자신의 상태에 대한 불확실성
⑤ 가능성2: 청자가 앞으로 할 불확실한 행동에 대한 가능성
⑥ 능력2: 청자의 행동에 대한 능력
⑦ 의도: 청자의 행동에 대한 의도
⑧ 예정: 제3자가 앞으로 할 비교적 확실한 행동에 대한 예정
⑨ 추정: 제3자가 앞으로 할 불확실한 행동에 대한 예정
⑩ 능력3: 제3자의 행동에 대한 능력
⑪ 가능성3: 제3자의 행동에 대한 가능성

<-을 것이->
❶ 가능성1: 화자 자신이 앞으로 할 불확실한 행동에 대한 가능성
❷ 의지: 화자 자신이 앞으로 할 행동에 대한 의지
❸ 예정1: 화자 자신이 앞으로 할 비교적 확실한 행동에 대한 예정
❹ 가능성2: 청자가 앞으로 할 불확실한 행동에 대한 가능성
❺ 의도: 청자가 앞으로 할 불확실한 행동에 대한 의도
❻ 예정2: 제3자가 앞으로 할 비교적 확실한 행동에 대한 예정
❼ 추측: 제3자가 앞으로 할 불확실한 행동에 대한 추측

각각의 단의 중 '-겠-'과 '-을 것이-'가 완전하게 상호 호환이 되는 단의들이 있고, 비슷한 단의처럼 보여도 그 의미 차이를 보이는 것들이 있고, 한쪽에서만 성립하는 단의가 있다. 그래서 이것들을 다음과 같이 세 개의 부류로 분류하여 분석하도록 하겠다. 기술의 편의상 단의가 더 적은 '-을 것이-'을 축으로 두고 비교하는 방법을 취했다.

(1) 상호호환 가능한 단의들
　　❷의지　　/②의지

(2) 유사성이 있으나 차이를 보이는 단의들
　　❶가능성1　/⑤가능성2, ⑨추정
　　❸예정1　　/③가능성1

❼가능성2   /④가능성2
❽의도   /⑤의도
❾예정2   /⑦추정, ⑥예정
❿추측   /⑦추정

(3) 한 쪽에서만 성립하는 단의들
　　② 능력1, ④ 불확실, ⑥ 능력2, ⑩ 능력3, ⑪ 가능성3

이에 대한 자세한 분석은 다음에서 하위절을 나누어 논하도록 하겠다.

2.3.1. 상호호환이 가능한 단의들

앞서 상호호환이 가능한 부류로 분류한 것은 다음과 같다.

<-을 것이-> ❺ 의지: 화자 자신이 앞으로 할 행동에 대한 의지
<-겠->　　① 의지: 화자 자신의 앞으로 할 행동에 대한 의지

위의 단의에 대한 각각의 예문과 그 예문을 '-겠-'과 '-을 것이-'로 바꾼 것을 함께 제시하면 다음과 같이 네 문장이 될 수 있다.

(13) (우리가) 이번 경기는 반드시 이길 겁니다.
(13') (우리가) 이번 경기는 반드시 이기겠습니다.
(14) 제가 꼭 하겠습니다.
(14') 제가 꼭 할 겁니다.

상황에 따라 화자들이 '-겠-'을 더 많이 사용하는 경우와 '-을 것이-'를 더 많이 사용하는 경우의 화용적인 차이는 있을 수 있다. 그러나

(13)과 (14)를 발화할만한 상황에서 (13')와 (14')를 대신 발화한다고 생각했을 때, 거의 완전하게 호환 가능하다는 것을 알 수 있을 것이다.

 이 밖에 '❹가능성2/⑤가능성2'와 '❺의도/⑦의도'의 단의도 호환이 가능한 것처럼 보일 수 있지만 그 발화자의 확신성에 있어서 의미 차이를 보이므로 '유사성이 있으나 차이를 보이는 단의들'의 부류로 분류하였다. 이에 대해서는 다음 소절에서 자세하게 논하도록 할 것이다.

2.3.2. 유사성이 있으나 차이를 보이는 단의들

 앞서 유사성이 있으나 차이를 보이는 부류로 분류한 것은 다음과 같다.

<-을 것이-> ❶가능성1 : 화자 자신이 앞으로 할 불확실한 행동에 대한 가능성

<-겠-> ⑤가능성2 : 청자가 앞으로 할 불확실한 행동에 대한 가능성

⑨추정 : 제3자가 앞으로 할 불확실한 행동에 대한 예정

<-을 것이-> ❸예정1 : 화자 자신이 앞으로 할 비교적 확실한 행동에 대한 예정

<-겠-> ③가능성1 : 화자 자신이 앞으로 할 불확실한 행동에 대한 가능성

<-을 것이-> ❹가능성2 : 청자가 앞으로 할 불확실한 행동에 대한 가능성

<-겠-> ⑤가능성2 : 청자가 앞으로 할 불확실한 행동에 대한 가능성

<-을 것이-> ❺의도 : 청자가 앞으로 할 불확실한 행동에 대한 의도
<-겠->   ⑦의도 : 청자의 행동에 대한 의도

<-을 것이-> ❻예정2 : 제3자가 앞으로 할 비교적 확실한 행동에 대한
                      예정
<-겠->   ⑨추정 : 제3자가 앞으로 할 불확실한 행동에 대한 예정
              ⑧예정 : 제3자가 앞으로 할 비교적 확실한 행동에 대한
                      예정

<-을 것이-> ❼추측 : 제3자가 앞으로 할 불확실한 행동에 대한 추측
<-겠->   ⑨추정 : 제3자가 앞으로 할 불확실한 행동에 대한 예정

대부분은 화자의 확신성에 있어서 차이를 나타내는 것으로 보인
다. 각 경우를 자세하게 살펴보도록 하겠다. 먼저 '❶ 가능성1'의 경
우, 2.2.2.의 [표2]에서 다음과 같은 예문을 제시한 바 있다.

(15) 보고 싶을 거야.

이 예문을 '-겠-'으로 바꾸어 보면 다음과 같다.

(15') 보고 싶겠다.

당초 예문(15)에서 생략된 주체는 1인칭이다. 상황에 따라 2인칭,
3인칭의 주체도 설정 가능하지만 예문(15)는 기본적으로 1인칭 주체
가 생략되었음을 짐작하기 어렵지 않다. 그러나 (15')의 '-겠-'을 활
용한 예문은 3인칭이나 2인칭의 주체를 생각하기가 더 쉽다. 이 문
장에서 2인칭의 주체가 생략되었다고 가정하면 '⑤가능성2'의 단의

를, 3인칭의 주체가 생략되었다고 가정하면 '⑨추정'의 단의를 가진 '-겠-'이 활용된 문장이 된다. 역으로 '⑤가능성2'의 단의를 가진 문장을 '-을 것이-'로 바꾸어 보겠다.

> (16) 엄청 아프겠다.
> (16') 엄청 아플 거야.

예문(16)의 경우, 2인칭 주체가 생략되었음이 가장 유력하다. 3인칭 주체가 생략되었다고 생각하는 것도 가능하며, 1인칭 주체가 생략되었다고 생각하기는 어렵다. 반면에 (16')은 3인칭이 가장 유력하며, 1인칭이 생략되었다고 생각하는 것은 가능한 정도이며, 2인칭이 주체임을 주장하기는 어렵다.

다음으로는 '❸예정1'과 '③가능성1'을 살펴보겠다. 다음의 문장은 '❸예정1'과 '③가능성1'의 예문 (17)과 (18)을 각각 '-겠-'과 '-을 것이-'로 바꾼 것까지 네 가지의 문장이다.

> (17) 12시쯤 도착할 거야. (❸예정1)
> (17') 12시쯤 도착하겠다.
> (18) 이러다간 내가 지겠어. (③가능성1)
> (18') 이러다간 내가 질 거야.

같은 상황에서 (17)과 (17')의 발화를 한다고 가정했을 때, 두 문장의 차이는 화자의 확신성의 정도이다. '-을 것이-'를 사용한 (17)의 확신성이 (17')보다 높게 나타난다. (18)과 (18')도 마찬가지다. (18)은 '이러다간 (잘하면) 내가 지겠어'라는 의미에 가깝고 (18')은 '이러다

간 (분명) 내가 질 거야'에 가깝다. (18')의 화자는 '이러다간' 자신이
질 것을 (18)보다 더 확신하고 있다. 그래서 그 다음에는 지지 않기
위해서 어떻게 '이러지 않아야' 하는지에 대한 발화가 오는 것이 자
연스러워 보인다. 이렇게 화자의 확신성에 있어서 발화의미의 차이
를 보이므로 '❸예정1'과 '③가능성1'을 상호 호환 가능한 부류에 분
류하지 않고 유사성이 있으나 차이를 보이는 부류로 분류한 것이다.
  '❹가능성2'와 '⑤가능성2'도 이와 비슷하다. 다음의 예문을 살펴
보자.

    (19) 너도 마찬가지일 거야. (❹가능성2)
    (19') 너도 마찬가지겠다.
    (20) 다음에는 네가 가겠다. (⑤가능성2)
    (20') 다음에는 네가 갈 거야.

  같은 상황에서 (19)와 (19') 모두 발화할 수 있지만, 화자가 내포하
는 확신성에 차이가 있음을 볼 수 있다. (19')의 화자보다 (19)의 화
자가 '너도 마찬가지'일 것으로 단정 짓고 있다. (20)과 (20')도 이와
같다. '다음에는 네가 간다'는 사실에 대해 (20')의 화자가 (20)의 화
자보다 확신하고 있다. (20)은 '있을법한 일'에 대한 발화로, (20')는
'거의 예정된 일'에 대한 발화로 보인다.
  '❺의도'와 '⑦의도'는 조금 더 의미 차이를 보인다. 다음의 예문
을 살펴보자.

    (21) 어떻게 할 거니?(❺의도)
    (21') 어떻게 하겠니?
    (22) 너 이거 하겠어?(⑦의도)

(22') 너 이거 할 거야?

[의도]의 의미는 의문문에서 발현되는 것으로, 청자의 의도를 묻는 경우이다. 이 경우 확신성의 정도에 대해 논하기 위해서는 청자에게 얼마나 강한 의도를 묻는가에 대해 고려해보아야 한다. (21)의 질문이 (22')의 질문보다 더 확신을 가진 대답을 요구하는 것으로 보인다. 심지어 (22')는 '만약 너라면'이라는 문구가 생략된 것으로 느껴지기도 한다. 그만큼 (21')은 약한 확신을 요구한다. (22)와 (22')도 마찬가지이다. (22')는 (22)보다 다소 공격적으로까지 받아들여질 수 있는데 그것은 청자에게 보다 강한 확신을 가진 답을 요구하기 때문이다.

'❻예정2'와 '⑨추정', '⑧예정'의 문제는 다소 복잡하다. 이 단의들은 화계에 따라 다른 양상을 보인다. 다음의 예문을 보자.

(23) 기차가 이제 올 겁니다. (❻예정2)
(23') 기차가 이제 오겠습니다.
(24) 기차가 이제 올 거야. (❻예정2)
(24') 기차가 이제 오겠다.

(23)과 (23')는 '❻예정2'와 '⑧예정'으로 크게 의미차이를 보이지 않는다. 앞에서 제시했던 대부분의 경우와 마찬가지로, 화자의 확신성에서만 차이를 보인다. 하지만 지금까지 확신성의 정도가 '-겠-'이 '-을 것이-'보다 더 낮은 양상으로 나타난 것과는 달리, 이 경우에는 (23')경우가 더 확실하게 예정된 일을 알리는 문장으로 보인다. 이것은 현대 사회에서 앞으로 있을 일정을 알릴 때 '-을 것입니다'보다는

'겠습니다'를 많이 사용하기 때문인 것으로 생각된다. 즉 사회언어 학적인 문제가 개입되어 있다고 보는 것이다.

화계를 바꾸어보면 이 영향을 피할 수 있다. (24)의 문장을 '-겠-' 으로 바꾼 (24')는 그 확신성이 떨어지다 못해 '⑨추정'의 의미를 가 지게 된다. (24)를 '⑧예정'으로 해석할 수 있는 것은 오직 한 경우 뿐이다. 군대에서 계급이 높은 사람이 더 낮은 사람에게 기차가 옴 을 알리는 경우이다. '제군들, 기차가 이제 오겠다, 모두 탑승하도록' 이라는 발화에서는 '⑧예정'으로 해석 가능하다. 이것은 사회에서 앞으로의 일정을 알리는 데에 사용하도록 학습된 '겠습니다'를 그대 로 가져와 반말로 바꾼 것뿐이다. 윗사람이 아랫사람에게 공식적인 발화에서도 반말을 할 수 있는 군대라는 환경적 특수성 때문에 이런 현상이 나타난다. '겠습니다'의 정형화된 의미는 그대로 가져오되, 그것을 반말로 발화하는 것이다. 그러나 일반적인 상황에서 (24')는 (24)보다 확신성이 매우 낮은 발화가 된다.

의미가 비슷한 경우, 같은 발화에서 '-을 것이-'이 '-겠-'보다 화자 의 높은 확신성을 가지고 있다는 입장에서 논의를 진행해왔다. '❼추 측'과 '⑨추정'에서도 그와 같은 양상이 보인다. 다음의 예문을 보자.

(25) 선생님께서 화내실 거야. (❼추측)
(25') 선생님께서 화내시겠다. (⑨추정)

(25)의 화자는 (25')의 화자보다 '선생님께서 화내신다.'는 명제에 대해 확신하고 있다. (25')는 확신이 약해서 혼잣말처럼 느껴지는 데 비해 (25)는 '선생님께서 화내실 만한 행동을 하는 청자'에 대한 경

고로까지 해석될 수 있다.

2.3.3. 한 쪽에서만 성립하는 단의들

앞서 한 쪽에서만 성립하는 부류로 분류한 것은 다음과 같다.

<-겠->
② 능력1 : 화자 자신의 행동에 대한 능력
④ 불확실 : 화자 자신의 상태에 대한 불확실성
⑥ 능력2 : 청자의 행동에 대한 능력
⑩ 능력3 : 제3자의 행동에 대한 능력
⑪ 가능성3 : 제3자의 행동에 대한 가능성

‘②능력1’, ‘⑥능력2’, ‘⑩능력3’으로 미루어 보았을 때, ‘-을 것이-’
는 [능력]부류의 단의를 가지고 있지 않은 것으로 보인다. 다음의 예
문을 보자.

(26) 나도 하겠다.(②능력1)
(26') 나도 할 거다.
(27) 너 이거 하겠어?(⑥능력2)
(27') 너 이거 할 거야?
(28) 그가 이거 하겠어?(⑩능력3)
(28') *그가 이거 할 거야?

(26)과 (27)의 [능력]은 (26')과 (27')에서 ‘-을 것이-’를 사용하면
[의지]와 [의도]로 바뀌어버린다. 그만큼 ‘-을 것이-’가 더 확신성을
내포하고 있기 때문으로 보인다. (28')은 문장 자체가 성립하지 않음
을 볼 수 있다. ‘⑪가능성3’의 경우와 함께 살펴보자.

(28) 그가 이거 하겠어?(⑩능력3)

(28') *그가 이거 할 거야?

(29) 그가 거기에 있겠니?(⑪가능성3)

(29') *그가 거기에 있을 거야?

　(28')과 (29')에서 '-을 것이-'가 3인칭을 주체로 한 의문문을 성립시키지 못함을 볼 수 있다. '-을 것이-'가 발화 과정에서 화자의 확신성을 더 많이 내포하고 있기 때문에 3인칭을 주체로 한 의문문의 환경에서는 실현될 수 없는 것으로 생각된다. 이것은 '④불확실'의 경우에도 마찬가지이다.

(30) 저도 잘 모르겠습니다. (④불확실)

(30') *저도 잘 모를 것입니다.

　스스로의 상태에 대한 불확실성을 나타내기에는 '-을 것이-'는 화자에게 확신성을 요구하기 때문에 성립이 불가능한 것으로 보인다.

3. 마무리

　지금까지 '-겠-'과 '-을 것이-'의 각각의 의미가 실현되는 환경에 대해 분석하고 '-겠-'과 '-을 것이-'의 단의들을 비교·대조하여 정리하였다. 기존의 연구들에서는 '-을 것이-'에 대해 건조체, 강건체의 문장에서 쓰임이 확대되었다는 견해가 강했던 것이 사실이다. 하지만 이것은 '-을 것이-다'의 형태로 분석되었기 때문이다. 현재 '-ㄹ거

-' 형태로 구어에서 '의도, 추정'의 의미로 사용되는 기능 부담량이 커지고 있으며 이에 비해 '-겠-'의 형태는 실제 발화에서는 여타 다른 영역으로 확장된 의미로 더 많이 사용되는 경향이 있는 것으로 보아 실제 쓰임을 중심으로 분석하고자 노력하였다.

문장 주어의 인칭, 화자의 확신성, 문장 형식, 그 외의 기타 요소를 기준으로 삼아 각각의 단의를 분석해 본 결과, '-겠-'의 경우에는 11개의 단의가, '-을 것이-'는 7개의 단의가 평정되었다. 그리고 '-겠-'과 '-을 것이-'의 단의들을 비교·대조하여 분석해보았을 때, 화자의 확신성에 있어서 '-을 것이-'가 더 강한 화자의 확신을 내포하는 것으로 나타났다.

'-겠-'과 '-을 것이-'는 실현되는 문장에서의 언어 외적인 요소나 기타 초분절음적 요소에 의해서도 그 의미를 달리하는 것으로 보인다. 이 부분에 있어서는 운율 측면의 연구가 더 이루어져야 할 것이다.

▋참고문헌▋

고광모. 2002. "'-겠-'의 형성 과정과 그 의미의 발달." 「국어학」(국어학회) 39.

고영근. 1986. "국어의 시제와 동작상." 「국어생활」(국어연구소) 6.

고창운. 1991. "'-겠-'과 '-ㄹ 것이'의 용법." 「건국어문학」(건국대 국어국문학 연구회) 15.

김규철. 1988. "모습의 '겠'과 바탕의 'ㄹ것'." 「관악어문연구」(서울대 국어국문학과) 13.

김선호. 2002. "시제 형태소 '았', '겠'의 의미." 「한국언어문학」(한국언어문학회) 20.

김성화. 1986. "시간관계와 시제표시의 의미기능." 「우리말교육」(부산교육대한국어과) 1.

김성화. 1992. 「국어의 상 연구」 서울: 한신문화사.

김승곤. 1964. "시제(時制) 보조어간고: 특히 「겠」에 대하여." 「문호」(건국대학교) 3-1.

김영배. 1984. 「평안방언 연구」 서울: 동국대학교출판부.

김차균. 1981. "을과 겠의 의미." 「한글」(한글학회) 173-174.

김차균. 1993. 「우리말 시제와 상의 연구」 서울: 태학사.

나진석. 1953. "미래 시상 보간 '리'와 '겠'의 교체." 「국어국문학」(국어국문학회) 6.

나진석. 1971. 「우리말의 때매김연구」 서울: 과학사.

남기심. 1972. "현대국어의 시제에 관한 문제." 「국어국문학」(국어국문학회) 55-57.

남기심. 1978. "국어문법의 상과 시제." 「한국학보」(일지사) 12.

박근호. 1990. "선어말어미 '겠'에 대한 연구." 경북대 석사학위논문.

박선자. 1983. "우리말 때매김법에 관한 해석." 「국어국문학」(부산대학교 국어국문학과) 20.

서정수. 1977. "'겠'에 관하여." 「말」(연세대한국어학당) 2.

서정수. 1978. "'ㄹ것'에 관하여: '겠'과의 대비를 중심으로." 「국어학」(국어학회) 6.

성기철. 1976. "'-겠-'과 '-을것이-'의 의미 비교." 「선청어문」(서울대학교 국어교육과) 7-1.

시정곤. 1998. "선어말어미의 형태 통사론." 「한국어학」(한국어학회) 8.

신창순. 1972. "현대 한국어의 용언 보조어간 '겠'의 의의와 용법." 「조선학보」(조선학회) 65.

안명철. 1983. "현대국어의 양상연구: 인식양상을 중심으로." 서울대 석사학위논문.

이기갑. 1987. "미정의 씨끝 '-으리-'와 '-겠-'의 역사적 교체." 「말」(연세대 한국어학당) 12.

이기문. 1972. 「개정 국어사개설」 서울: 탑출판사.

이기용. 1978. "언어와 추정." 「국어학」(국어학회) 6.

이남순. 1981. "'겠'과 'ㄹ것'." 「관악어문연구」(서울대 국어국문학과) 6.

이남순. 1995. "'겠'과 'ㄹ것'의 판단론." 「대동문화연구」(성균관대학교 대동문화연구원) 30.

이병기. 1997. "미래 시제 형태의 통시적 연구 '-리-', '-ㄹ것이', '-겠-'을 중심으로". 서울대 석사학위논문.

이병기. 2006. "'겠'과 '었'의 통합에 관하여." 「국어학」(국어학회) 47.

이수득. 1989. "현대국어 시제 형태소의 양상성." 서강대 석사학위논문.

이수득. 2003. "국어선어말어미의 의미와 해석에 관한 연구: 시제, 상, 양상성 중심으로." 서강대 박사학위논문.

이승욱. 1958. "국어의 시제 연구." 「국어연구」(국어연구회) 6.

이지양. 1990. "서법." 「국어연구 어디까지 왔나」 서울: 동아출판사.

임동훈. 2001. "'-겠-'의 용법과 그 역사적 해석." 「국어학」(국어학회) 37.

임홍빈. 1980. "'-겠-'과 대상성." 「한글」(한글학회) 170.

장경희. 1984. "'겠'과 인과 법칙." 「어학」(전북대학교 어학연구소) 11.

장경희. 1985. "현대국어의 양태범주에 관한 연구." 서울대 박사학위논문.

정경재. 2007. "{-겠-}의 발달에 따른 {-것-}의 역사적 변화." 고려대 석사학위논문.

조일영. 1994. "'겠'의 양태적 의미." 「어문논집」(안암어문학회) 33.

최동주. 1995. "국어 시상체계의 통시적 변화에 관한 연구." 서울대 박사
     학위논문.
최호철. 1993. "현대 국어 서술어의 의미 연구: 의소 설정을 중심으로." 고
     려대 박사학위논문.
한현종. 1990. "현대국어의 시제체계의 수립과 그 제약조건." 서울대 석사
     학위논문.
홍종선. 1987. "국어 시제의 발달." 「어문논집」(안암어문학회) 27.
홍종선. 1989. "시간과 시제." 「이정정연찬선생회갑기념논총」 서울: 탑출
     판사.
홍종선. 2000. 「현대 국어의 형성과 변천 2」 서울: 박이정.
홍종선. 2004. "중세 한국어의 상대 높임법 '하니체'의 설정." 「조선학보」
     (조선학회) 190.

국어 문법의 탐구 1

선어말어미 배열 순서와 '-겠-'의 의미

:: 정 경 재

1. 머리말

본고는 선어말어미 '-겠-'이 과거 시제 형태소 '-었-'에 후행하여 '-었겠-'의 연쇄를 이루기도 하고 '-었-'에 선행하여 '-겠었-'의 연쇄를 이루기도 함에 주목하여, 선어말어미 배열 순서에 따른 '-겠-'의 의미 차이를 고찰하려 한다. 그 중 '-었겠-'의 배열 순서를 지닐 때의 '-겠-'에 대해서는 많은 연구가 이루어져 왔으므로, 본고에서는 그동안 주목받지 못했던 '-었-'에 선행하는 '-겠-'을 주된 논의 대상으로 삼는다.

'-었-'에 선행하여 '-겠었-'의 배열 순서를 이루는 '-겠-'에 대해서는 다음과 같은 다섯 가지 문제가 주된 논의의 대상이 된다. 첫째, '-겠-'이 쓰이는 대부분의 문장에서 '-겠었-'의 연쇄는 비문법적인 것으로 여겨지나 일부 문장에서의 '-겠었-' 연쇄는 문법적인 것으로 이야기되어 왔다. 일부 문장에서만 자연스러운 것으로 여겨지는 '-겠었-'을 문법적인 구성으로 볼 수 있는가. 둘째, 한국어의 선어말어미 배열 순서는 고정적이며 임의로 순서가 뒤바뀔 수 없다. 선어말어미가 통사적으로 관계하는 구조적인 영역과 그것의 배열 순서가 밀접하게 관련되어 있기 때문이다. 따라서 '-겠더-'는 가능하나 '-더겠-'은 불가능하고 '-었더-'는 가능하나 '-더었-'은 불가능하다. '-었겠-'과 '-겠었-'을 모두 문법적인 구성으로 인정한다면 이는 한국어의 선어말어미 배열 순서를 지배하는 일반 원리를 어기는 것인가. 셋째, '-겠었-'의 배열 순서를 문법적인 것으로 인정한다면, '-겠었-'이 결합 가능한 문장의 범위는 어디까지로 규정할 수 있는가. 넷째, '-었-'에 선행하는 '-겠-'과 후행하는 '-겠-'의 관계는 어떠한가. '-었-'에 후행하는 '-겠-'과 마찬가지로 '-었-'에 선행하는 '-겠-'도 양태 범주에 속하는가. 다섯째, 해당 연쇄가 '-겠-'이 쓰이는 모든 문장에서 생산적으로 쓰이지 않고 일부 문장에서만 나타나는 이유는 무엇인가.

위와 같은 다섯 가지 문제 중 첫 번째에서 세 번째 문제는 '-겠었-'의 연쇄를 문법적인 구성으로 인정할 수 있는지와 관련된 것이다. 이를 해결하지 못한다면 '-겠었-'의 연쇄를 문법적인 구성으로 인정하기 어려울 것이다. 네 번째와 다섯 번째 문제는 앞의 세 문제가 해결되어 '-겠었-'이 문법적 구성으로 인정된 뒤에 해당 현상을 설명하기 위한 것이다. 본고에서는 '-겠었-'이 문법적인 구성이며 '-었겠-'과 '-겠었-'이 공존하는 것이 한국어 선어말어미의 배열 순서를 지배하는 일반 원리에 어긋나는 현상이 아님을 확인하고 '-겠었-' 연쇄가 가능한 문장의 범위를 밝힐 것이다. 또한 '-었-'에 선행하는 '-겠-'의 문법적 지위와 그 구성이 특정 문장에서만 성립 가능한 이유를 고찰할 것이다.

본고의 논의 진행 순서는 다음과 같다. 2장에서는 '-겠었-'의 성립 여부에 대해 다룬 기존의 논의들을 정리한다. 3장에서는 '-겠었-'이 사용된 실례를 살피고 그것이 문법적 구성임을 밝힐 것이다. 4장에서는 '-었-'에 선행하는 '-겠-'의 기능을 살피고 일부 문장에서만 '-겠었-' 연쇄가 가능한 이유를 살필 것이다. 마지막 장에서는 논의를 정리하고 남은 과제에 대해 언급하기로 한다.

2. 선행 연구

'-었-'에 선행하는 '-겠-'은 그동안 크게 주목받지 못하여 주된 연구 대상이 되지 못하였다. 한국어의 시제, 서법에 대한 전반적인 논의나 '-겠-'에 대한 전반적인 논의에서 부수적으로 언급되었을 뿐이다. 다만 이병기(2006)에서 '-었-'에 선행하는 '-겠-'에 주목하여 그동안의 논의를 정리하고 그동안 제기되었던 여러 문제점을 해결하려 한 바 있다. '-었-'에 선행하는 '-겠-'에 대한 그동안의 연구는 '-겠었-' 연쇄를 수용하는 범위에 따라 네 가지 입장으로 나뉜다.

2.1. [미래/추측]을 나타내는 '-겠-'

'-겠었-'의 연쇄를 수용하는 입장 중에는 [미래/추측]의 의미를 갖는 '-겠-'은 특별한 제약이 없이 '-었-'에 선행할 수 있다고 보는 견해가 있다. 이러한 견해로는 박승빈(1935), Ramstedt(1939), 정인승(1956), 이병기(2006)이 있다.

박승빈(1935)에서는 '-겠-' 다음에 '-었-'이 첨가된 '-겠었-'은 과거

의 한 시기를 표준으로 하고 그 때에서의 미래시상의 의의를 표시한
다고 하였다. Ramstedt(1939)에서는 '-겠었-'을 'perfect-future'로 보았
으며, 정인승(1956)에서는 '-겠었-'을 '지난적의 장차'라고 칭하여 박
승빈(1935)와 유사하게 파악하였음을 알 수 있다. (1)은 박승빈(1935)
에서 제시한 '-겠었-'의 예이다.

> (1) 가. 그 아이에게 잘 니서써쓰면 이튿날 깃버서 學校에 <u>가개써씁</u>
>   <u>니다</u> … 空然히 덕드려서 실허하얏디요.
>   나. 前週 金曜日에 豫定한 일을 다 마쳐서 土曜日에는 일이 <u>업개</u>
>   <u>썻다</u> … 그러하야서 놀러가랴고 하야썻드니 不意의 일이 생
>   겨서 못 갓다.
>   다. 그 사람 절머쓸 째에는 주먹으로 범도 <u>싸려잡개써쓰오</u>.
>
>   (박승빈 1935:330)

이 세 견해는 '-었겠-'뿐만 아니라 '-겠었-'의 연쇄가 가능함에 주
목하고 두 연쇄의 의미 차이를 포착하려 한 초기의 연구라는 점에서
의의가 있다. 그러나 한국어의 문법 전반에 대한 논의의 일부로 언
급하고 있어 '-겠었-' 연쇄에 대한 자세한 견해는 밝히지 않고 있다.
또한 박승빈(1935)에서 제시한 (1)과 같은 예는 이후의 연구들에서
모두 비문법적인 문장으로 지적되었다. 주장의 근거로 삼은 '-겠었-'
의 예가 실제로 사용되는 것인지, 수용 가능성이 문제가 된다.

이병기(2006)에서는 이러한 전통적 입장을 이어 받아 [의도]의 의미
를 지니는 '-겠-'은 '-었-'에 선행할 수 없으나 [추측]의 의미를 지니는
'-겠-'은 별다른 제약 없이 '-었-'에 선행할 수 있다고 보았다. 따라서
박승빈(1935)에서 제시한 (1)의 예뿐만 아니라 한동완(1991), 최동주
(1995가)에서 비문으로 제시한 (2)의 예까지도 모두 자연스러운 문장

으로 보았다. (3)은 이병기(2006)에서 추가로 제시한 '-겠었-'의 예이다.

(2) 가. 철수가 집에 <u>가겠었다</u>. ((한동완 1991:23-26)에서 비문으로 제
        시한 예)
    나. 그 사람 참 <u>고생하겠었다</u>. ((최동주 1995가:217-218)에서 비문
        으로 제시한 예)

(3) 가. 그때 그의 표정을 보니 곧 <u>울겠었다</u>.
    나. 어제 그 말이 <u>이기겠었으면</u>, 돈을 걸었어야지.

이병기(2006)에서는 '-겠었-'의 연쇄가 가능해진 배경으로 두 가지
를 들고 있다. 첫 번째는 '-겠더-'가 지니는 결합 제약이다. '-겠더-'
는 '-고'나 '-면'과 같은 연결어미와 결합하지 못하며, 합쇼체 등급의
종결어미와 결합하지 못한다. 때문에 '-겠더-'가 채우지 못하는 빈칸
을 '-겠었-'이 채우게 되었다고 보았다. 두 번째는 역사적으로, 본래
'-리러-'가 담당하던 의미 영역을 '-겠더-'와 '-겠었-'이 대신하는 방
향의 변화가 일어났다고 보았다. '-겠었-'의 결합이 '-겠더-'보다 어
색하게 여겨지는 것은 '-겠-'과 '-었-'이 둘 다 개신형이기 때문이라
고 보았다.

이병기(2006)은 '-겠었-'의 연쇄에 주목하고 이를 논의 대상으로
삼아 해당 연쇄가 가능한 원인을 통시적으로 규명하려 한 최초의 논
의로 의의를 지닌다. 그러나 다음과 같은 세 가지 문제점을 지닌다.

첫째, '-겠었-'의 예로 제시한 문장의 문법성이 문제가 된다. 특히
(2)와 같이 여러 논의에서 비문으로 제시한 문장도 정문으로 판정하
여 논의를 진행하였기 때문에 [추측]으로 쓰이는 '-겠-'이 제약 없이
'-겠었-' 연쇄를 이룰 수 있다는 주장은 설득력이 떨어진다.

둘째, [추측]의 의미를 지니는 '-겠-'이 '-었-'에 선행할 수도, 후행할 수도 있다고 보아 그동안 한국어의 선어말어미 배열 순서를 지배한다고 이야기되어 온 일반 원리를 따르지 않는 예외로 처리하였다. 이병기(2006)에서는 일반언어학적인 문법형태소 통합 순서를 근거로 '-겠었-'의 연쇄가 불가능하다고 주장한 논의를 비판하면서, 일반언어학적인 논의는 일반성은 갖지만 절대성은 갖지 못한다고 주장하였다. 그러나 한국어의 다른 선어말어미는 모두 동일한 원리를 따르는데 '-겠-'만이 그것을 어긴다는 것은 자연스러운 설명이 아니다. '-겠었-'의 연쇄가 가능하다면, 일반 원리를 어기지 않는 한에서 해결 가능해야 설득력을 얻을 것이다.

셋째, '-겠었-'의 연쇄가 가능해진 배경으로 제시한 두 가지 설명도 [추측]의 의미를 지니는 '-겠-'이 '-었-'에 선행하게 되는 필연적인 이유가 되지 못한다. '-겠더-'의 빈칸을 채울 수 있는 우언적 구성인 '-을 것 같았-', '-을 성싶었-' 등이 많이 있기 때문에 한국어의 선어말어미 배열 순서를 지배하는 일반 원리를 어기면서 '-겠었-'이 그 빈칸을 채워야 할 필연성은 없다. 또한 현대국어에서 '-겠-'과 '-었-'은 이미 문법화가 완료된 선어말어미이다. '-었-'이 '-더-'보다 개신형인 것이 현대국어에서의 '-겠었-' 연쇄가 어색한 이유가 되기는 어렵다.

2.2. [능력]을 나타내는 '-겠-'

'-겠었-'에 대한 두 번째 입장은 [능력]의 의미를 지니는 '-겠-'만이 '-었-'에 선행할 수 있다고 보는 견해이다. 2.1절에서 살핀 논의들이 [추측] 안에 [능력]의 의미를 아우르고 있다는 점에서, 이 절의 견해는 앞 절에서 살핀 견해보다 '-겠었-'이 가능한 문장에 더 큰 제약을 두는 입장이다. 이러한 견해로는 임동훈(2001), 박재연(2004)가 있다.

우선 임동훈(2001)에서는 '-겠-'의 작용역을 두 가지로 설정하고 있다. '-겠-'이 [의지], [능력]을 나타낼 때는 작용역이 동사구이며, [미래]나 [추측]의 의미일 때는 명제 전체를 작용역으로 삼는다고 보았다. 따라서 전자의 경우에는 작용역이 명제 전체인 '-었-'이 '-겠-'에 선행할 수 없고 후자의 경우에는 '-었-'이 '-겠-'에 후행할 수 없다고 보았다. 이 논의에서는 '-겠었-'의 연쇄에 대해 부정적인 입장을 취했으나, 만약 '-겠었-'의 연쇄가 가능하다면 그때의 '-겠-'은 작용역이 동사구인 [능력]의 의미를 가진 것이라는 유보적인 입장을 취하였다.

박재연(2004)에서는 '-겠-'의 의미를 화·청자 지향적 양태인 [추측], [의도]와 주어 지향적 양태[1]의 성격을 지니는 [능력][2]으로 구분하였다. 작용역이 아닌 양태의 담지자(possessor) 차이로 구분하였으나 양태 담지자의 차이가 작용역의 차이를 가져오므로 임동훈(2001)의 견해와 큰 차이는 없는 것으로 보인다. 다만 임동훈(2001)에서는 [의지]의 작용역을 동사구로 설정한 반면 박재연(2004)에서는 이를

---

1) 박재연(2004)에서는 양태 의미의 담지자가 담화상의 개체인 화자나 청자인 경우 '화·청자 지향적 양태', 양태 의미의 담지자가 명제 내의 개체인 주어인 경우 '주어 지향적 양태'라 하였다. 이 용어는 Bybee et al(1994)의 '화자 지향적 양태(speaker-oriented modality)'와 '동작주 지향적 양태(agent-oriented modality)'에서 온 것이지만 그것이 지시하는 바에는 차이가 있다.

2) 박재연(2004)에서는 [능력]의 '-겠-'이 2, 3인칭 주어에 존재하는 능력의 조건은 표현하지 못하고 1인칭 화자 주어의 능력만을 표현하므로 전형적인 주어 지향성을 띠지는 않는다고 보았다.

화·청자 지향적 양태로 보아 명제 전체를 작용역으로 취하는 것으로 분류하였다.

박재연(2004)에서도 '-겠었-'의 연쇄가 가능하다면 그때의 '-겠-'은 주어 지향적 양태의 성격을 지니는 [능력]의 의미를 지닌 것이라고 보았다. 따라서 (4가)와 같이 [능력]의 의미로 볼 수 있는 '-겠-'이 '-었-'에 선행한 것은 수용 가능하지만 박승빈(1935)에서 제시한 (1)과 같은 예는 수용 불가능한 것으로 보았다. 이 논의에서는 (4나)의 '-겠-'은 [능력]이 아닌 [개연성 판단]으로, (4다)의 '-겠-'은 [기동상]으로 보았는데, 이와 같이 [능력]이 아닌 '-겠-'이 '-었-'에 선행하는 것은 '죽겠-', '알겠-', '모르겠-' 등에서 동사 어간과 '-겠-'의 통합 관계가 밀접하기 때문이라고 보았다.

(4) 가. 약을 먹었더니 어제는 좀 <u>살겠었다</u>.
    나. 일을 했더니 어제는 아주 <u>피곤해 죽겠었다</u>.
    다. 어제는 네 마음을 <u>알겠었다</u>.

(임홍빈 1980:247)

임동훈(2001)과 박재연(2004)의 논의는 '-겠었-'의 연쇄가 가능하다면 [능력]의 '-겠-'만이 '-었-'에 선행할 수 있다고 보아, '-겠었-'을 소극적으로 인정하면서 선어말어미 배열 순서를 지배하는 일반 원리를 어기지 않을 수 있는 안을 제시하였다는 점에서 의의를 지닌다. [능력]의 의미를 지니는 '-겠-'은 주어 지향적 양태로 쓰여 '-었-'보다 작용역이 좁다고 보았기 때문이다.

그러나 임동훈(2001)에서는 [의지]의 의미도 동사구를 작용역으로 삼는다고 보았는데 [의지]의 '-겠-'은 왜 '-겠었-'이 불가능한지에 대한 설명이 없다. 또한 두 논의 모두 [능력]의 의미를 지녔다고 볼 수 없는 '-겠-'이 '-었-'에 선행하는 (4나, 다)와 같은 예를 설명하기 어렵다. 박재연(2004)에서는 '죽겠-', '알겠-', '모르겠-'의 경우 동사 어간과 '-겠-'이 밀접한 것이 그 이유라고 보았으나 '-겠었-'의 연쇄는 (5)와 같이 다른 서술어에서도 나타난다. [능력]의 의미로 해석할 수 없는 모든 '-겠었-'의 예를 어휘 개별적인 문제로 돌릴 수는 없을 것이다.

> (5) 가. 어제는 정말 화가 나서 <u>미치겠었다</u>.
> 나. 어제는 정말 화가 나서 <u>돌아 버리겠었다</u>.

또한 이병기(2006)에서도 지적하였듯이 [능력]을 [추측]과 구분되는 별개의 의미로 볼 수 있는지에 대해서도 더 고찰이 필요하다.

2.3. [화자 자신의 인지나 상태]를 나타내는 '-겠-'

'-겠었-'에 대한 세 번째 입장은 몇몇 제약된 문장에서만 '-겠었-'의 연쇄가 가능하다고 보고 그 제약 조건을 밝힌 경우이다. 이러한 논의로는 임홍빈(1980), 목정수(2000)이 있다. 이는 본고에서 '-겠었-'의 연쇄를 바라보는 입장과 유사하다.

우선 임홍빈(1980)에서는 '-겠-'이 [대상성]이라는 의미 자질을 지녔다고 보고, '-겠-'이 지닌 [대상성]으로 인해 화자의 視點과 대상 사이에 시선의 거리가 놓인다고 보았다. 화자는 자기 자신에 대해서도 시선의 거리를 유지할 수 있기에 (6)과 같이 [추측]으로 설명할 수 없는 '-겠-'의 예가 가능하다고 보았다. 또한 이렇게 화자가 자신

의 현재 인지나 상태를 나타낼 때, (7)과 같이 '-겠었-'의 연쇄가 가
능하다고 보았다.

    (6) 가. 하루 종일 일을 했더니 <u>피곤해 죽겠다</u>.
        나. 약을 먹었더니 이제는 좀 <u>살겠다</u>.
        다. 나도 이제는 네 마음을 <u>알겠다</u>.

                                    (임홍빈 1980:604)

    (7) 가. 일을 했더니 어제는 아주 <u>피곤해 죽겠었다</u>.
        나. 약을 먹었더니 어제는 좀 <u>살겠었다</u>.
        다. 어제는 네 마음을 <u>알겠었다</u>.

                                    (임홍빈 1980:605)

    목정수(2000)에서는 '-었-'과 '-겠-'이 선어말어미가 아니라 보조동
사 구성 또는 그에 준하는 구성이라고 보고 그 근거 중 하나로 '-었
-'과 '-겠-'의 순서가 절대적으로 고정되어 있지 않다는 점을 들었다.
'-었-'과 '-겠-'의 순서가 고정되어 있지 않아 '-었겠-'과 '-겠었-' 모두
수용 가능하지만, 그 중 '-겠었-'은 선행 동사가 주관동사로 국한되
는 제약이 있고 인칭의 제약도 따른다고 보았다.

    (8) 가. 내가 그걸 <u>몰랐겠었다</u>고 보는 거야?
        나. 나도 이렇게 끌어안으면 정말 <u>좋겠었는데</u>.
        다. 저저번 파티 때, 우리 마누라 정말 <u>피곤해 죽겠었을거야</u>.
        라. A: 왜 강의실에서 나갔었는데?
           B: <u>졸려 죽겠었거든</u>.
        마. 혼자 공부할 때는 좀 <u>알겠었는데</u>, 네 설명 들으니까 오히려
            헷갈린다야.

                                    (목정수 2000:156)

임홍빈(1980)과 목정수(2000)에서는 '-겠었-'의 연쇄를 인정하고 그것이 성립 가능한 문장의 제약을 포착하였다는 점에서 의의가 있다. 임홍빈(1980)의 '화자가 자신의 현재 인지나 상태를 나타낼 때'라는 설명과 목정수(2000)의 '1인칭 주어에 주관동사'라는 제약은 표현은 다르지만 동일한 제약으로 볼 수 있다. 또한 이러한 배열 순서가 가능한 원인에 대해, 임홍빈(1980)은 '-겠-'이 지닌 [대상성]을, 목정수(2000)은 보조동사 혹은 그에 준하는 구성으로서의 '-었-'과 '-겠-'의 문법적 지위를 거론하고 있어 '-겠었-'의 존재에 대한 해석도 겸하고 있다. 그러나 이 두 설명은 '-겠었-'의 연쇄가 가능한 원인과는 별개로 '-겠었-'이 성립 가능한 문장의 제약을 기술하고 있어, '-겠었-'이 성립 가능한 문장에 왜 제약이 있고 그것이 왜 '화자가 자신의 인지나 상태를 나타낼 때'인지에 대한 설명을 하지 못한다.

2.4. '-겠었-' 연쇄는 불가능

'-겠었-'에 대한 네 번째 입장은 '-겠었-'의 연쇄가 불가능하다고 보는 견해이다. 이러한 견해로는 한동완(1991/1996), 최동주(1995가) 등이 있다. 우선 한동완(1996:34)에서는 (9)와 같은 예를 들어 '-었겠-'은 가능하나 '-겠었-'은 불가능하다고 보았다. 이는 선시적 상황에 대한 추정은 가능하지만, 상황에 대한 추정시가 상황시에 선행하여 이루어질 수 없기 때문이라고 하였다. 한동완(1996)에서는 (10)과 같이 선어말어미의 통합 순서에 따른 계층적인 해석을 중시하였다.

(9) 가. 명수가 고구마를 먹었겠다.

　　　나. *명수가 고구마를 <u>먹겠었다.</u>

　(10) 가. 비가 왔겠더라.
　　　나. [[[[비가 오]았]겠]더]라]
　　　다. [[[[[비가 옴]의 상황적 위치가 선시적임]을 추정한] 인식 시
　　　　　점이 과거임]

　최동주(1995가)에서는 (11)의 예를 들어 '과거 어느 시점에서의 추
측'은 '-겠더-'에 의해서만 가능하고 '-겠었-'에 의해서는 불가능하다
고 보았다. 한동완(1991/1996)의 견해와 동일한 주장으로 볼 수 있다.

　(11) 가. 그 사람 참 <u>고생했겠다.</u>
　　　나. *그 사람 참 <u>고생하겠었다.</u>

　한동완(1991/1996)과 최동주(1995가)에서는 국어의 선어말어미 배
열 순서를 지배하는 일반 원리를 포착하고 이를 '-겠-'과 '-었-'의 결
합에도 적용하려 했다는 점에서 의의를 지닌다. 그러나 일반 원리에
집착하여 '-겠었-'의 연쇄가 불가능하다고 보는 것은 실제 자료를 무
시한 판단이다. 필자 역시 (9나)와 (11나)의 예문이 비문법적인 문장
임을 인정한다. 그러나 이 예문들이 불가능하다고 해서 '-겠었-'의
모든 예가 불가능한 것은 아니다.
　본고에서는 모든 문장에서 '-겠었-'의 연쇄가 가능한 것은 아니지
만 특정한 문장의 경우에는 이 연쇄가 가능함을 밝히고 그 이유를
설명하려 할 것이다. 또한 이병기(2006)에서 지적하였듯이 '-겠었-'
의 구성도 '-겠더-'의 구성과 같이 통합 순서에 따른 계층적 해석이
가능하다고 본다. 그러나 이병기(2006)과는 달리 본고에서는 '-었겠

-'과 마찬가지로 '-겠었-'의 구성도 선어말어미 통합 순서를 지배하는 일반 원리를 따르고 있음을 보일 것이다.

지금까지 '-겠었-' 연쇄에 대한 그동안의 연구를 살펴보았다. '-겠었-'의 연쇄를 허용하는 범위의 정도 차이는 있었지만 많은 논의에서 제한된 문장에서는 '-겠었-' 연쇄가 가능하다고 보았다. 일부 논의에서는 '-겠었-'의 연쇄가 불가능하다고 보았으나 이는 국어의 선어말어미 배열 순서를 지배하는 원리에 매인 해석으로 보인다. 이는 '-겠었-'의 연쇄를 일반 원리에 부합하게 설명한다면 극복할 수 있는 문제라고 본다.

3. '-었-'에 선행하는 '-겠-'

2장에서는 '-겠었-' 연쇄의 수용 가능성에 대한 다양한 견해를 살펴보았다. 이 장에서는 '-겠었-'의 예를 살피고 '-었-'에 선행하는 '-겠-'의 작용역과 '-겠었-'이 수용 가능한 문장의 범위를 고찰할 것이다.

3.1. 실례

이승욱(1973), 서태룡(1988), 유동석(1995), 최동주(1995나) 등 많은 논의에서 국어의 선어말어미 배열 순서는 그것이 통사적으로 관계하는 구조적인 영역과 밀접하게 관련되어 있다고 보았다. 때문에 국어의 선어말어미는 정해진 배열 순서를 지키며 함부로 뒤섞여 사용될 수 없다. 그러나 선어말어미 '-겠-'의 경우 대체로 '-었-'에 후행하

나 '-었-'에 선행하는 예도 발견되어 주목할 만하다. (12가)는 '-었겠
-'의 예이며, (12나)는 '-겠었-'의 예이다.

(12) 가. 그는 아마 지금쯤 죽었겠다.
     나. 나도 어제는 피곤해서 죽겠었다.

화자에 따라 '-겠었-'이 사용된 문장을 어색하다고 여기는 경우도
있으나 (12나)와 같은 특정 문장에 한해서는 '-겠었-'의 연쇄가 자연
스러운 것으로 여겨진다. '-겠었-'의 예는 (13)과 같이 20세기 소설
자료에서 확인할 수 있으며, 인터넷 게시판 글에서도 많은 수의 예
를 찾을 수 있다. (14)는 인터넷 포털 사이트 '다음(Daum)'에서 '-겠
었-'으로 검색하여 찾은 예 중 일부이다.[3]

(13) 가. 그러나 삼복은 감격한 줄도 기쁜 줄도 모르겠었다.
                                                    <미스터방>
     나. 남들이 가서 같이 만세를 부르자고 하였으나 한생원은 조선
        이 독립이 되었다는 것이 벼랑 반가운 줄을 모르겠었다.
                                                    <희생>

(14) 가. 어쩌야 할지 잘 모르겠었다.
     나. 안 해도 되는데 왜 일부러 먹고 토하려는 건지 정말 모르겠
        었어요.
     다. 홍준표는 토론하러 나온 건지 이해찬과 대정부 질문 할 때
        싸우러 나온 건지 모르겠었고 (중략)
     라. 제가 전화해도 안 받고 미워 죽겠었죠.
     마. 저 때 당시만 해도 너무 조용조용하고 아등바등 뛰어다녀서

---

3) 인터넷 게시판에 등장한 예를 그대로 옮겨온 것이나 맞춤법에 어긋나는 철자
   와 띄어쓰기는 필자가 수정하였다.

<u>이뻐 죽겠었다는데</u> 털 깎고 난 뒤로 완전 난리가 아니라는
소문이 (중략)

이와 같은 자료를 보았을 때 '-겠었-'의 성립 여부를 의심할 수는
없다고 생각한다. 최동주(1995나)에서는 '-겠었-'의 연결이 전혀 불
가능한 것은 아니지만 완전히 자연스러운 것도 아니므로 비문법적
인 것으로 보겠다고 하였다. 물론 '-겠었-'이 '-겠-'이 사용될 수 있는
모든 문장에서 성립 가능한 것은 아니다. 그러나 모든 문장에서 성
립 가능한 것이 아니라고 해서 '-겠-'이 '-었-'에 선행하는 구성 자체
가 불가능한 것은 아니다. 본고는 제한된 문맥에서만 '-겠-'이 '-었-'
에 선행할 수 있다고 본다.
　다음의 예를 살펴보자.

(15) 가. 배가 아파 죽겠다.
　　　가'. 어제는 배가 <u>아파 죽겠었다.</u>
　　　나. 열 받아 미치겠다.
　　　나'. 그때는 진짜 열 받아서 <u>미치겠었다.</u>
　　　다. 나도 이 문제의 답을 알겠다.
　　　다'. 아까는 이 문제의 답을 <u>알겠었는데</u> 지금 네가 물어보니까
　　　　　또 모르겠다.
　　　라. 나는 내 맘을 모르겠다.
　　　라'. 그때는 나도 내 맘을 <u>모르겠었다.</u>

(16) 가. 이번 출장은 내가 가겠다.
　　　가'. *그때는 내가 출장을 <u>가겠었다.</u>
　　　나. 이러다가 이번엔 내가 출장을 가게 되겠다.
　　　나'. *그때는 내가 출장을 <u>가게 되겠었다.</u>
　　　다. 그는 지금쯤 밥을 먹겠다.

다'. *아까 생각에 그는 지금쯤 밥을 <u>먹겠었다</u>.

(15)는 '-겠었-'이 성립 가능한 것으로 여겨지는 예이며, (16)은 '-겠었-'이 성립 불가능한 예이다. (15)와 (16) 모두 '-겠-'이 쓰인 문장인데 '-겠었-'의 수용 가능성은 크게 차이가 난다. 이는 (15)와 (16)에 쓰인 '-겠-'의 의미 차이에서 비롯된 것으로 보인다. (16가)에서 '-겠-'은 [의지·의도]의 의미를 가지고 있으며, (16나, 다)에서 '-겠-'은 [불확신]의 의미를 가지고 있다. 이는 그동안 '-겠-'의 기본적인 용법으로 언급되던 것들이다.4) 반면 (15가, 나, 다, 라)에 사용된 '-겠-'은 [불확신]이나 [의지·의도]로 설명하기 어려워 예외적 용법으로 언급되거나 다양한 해석안이 제시되었던 예이다.

　본고에서는 '-었-'에 선행하는 '-겠-'에 대해 살피기 위해, 우선 '-겠었-' 구성이 자연스럽게 사용되는 (15)와 같은 문장5)들을 대상으로 하여 논의를 진행하도록 하겠다.

3.2. 작용역과 의미

　최동주(1995나:322)에서는 "국어의 선어말어미는 그 기능과 관련되는 요소가 명제의 핵인 동사로부터 구조적으로 가까운 것일수록 동사의 어간 가까이 위치한다"라고 정리하였다. 선어말어미가 자신

---

4) 본고에서는 '-겠-'의 주된 의미를 [불확신]과 [의지·의도]로 본다. [불확신]은 인식양태(epistemic modality)에 속하며, [의지·의도]는 의무양태(deontic modality)에 속하는 것으로 구분된다. '-겠-'의 기본 의미로 자주 언급되던 [추측]은 사유의 방식에 속하므로, 화자의 태도를 나타내는 양태의 의미에는 [불확신]이 더 적절한 용어라고 본다.

5) 이는 2장에서 살핀 선행연구들에서 대부분 수용 가능한 것으로 판단한 문장이다.

의 기능을 수행하기 위해 관련하는 요소는 (17나)와 같은데, 이는 (17가)와 같이 문장의 핵인 동사를 중심으로 구조화할 수 있다. 즉 선어말어미가 관련하는 요소가 (17나)의 왼쪽에 위치한 요소에서 오른쪽에 위치한 요소로 갈수록 (17가)에서와 같이 구조적으로는 문장의 핵에서 멀어지게 된다. 따라서 배열 순서는 뒤에 위치하게 된다.

> (17) 가. (((((동사) 동사구) 명제) 화자) 발화상황:청자)
>   나. 동사구 안에 위치하는 요소(목적어, 여격어 등)-주어-명제-화자-청자
>   다. 잡 - 으시 - 었 -   겠 - 습 - 더 - 이 - 까
>   어간 -주어 - 명제 - 명제·화자 - 화자·청자 -화자·청자·청자 - 청자
>   (최동주 1995나:320-322)

최동주(1995나)에서 논의하였듯이 일반적으로 국어의 선어말어미는 그것이 통사적으로 관계하는 구조적인 영역에 따라 배열 순서가 정해진다. '-었겠-'의 '-겠-' 역시 (17)과 같은 논리로 설명할 수 있다. 예를 들어 '-으시-'는 그것의 기능과 관련되는 주어가 명제의 내부에 위치하므로 어간에 가깝게 위치하게 되며, '-었-'이 나타내는 상황의 시간적 위치는 명제 전체에 관련되므로 그 뒤에, '-겠-'은 서법 형태소로 명제에 대한 화자의 태도를 드러내므로 그보다 뒤에 위치한다고 보는 것이다. 그러나 이 논리는 '-겠었-'의 배열 순서는 설명하지 못한다.

'-겠-'이 '-었-'을 선행하는 예는 국어의 선어말어미 배열 순서를 지배하는 일반 원리를 어기는 것인가. 아니면 이때의 '-겠-'은 '-었겠-'의 '-겠-'과는 통사구조상의 위치, 즉 작용역이 다른 것인가. 만약 (12)와 같이 '-었겠-'과 '-겠었-'이 모두 가능하고 (17)의 논리가 한국

어 선어말어미의 배열 순서를 지배하는 절대적인 원리라면 작용역
이 다른 두 가지 '-겠-'이 존재한다는 결론에 이르게 된다.6)

　본고에서는 후자의 견해를 지지한다. '-겠었-'의 연쇄가 가능한 문
장에서의 '-겠-'은 다른 문장에서의 '-겠-'보다 작용역이 좁은 것으로
보인다. 이는 몇 가지 현상을 통해 확인할 수 있다. 우선 안긴문장에
'-겠-'이 사용된 예를 살펴보자.

　　(18) 가. *제가 여기서 책 보고 있다가 경재가 <u>좋겠을</u> 때 말할게요.
　　　　　 나. *여기서 책 보고 있다가 집에 <u>가겠을</u> 때 말할게요.

　　(19) 제가 여기서 책 보고 있다가 경재가 <u>좋 것 같을</u> 때 말할게요.

선어말어미가 명제와 같거나 그보다 좁은 영역을 작용역으로 취하
면 그 선어말어미는 안긴문장의 서술어와 결합할 수 있다. 그러나
선어말어미가 명제에 대한 화자의 태도를 표현하는 것일 때는 안은
문장의 서술어와만 결합할 수 있다. (18가)는 명제에 대한 화자의
[불확신]의 태도를 나타내는 '-겠-'이 안긴문장에 결합하면 비문이
됨을 보여 준다. (18나)는 [의지]의 의미를 나타내는 '-겠-'이 안긴문
장에 결합하면 비문이 됨을 보여 준다. '-겠-'이 [불확신]과 [의지·
의도]의 의미를 지닐 때에는 명제 전체를 작용역으로 취하여 그에
대한 화자의 태도를 나타내는 기능을 하기 때문이다. 그러나 '-겠-'
과 유사한 의미를 갖는 '-을 것 같-'은 (19)와 같이 안긴문장에 결합

---

6) '-었겠-'과 '-겠었-'이 모두 나타나는 것을 '-었-'에 원인이 있는 것으로 여기기
　는 어려워 보인다. 이때의 '-었-'은 그것이 결합한 문장에 드러난 사건 위치가
　과거였음을 표시해 주는 것으로 동일하다. 따라서 이는 '-겠-'의 문제로 여겨야
　할 것이다.

할 수 있다. 즉 [불확신]이라는 의미가 안긴문장에서 쓰이지 못하는 것은 아님을 알 수 있다.

'-겠었-'의 연쇄가 가능한 문장들에서의 '-겠-'은 (20)과 같이 안긴 문장에서도 사용될 수 있다. '-겠-'이 쓰인 여타의 문장과는 달리 '-겠었-'이 가능한 문장에서의 '-겠-'만 안긴문장에 사용될 수 있다는 것은, 이 '-겠-'이 다른 문장의 '-겠-'보다 작용역이 좁음을 뜻한다. 이때의 '-겠-'은 작용역이 '-었-'보다 좁아 '-었-'에 선행할 수 있는 것이다.

> (20) 가. 배가 <u>아파 죽겠을</u> 때는 화장실에 가도 좋아.
> 나. 내가 외로워서 <u>미치겠을</u> 때마다 그가 곁에 있어 주었다.
> 다. 내 말뜻을 <u>알겠을</u> 때 연락해라.
> 라. 재섭이는 무엇을 <u>모르겠을</u> 때 모른다고 말할 줄 아는 사람
> 이다.

이는 (20)과 같은 보문절뿐 아니라 (21)과 같은 관계절의 예에서도 확인할 수 있다. 박재연(2004)에서는 (21가)의 예를 들어, 관형사형에 '-겠-'이 통합된 문장은 문법성이 의심된다고 보았다. 필자도 박재연(2004)에서 든 문장은 자연스럽지 않다고 본다. 이 문장이 비문인 이유는 '-겠-'과 관형형 어미의 결합 자체가 불가능하기 때문이 아니라 작용역이 넓은 [의지·의도]의 의미를 지닌 '-겠-'이 안긴문장에 결합되었기 때문이다. (21나)와 같이 '-겠었-'이 가능한 문장의 '-겠-'과 '-을 것 같-'은 관계절 안에서도 사용될 수 있음을 확인할 수 있다.

(21) 가. *우리 집에 <u>오겠는</u> 사람은 손 들어라. (박재연 2004:89)
    나. 배가 <u>아파 죽겠는</u> 사람만 나갔다 와라.
    다. 배가 <u>아파 죽을 것 같은</u> 사람만 나갔다 와라.

'-겠-'이 안긴문장에 쓰이는 예는 현대국어 말뭉치와 인터넷 게시판 자료에서도 확인할 수 있는데, 그 예는 모두 '-어야겠-' 또는 '-겠었-'이 가능한, 소위 예외적 용법의 '-겠-'이 쓰인 문장들이다.7) (22)는 국립국어원에서 구축한 구어말뭉치에 등장한 예이며, (23)은 인터넷 게시판에서 확인한 예이다.

(22) 야 그거 <u>모르겠을</u> 때 모르겠습니다 진짜 그거 잘하면 좋아.
(23) 가. 지금 제가 백분토론을 보고 있지만, 주제가 뭔지도 <u>모르겠</u><u>을</u> 뿐더러 서로 같은 주장을 편만 나눠서 얘기하고 있군요.
    나. 이젠 저도 누군지 <u>모르겠을</u> 정도네요.
    다. 싫은 친구가 생각나서 <u>미치겠을</u> 때마다 옆에서 언니가 그래요.
    라. 손목 긋고 싶어서 <u>미치겠을</u> 때마다 (중략)
    마. 언니가 제게 주신 사랑 반도 갚지 못하고 이렇게 가서 <u>괴로</u><u>워 죽겠을</u> 따름이에요.

---

7) "여기서 책 보고 있다가 집에 <u>가야겠을</u> 때 말해."와 같이 '-어야 하-'에 '-겠-'이 결합한 '-어야겠-'도 안긴문장에 결합이 가능함을 알 수 있다. 우선 '-어야 하-'는 박재연(2003)에서 논한 바 있듯이 주어 지향적 양태의 기능을 하므로 안긴문장에 결합하는 것이 자연스럽다. '-어야 하겠-', '-어야겠-'에서의 '-겠-'의 기능에 대해서는 다양한 견해가 제시된 바 있다. 신창순(1972)와 남길임(1998)에서는 이때의 '-겠-'이 [의도]의 의미를 지닌 것으로 보았으며, 임동훈(2001)에서는 [추측]의 인식 양태적 용법으로 보았다. 박재연(2004)에서는 [추측]과 [의도]의 의미가 '합류'한 것으로 보았다.
  '-어야겠-'은 안긴문장에 쓰이는 다른 '-겠-'과는 달리 '-어야겠었-'이나 '-어야겠을걸' 구성이 가능하지 않다. 본고에서는 '-어야겠-'에 대한 판단은 보류하기로 한다. 그러나 '-어야겠-'의 의미가 무엇이든 간에 '-겠-'이 단독으로 쓰여 [불확신]이나 [의지]의 기능을 할 때, 인용문을 제외한 안긴문장에 사용되지 못함은 명확한 사실로 보인다.

그렇다면 안긴문장에 결합 가능하며 '-었-'에 선행할 수 있는, 작용역이 좁은 '-겠-'의 기능은 무엇일까. 이는 작용역 면에서나 의미 면에서나 '-었-'에 후행하는 '-겠-'과 같이 명제 전체를 대상으로 한 화자의 태도를 나타낸다고 보기 어렵다. 작용역 면에서 '-겠었-'의 '-겠-'은 안긴문장에 결합 가능하기 때문에 명제 밖에 있는 화자의 태도를 나타내는 것으로 보기 어려우며 의미 면에서도 '명제에 대한 화자의 태도'를 읽을 수 없다. (15)와 같은 예는 화자와 주어가 일치하여 '-겠-'의 의미를 판단하는 데 어려움이 있으므로 안긴문장에 사용된 (20)의 예를 통해 의미를 살펴보자. (20)의 예에서, '배가 아파 죽'을 것 같고 '외로워서 미칠' 것 같고 '말뜻을 알' 것 같고 '무엇을 모를' 것 같다는 동사구의 사태에 대해 판단하는 것은 화자가 아니라 안긴문장의 주어이다. 즉 네 문장의 '-겠-'은 각각 문장 주어인 '너', '나', '너', '재섭이'가 동사구의 사태에 대해 취한 태도를 표현한 것이다. 이때의 '-겠-'을 화자의 태도로 해석할 수는 없다. 즉 '-겠었-'이 가능한 '-겠-', 안긴문장에 결합하는 '-겠-'은 "명제에 대한 화자의 태도"를 표현하는 것이 아니라 "동사구의 사태8)에 대한 주어의 태도"를 표현하는 것이며, 그러하기에 명제 전체를 작용역으로 취하는 '-었-'보다 작용역이 좁다.

'-겠었-'의 연쇄가 가능한 '-겠-'이 화자가 아닌 주어의 태도를 표현하고 있음을 보여 주는 또 다른 근거는 '-겠-'과 '-을걸'이 결합한 '-겠을걸'의 예이다. '-겠-'은 유사한 의미를 지니고 있는 '-을걸'과 결합할 수 없다. (24)의 예를 통해 명제에 대한 화자의 [불확신]의 태

---

8) 이때 동사구에 표현된 사태는 주어의 내면적인 상태나 능력에 대한 것으로 제한된다. 이에 대해서는 3.3절에서 더 자세히 살펴보겠다.

도를 드러내는 '-겠-'은 '-겠을걸' 구성이 불가능함을 알 수 있다. '-겠-' 혹은 '-을걸' 하나만으로 명제에 대한 화자의 [불확신] 태도를 드러낼 수 있기 때문에 동일한 기능을 하는 문법 형태소가 두 번 나열되는 것은 저지된다.

> (24) 가. 이번 시험도 경재가 꼴지를 {하겠지/할걸/*하겠을걸}.
>   나. 아무리 그라도 오늘 모임엔 꼭 {오겠지/올걸/*오겠을걸}.

그러나 '-겠었-'이 가능한 문장들은 '-겠을걸' 구성이 자연스럽게 성립 가능함을 아래의 예를 통해 확인할 수 있다.

> (25) 가. 연주 아마 지금쯤 약 올라 {죽겠지/죽을걸/죽겠을걸}.
>   나. 주원이도 아마 지금 열 받아 {미치겠지/미칠걸/미치겠을걸}.
>   다. 아무리 혜령 언니라도 이 문제의 답은 {모르겠지/모를걸/모
>   르겠을걸}.

이때의 '-겠-'은 "동사구에 표현된 사태에 대한 주어의 불확신의 판단"을 나타내며, '-을걸'이 "명제에 대한 화자의 불확신의 판단"을 나타낸다. 이렇게 두 어미의 기능이 분담되어 있기 때문에 '-겠을걸' 구성이 가능한 것이다. '-겠었-'의 연쇄가 가능한 명제만이 '-겠을걸'과 결합 가능한 것은 '-었-'에 선행하는 '-겠-'이 화자가 아닌 주어의 태도와 관련된 기능을 수행함을 뒷받침해 준다. 이때 '[[겠]을걸]' 구성은 '[[주어의 불확신 태도]에 대한 화자의 불확신 태도]'를 의미하게 된다.

이는 '-겠-'과 '-을 것-', '-겠-'과 '-을 거-'의 결합에서도 확인할 수 있다.

(26) 가. 아무리 승빈이라도 이런 일엔 화가 {나겠지/날걸/*나겠을 거
　　　　야/*나겠을 것이다}.
　　 나. 상한 음식을 먹었으니 성재도 지금쯤 배가 아파 {죽겠지/죽
　　　　을걸/죽겠을 거야/죽겠을 것이다}.

　'-겠었-'의 연쇄가 가능한 문장의 '-겠-'이 동사구에 대한 주어의
태도를 나타냄을 보여 주는 또 다른 근거는 '-겠었-'에 '-을걸', '-을
것-', '-을 거-'가 결합한 구성이 가능하며, 이때 '-겠-'이 나타내는 태
도 표현의 주체는 주어로 볼 수밖에 없다는 점이다.
　'-겠었을 거야'가 사용된 (27)의 예를 살펴보자.

(27) 가. 그런 일이라면 동훈이라도 못 참겠었을 거야.
　　 나. *[[[[동훈이라도 [못 참]]겠]었]을 거야]
　　 나′. *[[[[동훈이라도 [못 참음]을 화자가 불확신적으로 판단함]
　　　　　의 상황적 위치가 선시적임]을 화자가 불확신적으로 판단
　　　　　함]
　　 다. [[[동훈이라도 [[못 참]겠]었]을 거야]
　　 다′. [[[동훈이라도 [[못 참음]을 주어가 불확신적으로 판단함]]의
　　　　　상황적 위치가 선시적임]을 화자가 불확신적으로 판단함]

'-겠었을 거야'의 '-겠-'을 명제에 대한 화자의 태도로 보면 (27나)와
같은 작용역을 상정할 수 있고 동사구에 대한 주어의 태도로 보면
(27다)와 같은 작용역을 상정할 수 있다. 그런데 (27나)와 같은 작용
역을 상정하면, "'동훈이가 못 참'는다는 사건을 화자가 추정한 것이
과거라는 것을 다시 화자가 추정한다"라는 의미가 되어, 화자가 자
신의 추정을 다시 추정하는, (27가)의 의미와 다른 이상한 의미의 문
장이 된다. 반면 (27다)와 같은 작용역을 상정하면, "'못 참'는다고

주어가 스스로에 대해 추정한 사건이 과거에 있었음을 화자가 현재 추정한다"라는 의미가 되어 (27가) 문장의 의미에 알맞은 설명이 된다.

지금까지 논의를 통해 '-겠었-'의 배열 순서를 허용하는 문장은 그 동안 '-겠-'의 예외적 용법으로 거론되어 왔던 문장임을 확인하였고, 해당 문장에서 '-겠-'은 동사구에 제시된 사태에 대한 주어의 [불확신]의 태도를 나타내며, 따라서 작용역이 좁다고 주장하였다. '-겠었-' 연쇄가 자연스럽게 사용되는 (15)와 같은 예는 주어와 화자가 일치하기 때문에 이때의 '-겠-'이 화자의 태도를 나타내는지 주어의 태도를 나타내는지 알 수 없다. 그러나 '-겠었-'의 '-겠-'이 화자와 무관한 기능을 하며 작용역이 좁음을 보여 주는 근거로, '-겠었-'이 성립하는 명제에서의 '-겠-'만이 안긴문장에 쓰일 수 있으며, 해당 명제에서의 '-겠-'만이 동일한 기능을 한다고 이야기되어 왔던 '-을걸', '-을 것-', '-을 거-'와 결합할 수 있음을 보였다. 또한 '-겠었을 거야' 구성이 쓰인 예를 들어 해당 문장에 대한 적절한 해석을 위해서는 이때의 '-겠-'을 주어의 태도를 나타내는 것으로 해석할 수밖에 없음을 보였다. 이를 통해 '-겠-'은 두 가지 작용역을 지니고 있으며 '-었겠-'뿐 아니라 '-겠었-' 연쇄도 선어말어미 배열 순서를 지배하는 일반 원리를 어기는 것이 아님을 알 수 있다.

3.3. 성립 가능한 문장의 범위

이 절에서는 '-었-'에 선행할 수 있는 '-겠-'이 사용되는 문장의 범위를 살필 것이다.

지금까지의 논의에서는 '-겠었-'의 연쇄가 자연스럽다고 언급되어 왔던, 1인칭 주어와 서술어 '알다, 모르다, 죽다, 미치다'가 함께 쓰인 문장만을 주로 대상으로 하였다. 만약 이 네 서술어와 함께 쓰일 때에만 '-겠었-'의 연쇄가 성립 가능하다면 이는 서술어 개별적인 문제로 보아야 할 것이다. 그러나 선행연구에서 제시한 '-겠었-'의 예와 말뭉치나 인터넷 게시판에 등장한 '-겠었-'의 예, 그리고 필자의 직관으로는 (28)과 같이 부정 부사 '못'이 붙을 경우에는 서술어와 무관하게 '-겠었-'이 가능한 것으로 여겨진다. (28가, 나)는 필자가 만든 예문이며, (28다, 라)는 인터넷 게시판에서 확인한 예문이다.

> (28) 가. A: 너 왜 아까 수업 시간에 들락날락거렸어?
> B: 화장실에 갔다 왔어. 배가 너무 아파서 <u>못 참겠었거든</u>.
> 나. A: 전에 내가 해 준 음식은 다 안 먹고 남기더니 오늘은 잘 먹네.
> B: 미안해. 그때는 배가 너무 불러서 <u>못 먹겠었어</u>.
> 다. 한마디로 <u>못 잊겠었죠</u>.
> 라. 오빠들에게 고함을 지르시는데 무슨 말인지 영어도 아닌데 도저히 <u>못 알아들으시겠었대요</u>.

또한 못 부정문이 쓰인 안긴문장에 '-겠-'이 결합한 예를 인터넷 게시판에서 확인할 수 있다. (29)가 그 예이다.

(29) 배불러서 더 이상 <u>못 먹겠을</u> 때쯤 항상 나오는 그 말. 딱 네 조
각 남았으니까 너 두 개 나 두 개 책임지자.

'못 부정문'이 아닌 경우에도 '알다, 모르다, 죽다, 미치다'와 비슷
한 부류의 용언이 쓰인 문장, 즉 주어 내면의 상태나 능력을 나타내
는 문장에서는 '-겠었-' 연쇄가 가능한 것으로 여겨진다.

(30) 가. 어제는 네 마음을 <u>이해하겠었는데</u>, 지금은 다시 모르겠다.
나. 약을 먹었더니 어제는 좀 <u>살겠었는데</u>, 오늘 또 많이 아프네.
다. 어제는 정말 화가 나서 <u>돌아 버리겠었다</u>.

임동훈(2001)과 박재연(2004)에서는 [능력]의 의미를 지니는 '-겠-'
만이 '-었-'에 선행할 가능성이 있다고 보았다. 그러나 임동훈(2001)
에서는 '미치겠다', '-어 죽겠다', '못 살겠다' 등을 [추정]으로 보았
고 박재연(2004)에서는 '미치겠다', '죽겠다' 등은 [개연성 판단]으로,
'알겠다', '이해하겠다' 등은 [기동상]으로 보았다. 3.2절에서 살핀 바
와 같이 '미치겠다', '죽겠다', '알겠다' 등의 '-겠-'은 '-겠었-'의 '-겠
-'만이 보이는 특성을 지니고 있다. 즉 [능력]이라는 단일한 의미로
'-었-'에 선행하는 '-겠-'의 의미를 한정 지을 수 없다.

또한 [능력]은 [불확신]과 구분되는 별개의 의미로 보기 어렵다.
많은 논의들에서 '-겠-'의 기본 의미로 [추정]을 언급해 왔다. 그러나
이수득(2003)에서 논한 바와 같이, '추정'은 판단의 수단이지 '-겠-'
의 본질적인 속성은 아니다. '-겠-'의 본질적인 속성은 추정을 통해
화자가 어떤 판단의 태도를 나타내고 있느냐 하는 것에 있다. '추정'
을 통해 드러나는 화자의 태도는 [불확신]이라고 할 수 있으므로 [추

정]이 아닌 [불확신]을 '-겠-'의 기본 의미로 보아야 할 것이다. 그동안 '-겠-'의 의미로 언급되어 온 [가능], [능력] 등은 '-겠-'과 결합하는 명제의 성격일 뿐이다. 이는 결국 [(가능성에 대한) 불확신], [(능력에 대한) 불확신]을 나타낸다. 따라서 [가능]이나 [능력] 등의 의미를 '-겠-'이 지닌 하위 의미로 설정할 수 없다. (28)의 예와 같이 '못 부정문'의 경우 서술어와 관계없이 '-겠었-'이 결합 가능한 것은 이때의 '-겠-'이 [능력]의 의미를 지녔기 때문이 아니다. [능력]의 의미를 지닌 것은 '-겠-'이 아닌 '못 부정문 명제'이다.

  '-겠었-'이 결합 가능한 문장들, 즉 1인칭 주어에 '알다, 모르다, 죽다, 미치다'가 서술어로 쓰인 문장과 그와 비슷한 부류의 용언이 쓰인 (30)과 같은 문장, (28)과 같이 부정 부사 '못'이 쓰인 문장의 공통점은 해당 문장이 "주어 내면의 능력이나 상태에 대해 서술하는 명제"로 구성되어 있다는 점이다. 즉 '-겠-'이 '-었-'에 선행할 수 있는 문장은 특정 서술어가 쓰인 문장이나 [능력]과 같은 특정 의미의 '-겠-'이 쓰인 문장이 아니라 "주어 내면의 능력이나 상태"라는 특정 의미의 명제로 구성된 문장이다. 이는 임홍빈(1980), 목정수(2000)에서 '-겠었-'의 연쇄가 가능하다고 파악한 문장의 범위와 크게 다르지 않다.

4. '-었-'에 선행하는 '-겠-'과 후행하는 '-겠-'의 관계

  3장에서 '-었-'에 후행하는 '-겠-' 외에 '-었-'에 선행하는 '-겠-'이 존재함을 보였다. 두 '-겠-'은 의미와 작용역, 그에 따른 몇 가지 통사적 특성에서 차이를 보였다. 그러나 두 경우의 '-겠-'은 "명제(전체

혹은 일부)에 대한 [불확신]의 태도”를 나타낸다는 점에서 동일하며, 한국어 화자의 직관으로 서로 무관한 별개의 형태소로 여겨지지 않는다. 이 장에서는 ‘-었-’에 선행하는 ‘-겠-’과 후행하는 ‘-겠-’이 각각 어떤 범주에 속하는지 살피고 이 둘의 관계를 가설적으로나마 고찰하려 한다.

4.1. 주어 지향적 양태와 화자 지향적 양태

‘-었-’에 후행하는 ‘-겠-’은 “명제에 대한 화자의 [불확신] 또는 [의지・의도]의 태도”를 드러낸다. 이는 “명제에 대한 화자의 태도”라는 양태(modality)의 일반적 정의에 부합한다. 양태는 전통적으로 인식 양태(epistemic modality)와 의무 양태(deontic modality)로 구별해 왔는데, ‘-겠-’이 나타내는 [불확신]은 인식 양태에, [의지・의도]는 의무 양태에 속한다고 할 수 있다. 이처럼 ‘-었-’에 후행하는 ‘-겠-’이 전형적인 양태 범주에 속하는 반면, ‘-었-’에 선행하는 ‘-겠-’은 그 범주를 규정하기 쉽지 않다. 양태는 ‘화자’의 태도를 나타내는 범주인데, ‘-겠었-’의 ‘-겠-’은 ‘주어’의 태도를 나타내기 때문이다.

Bybee(1985)에서는 양태를 동작주 지향적 양태(agent-oriented modality), 화자 지향적 양태(speaker-oriented modality), 인식 양태(epistemic modality)로 구별하였다. 이때 동작주 지향적 양태와 화자 지향적 양태는 의무 양태에 속하는 것이었다. Bybee(1985)에서는 세 유형 중 동작주 지향적 양태는 명제에 대한 화자의 태도라는 기존의 양태 정의와 어긋나는 바가 있기에 전형적인 양태로 보기 어렵다고 지적하였다. 다만 양태 범주와 근사한 의미 기능을 가지고 있고 양태가 아닌 다른 범주에 넣기 어려우며, 대부분 화자 지향적 양태로 발달하므로 양태 범주에서 함께 다룬다고 하였다.

박재연(2004)에서는 Bybee(1985)의 논의를 일부 받아들여 주어 지향적 양태를 준 양태 범주로 설정하였다.9) 박재연(2004)에서는 양태 범주를 인식 양태와 행위 양태로 나누고 각각에 화·청자 지향적 양태와 주어 지향적 양태가 있다고 보았다. 화·청자 지향적 양태와 주어 지향적 양태는 양태 의미가 명제 외부(담화상)의 개체를 향하고 있는지 아니면 명제 내부의 개체를 향하고 있는지에 차이가 있는 것이라고 하였다. 그러나 주어 지향적 양태는 명제의 일부를 구성하기 때문에 전형적인 양태로 보기 어려우며, 대체로 어휘적인 요소가 문법적인 양태 요소로 문법화하는 도중에 있는 요소들의 의미 기능을 가리키는 개념이라고 보았다.

본고에서는 박재연(2004)의 '주어 지향적 양태' 개념을 받아들여, '-겠었-'의 '-겠-'을 주어 지향적 양태, 즉 준 양태 범주에 속하는 것으로 본다. 3장에서 살폈듯이 '-었-'에 선행하는 '-겠-'은 동사구에 표현된 사태에 대한 주어의 태도를 표현하는 것이므로, 양태 의미가 명제 내부의 주어를 향하고 있는 주어 지향적 양태에 속한다고 할 수 있다. 그러나 박재연(2004)에서는 주어 지향적 양태는 주어의 인칭에 제약이 없다고 하였는데 '-겠었-'의 '-겠-'은 '-을걸'이 후행하지 않는 한 모문에 쓰일 때는 1인칭 주어와만 공기한다. 본고에서는 이 현상이 '-겠-'이 주어 지향적 양태의 기능을 갖게 된 과정과 관련된

---

9) 박재연(2004)에서 Bybee(1985)의 양태 체계를 전적으로 받아들인 것은 아니다. Bybee(1985)에서는 의무 양태만 동작주 지향적 양태와 화자 지향적 양태로 나누었으나 박재연(2004)에서는 이를 양태의 담지자 차이에 따른 개념으로 보고 인식 양태도 주어 지향적 양태와 화·청자 지향적 양태로 나누었다.

것이라고 추정한다. 이에 대해서는 4.2절에서 살펴보겠다.

박재연(2003)에서는 주어 지향적 인식 양태에 속하는 것으로 '-을 것 같-'을 제시하였다.[10] (19)와 (21다)의 예문에서 살펴보았듯이 '-을 것 같-'도 관계절, 보문절 안긴문장에 결합할 수 있으며 '-었-'에 선행할 수 있다. '-을 것 같-'과 '-었-'에 선행하는 '-겠-'이 이와 같이 동일한 현상을 보이는 것은 이 둘이 주어 지향적 양태라는 동일한 범주에 속하는 데에서 기인한 것으로 보인다.

4.2. 주어 지향적 양태 '-겠-'의 발달

하나의 형태소가 문장에 따라 서로 다른 두 가지 작용역을 지니며 서로 다른 양태 범주에 속한다면 그 용법의 발달에 대한 설명이 필요할 것이다. 이에 대해서는 두 가지 가능성을 생각해 볼 수 있다.

첫 번째는 작용역이 좁은 주어 지향적 양태의 '-겠-'으로부터 작용역이 넓은 화자 지향적 양태 '-겠-'으로 발달하였다고 보는 것이다. 임동훈(2001)에서는 Bybee et al(1994)의 논의를 토대로 하여 "-게 되어 있-" 정도의 의미를 지녔던 '-게 ᄒ엿-'에서 문법화한 '-겠-'이 동사구를 작용역으로 취하는 [예정]의 의미에서 [능력·가능성] 또는 [의도]를 거쳐, 명제 전체를 작용역으로 취하는 [추정]의 의미로 발달하였다고 보았다. 이러한 변화 방향은 범언어적인 현상과 일치한

---

10) 박재연(2003)에서는 '-을 것 같-'이 "철수는 영희가 학교에 안 갈 것 같았지."와 같은 예에서 삼인칭 주어의 추측을 기술할 수 있다고 보아 주어 지향적 양태의 용법을 지닌다고 하였다. 이는 "철수는 영희가 학교에 안 갈 것으로 추측했다." 정도의 의미를 지니는 것으로, '-을 것 같-'이 양태 요소로 완전히 문법화하지 않아 '같-'이 서술성을 보유한 결과라고 보았다.

다는 점에서 설득력을 지닌다. 그러나 3장에서 살폈듯이 '-었-'에 선행하는 주어 지향적 양태 '-겠-'은 [능력]이라는 단일한 의미로 묶을 수 없다. 또한 '-겠-'이 역사적으로 주어 지향적 양태에서 시작되었고 현대국어에서도 [능력]의 의미로 쓰일 때 그 기능이 남아 있는 것이라면, 이때의 '-겠-'이 1인칭 주어와만 공기하고 2, 3인칭 주어의 능력은 표현하지 못하는 이유를 설명하기 어렵다.

두 번째 가능성은 작용역이 넓은 화자 지향적 양태의 '-겠-'이 일부 문맥에서 작용역이 좁은 주어 지향적 양태로 재해석 되었다고 보는 것이다. 본고에서는 '-겠었-'의 연쇄가 성립 가능한 문장들이 '-겠-'의 기본 의미로 아우르기 어려운 예외적인 문장이라는 점을 지적한 바 있다. 화자가 자신의 내면적인 상태나 능력을 표현하는 문장에 '-겠-'이 쓰여 그 판단에 대한 불확신을 드러내는 것이 자연스럽지 않다고 지적되어 온 것이다. 이러한 특성이 '-겠었-'이라는 배열 순서를 가능하게 했을 수 있다.

(15)와 같이 모문에서 '-겠었-'이 쓰이는 문장들은 주어가 1인칭이라는 제약이 있다. 즉 이때 '-겠-'이 드러내는 양태 의미의 담지자는 화자이면서 주어인데, 화자 지향적 양태인 '-겠-'의 보편적인 의미로 설명할 수 없는 문장들이 주어 지향적 양태의 의미로 재해석된 것으로 볼 수 있다.[11]) '-겠었-'이 가능한 모든 문장이 '명제에 대한 불확신'이라는 화자 지향적 양태로는 설명하기 어려운 예외적인 용법이라는 점과 화자와 주어가 일치해야 한다는 인칭 제약을 지닌다는 점에서 '재해석'은 설득력을 지닌다. '-겠-'이 재해석되어 '-었-'에 선행

---

11) 그러나 '-겠-'의 예외적 용법이 주어 지향적 양태로 재해석될 필연적인 이유가 없다는 점에서 이러한 설명은 한계를 지닌다. 이에 대한 더 심도 있는 고찰이 이루어져야 할 것이다.

할 수 있게 되는 문장은 특정 서술어가 쓰인 문장이나 특정 의미를
지닌 '-겠-'이 쓰인 문장이 아니라, 화자(주어)가 자신의 내면적인 부
분, 능력이나 상태에 대해 언급하면서 '-겠-'을 사용하는 문장이기
때문이다.

그러나 본고는 이러한 두 가지 해석 가능성을 제시할 뿐이며, 이
에 대한 판단을 위해서는 더 깊은 논의가 필요하다고 본다.

5. 마무리

본고에서는 배열 순서가 고정적인 여타의 선어말어미들과는 달리
'-겠-'이 '-었-'에 선행하기도 하고 후행하기도 함에 주목하여, 배열
순서에 따른 '-겠-'의 의미 차이를 파악하려 하였다.

'-겠-'은 보통 명제에 대한 화자의 태도를 나타내는 화자 지향적
양태의 의미를 갖기에 '-었-'에 후행하는 것으로 이야기되었다. 그러
나 특정 문장들에서는 '-겠-'이 '-었-'에 선행할 수 있음이 여러 논의
들에서 지적되어 왔다. 본고에서는 이러한 '-겠-'은 동사구에 담긴
사태에 대한 주어의 태도를 나타내는 주어 지향적 양태에 속하는 것
으로 보았다. 이러한 해석은 '-겠었-'이 가능한 명제에서의 '-겠-'만
이 안긴문장에서 쓰일 수 있고 해당 명제에서의 '-겠-'만이 '-을걸',
'-을 것-', '-을 거-'와 결합할 수 있으며, 이때 양태의 담지자가 화자
가 아닌 주어라는 점에 바탕을 둔 것이었다. 또한 화자 지향적 양태
와 주어 지향적 양태라는, 작용역이 다른 두 가지 '-겠-'의 존재를 인
정함으로써, '-었겠-'과 '-겠었-'의 연쇄가 둘 다 가능한 것이 한국어

선어말어미의 배열 순서를 지배하는 일반 원리를 어기는 것이 아님을 확인하였다.

　본고의 논의는 '-겠었-'이 특정 문장에서만 성립 가능함을 밝히고 '-겠었-'의 배열 순서가 한국어 선어말어미 배열 순서를 지배하는 일반 원리를 어기지 않음을 확인하였다는 점에서 의의를 지닌다. 또한 '-겠-'이 '-었-'에 선행할 수 있는 문장은 '-겠-'의 특정 의미나 특정 용언으로 규정되지 않으며, '-겠-'이 결합하는 명제의 내용에 따른 것임을 확인하여 '-겠었-'이 성립 가능한 문장의 범위를 제시하였다.

　그러나 본고에서는 연결어미에 따른 양태 의미 변화는 살피지 않았다. 연결어미 중에 양태 담지자를 바꾸는 것이 있다는 논의가 있어 왔으므로, 연결어미와 결합한 '-겠-'의 의미도 함께 다루어야 '-겠-'의 의미를 총체적으로 살필 수 있을 것이다. 또한 '-겠-'이 두 가지 양태 범주에 속하게 된 과정에 대한 설명도 미약하였다. 이는 추후의 과제로 남긴다.

▌참고문헌▌

김지은. 1998. 「우리말 양태용언 구문 연구」 서울: 한국문화사.

나진석. 1971. 「우리말의 때매김 연구」 서울: 과학사.

남길임. 1998. "'-겠-' 결합 양상에 따른 종속접속문 연구." 「국어문법의 탐구 4」 서울: 태학사.

목정수. 2000. "선어말어미의 문법적 지위 정립을 위한 형태·통사적 고찰: {었}, {겠}, {더}를 중심으로." 「언어학」(한국언어학회) 26.

박승빈. 1935. 「조선어학」 경성: 조선어학연구회.(「역대한국문법대계」 1부 20책)

박재연. 2003. "국어 양태의 화·청자 지향성과 주어 지향성." 「국어학」(국어학회) 41.

박재연. 2004. "한국어 양태 어미 연구." 서울대 박사학위논문.

박진호. 1994. "통사적 결합 관계와 논항구조." 「국어연구」(국어연구회) 123.

박진호. 1995. "선어말어미 '-시-'의 통사구조상의 위치." 「관악어문연구」(서울대 국어국문학과) 19.

서정수. 1986. "국어의 서법." 「국어생활」(국어연구소) 7.

서태룡. 1988. 「국어 활용어미의 형태와 의미」 서울: 탑출판사.

신창순. 1972. "현대 한국어의 용언 보조어간 「겠」의 의의와 용법." 「조선학보」(조선학회) 65.

유동석. 1995. 「국어의 매개변인 문법」 서울: 신구문화사.

이광호. 2000. "현대국어 선어말어미의 결합관계와 빈도에 따른 텍스트 유형." 서울대 석사학위논문.

이병기. 2006. "'-겠-'과 '-었-'의 통합에 대하여." 「국어학」(국어학회) 47.

이선웅. 2001. "국어의 양태 체계 확립을 위한 시론." 「관악어문연구」(서울대 국어국문학과) 26.

이수득. 2003. "국어 선어말어미의 의미와 해석에 관한 연구." 서강대 박사학위논문.

이승욱. 1973. 「국어문법체계의 사적연구」 서울: 일조각.

이재성. 2001. 「한국어의 시제와 상」 서울: 국학자료원.

이정민. 1975. "언어행위에 있어서의 양상구조." 「현대국어문법」(남기심·

고영근·이익섭 편) 대구: 계명대학교 출판부.

임동훈. 2000. 「한국어 어미 '-시-'의 문법」 서울: 태학사.

임동훈. 2001. "'-겠-'의 용법과 그 역사적 해석." 「국어학」(국어학회) 37.

임동훈. 2003. "국어 양태 체계의 정립을 위하여." 「한국어 의미학」(한국어 의미학회) 12.

임동훈. 2007. "한국어의 서법과 양태 체계." 제22차 한국어 의미학회 발표집.

임홍빈. 1980. "{-겠-}과 대상성." 「한글」(한글학회) 170.

장경희. 1995. "국어의 양태 범주의 설정과 그 체계." 「언어」(한국언어학회) 20-3.

정경재. 2007. "{-겠-}의 발달에 따른 {-것-}의 역사적 변화." 고려대 석사학위논문.

정유남. 2006. "현대 국어 추측의 양태 의미 연구." 고려대 석사학위논문.

정인승. 1956. 「표준고등말본」 서울: 신구문화사.

조일영. 1998. "국어 선어말어미의 양태적 의미 고찰." 「한국어학」(한국어학회) 8.

최동주. 1995가. "국어 시상체계의 통시적 변화에 대한 연구." 서울대 박사학위논문.

최동주. 1995나. "국어 선어말어미 배열순서의 역사적 변화." 「언어학」(한국언어학회) 17.

최동주. 2006. "선어말어미의 배열순서와 분포의 광협." 「형태론」 8-2.

한동완. 1991. "국어의 시제 연구." 서강대 박사학위논문.

한동완. 1996. 「국어의 시제 연구」 서울: 태학사.

홍기문. 1947. 「조선문법연구」 서울: 서울신문사.

Bybee, Joan L. 1985. *Morphology: a study of the relation between meaning and form*. Amsterdam/Philadelphia: J. Benjamins. (이성하·구현정 역. 2000. 「형태론」 서울: 한국문화사.)

Bybee, Joan L., Perkins, Revere D. and Pagliuca, William. 1994. *The evolution of grammar: tense, aspect and modality in the language of the world*. Chicago: University of Chicago Press.

Ramstedt, G. J. 1939. *A Korean grammar*. Helsinki: Suomalais-Vgrilainen Seura. (「역대한국문법대계」 2부 5책)

국어 문법의 탐구 1

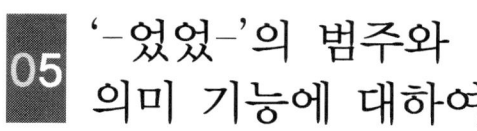

05 '-었었-'의 범주와
의미 기능에 대하여

:: 정 연 주

1. 머리말

'-었었-'은 어떤 사건이 발화시보다 이전 시점에 위치함을 표시하는 형태로, 의미 기능 및 형태에서 밀접한 관련을 가지고 있는 형태소 '-었-'과 자주 비교되어 왔다. 20세기 초중반의 문법서에서는 '-었었-'을 주로 '대과거, 과거 완료'의 기능을 담당하는 것으로 보았고, 이는 과거 시제를 나타내는 '-었-'과 비교하여 '더 먼 과거'를 표시하는 것으로 언급되었다.

이후에는 '-었었-'이 대과거 혹은 과거 완료의 형태임을 비판하거나 보완하기 위한 논의가 이루어졌는데, 시제와 관련된 형태로 보아 상대시제로서의 과거, 혹은 다른 사건을 기준으로 과거에 일어난 사건임을 드러내기 위한 요소로 보기도 했고, 상과 관련된 형태로 보아 결과 상태의 단절을 나타내는 요소인 것으로 보기도 하였다. 서법과 관련된 형태로 본 논의에서는 경험이나 재확인의 인식 양태를 드러내는 것으로 보기도 하였다.

각각의 해석에 따라 '-었었-'의 형태 분석이 어떻게 되어야 할 것인 지에 대한 논의도 진행되어 왔다. '-었었-'에 대한 초기의 논의에서 는 그 형태 분석 문제에 대해 주목하지 않은 경우가 많았으나, 이후 에 점차 '-었었-'을 이루는 각각의 '-었-'이 어떤 기능을 하는지에 주 목한 논의들이 나타났다. 그러나 이제까지 제시되어 온 어느 하나의 입장으로 '-었었-'의 기능을 전반적으로 설명하기에는 어려움이 있 었던 것으로 보인다.

    본고에서는 '-었었-'을 다룬 선행 연구들을 살피고 검토하는 것에 서부터 논의를 시작하고자 한다. 이를 바탕으로 기왕의 '-었었-'에 대한 설명에서 문제가 되는 것으로 보이는 점을 정리하면서, '-었었 -'의 성격에 대해 재검토해 볼 것이다.

2. 선행 연구 검토

    여기에서는 '-었었-'을 시제, 상, 서법 중 어떤 문법 범주와 관련된 형태로 보고 있는지에 따라 크게 세 부류로 나누어 선행 연구를 살 피고자 한다. '-었었-'이 복합 형태임을 뚜렷이 밝힌 선행 연구에 대 해서는 시제의 '-었-'에 더하여 어떤 기능의 '-었-'이 결합된 것으로 보았는지에 따라 세 부류로 나누어 다루었다. 본고에서는 '-었었-'의 본질이 그것을 구성하는 각각의 '-었-'의 기능과 밀접히 연관되어 있 는 것으로 보기 때문에, '-었었-'을 복합 형태로 보고 각각의 '-었-'의 기능을 언급한 연구들을 주목하여 살필 것이다.

2.1. 시제 관련 형태로 보는 견해

2.1.1. 대과거 또는 상대시제로서의 과거 시제

최광옥(1908:30)에서 '-었었-'의 기능을 '대과거'로 언급한 이후로, '중과거(重過去), 과거의 과거' 등의 이름으로 '-었었-'의 기능을 규정하는 견해가 이어져 왔다. '-었었-'을 대과거의 형태로 보는 견해에서는 대체로 '-었었-'이 과거의 일정 시점을 기준으로 하여 그 이전의 시점에 사건을 위치시키며, 서술하고자 하는 과거 사건의 결과가 사라졌음을 나타내는 형태인 것으로 보고 있다.

같은 맥락의 논의로, 김윤경(1957:147-149)에서는 '-었었-'을 '지난적의 지난적'이라고 규정하고, 앞의 '-었-'은 어떠한 움직임이 지남을 보이고, 뒤의 '-었-'은 움직임의 지난 결과가 또 지남을 보인다고 하였다(성기철 1974에서 재인용). 이는 '-었었-'이 과거 사건의 결과가 사라졌음을 나타내는 것으로 본 것인데, 성기철(1974) 등의 많은 선행 연구들에서 지적되었듯이 '-었었-'과 결합하여 나타난 사건의 결과가 항상 사라진 것으로 볼 수는 없다.

> (1) ㄱ. 우리 경제는 수출이 안 되면 모든 게 안 되는 구조다. 과거 30년간 <u>그랬었고</u> 지금도 달라진 게 없다.
> ㄴ. 우리 경제는 수출이 안 되면 모든 게 안 되는 구조다. 과거 30년간 <u>그랬고</u> 지금도 달라진 게 없다.

위의 (1ㄱ, ㄴ)이 나타내는 사건의 상황은 동일하다. '-었-'이 쓰인 문장과 '-었었-'이 쓰인 문장에서 나타난 사건의 결과는 다르지 않으며, '과거 30년간 그랬었던' 상황은 사라지지 않고 현재까지 지속되고 있다.

이와 관련한 언급으로, 문숙영(2005:21-22)에서는 과거 시제가 결합되었다고 해서 현재에는 지속되지 않는 상황이라는 전제를 가지지는 않는다고 하면서, '과거 시제는 단순히 문제의 상황을 현재 순간보다 앞에 위치시킬 뿐, 과거 상황이 현재 순간 앞에 놓인 한 점을 점유하는지 혹은 구간을 점유하는지, 아니면 현재 순간까지 이어지는 전 시간을 점유하는지에 대해서는 말하는 바가 없다. 흔히 상황이 계속되지 않을 것이라는 기대는 과거 시제의 함축에 불과한 것이다'라는 Comrie(1985:41-2)의 언급을 인용하고 있다. 이러한 견해는 시제에 대한 일반적 정의에 비추어 보았을 때 타당한 것으로 볼 수 있으며, 이에 따라 과거 시제뿐 아니라 대과거 시제도 마찬가지로 '대과거 상황이 과거 순간 앞에 놓인 한 점을 점유하는지 혹은 구간을 점유하는지, 아니면 과거(및 현재) 순간까지 이어지는 전 시간을 점유하는지에 대해서는 말하는 바가 없다'고 할 수 있을 것이다. 그러므로 '-었었-'을 '과거의 과거'나 '대과거'를 나타내는 요소로 볼 수 있다고 하더라도, '-었었-'이 해당 사건의 결과 지속 여부에 대해 의미하는 바가 있다고 보는 것은 타당하지 않아 보인다.

그런데 이들 선행 연구에서 제시된 '대과거'의 정의로부터 '동작의 상태나 자취가 사라지고 없어진 것'이라는 조건을 제외하더라도 '-었었-'의 기능을 설명하기에 문제가 되는 점이 있다. 이익섭(1978)에서는 '-었었-'에서 앞의 '-었-'은 과거 시제를 나타내며 뒤의 '-었-'은 '-었-'으로 표현되는 어떤 과거 사건을 상대시제의 기준 시점으로 삼게 하는 요소인 것으로 보았다. 발화 맥락에 '-었-'으로 표현되는 과거 사건이 나타나지 않았을지라도 기준 시점이 될 과거 사건이 어렵지 않게 상정될 수 있으며, 그 사건을 기준으로 하여 더 과거의 사건을 표현하고자 할 때 '-었었-'을 사용하게 된다는 것이다.

문숙영(2003, 2005)에서도 '-었었-'은 해당 상황을 '-었-'이 지시하는 시점을 기준으로 그 앞에 위치시키는 대과거 시제 형태소라고 하여 유사한 견해를 보였다. 그리고 '대과거 시제'라는 것은 절대-상대시제의 일종으로, 절대시제로서의 과거 사건시를 기준시로 하여 그보다 선시적임을 상대시제로 드러내는 것이 '-었었-'이라고 하였다. 그러나 상대시제의 기준시가 될 과거 사건을 상정하기 어려운 경우가 존재하는 것으로 보인다.

> (2) ㄱ. 한국소비자보호원의 92년 조사 결과, 물안경을 썼을 때 어지럼증을 일으키는 제품이 전체의 27.5%나 되는 것으로 <u>나타났었다</u>. 또 사물이 굴절돼 제대로 보이지 않는 제품도 20%나 <u>됐었다</u>. 따라서 물안경을 살 때는 직접 쓰고 걸음을 걸어 어지럽지 않은지, 사물이 제대로 보이는지를 확인하는 게 중요하다.
> ㄴ. 어제 집에 가는 길에 조카에게 줄 우유를 <u>샀었어</u>. 요즘에는 무엇을 주어도 잘 먹는다.
> ㄷ. A: 예전에 누가 이 책 발표를 <u>맡았었지</u>?
> B: 내가 <u>했었어</u>.
> ㄹ. 나는 백화점을 나와서 일부러 그 반지를 끼고서 강선생에게 보여주었다. "이것도 <u>샀었어요</u>?" 나는 고개를 갸웃거리며 공짜로 얻었다고 말했다. 그녀는 나의 인격이 의심스럽다는 눈빛으로 "설마"라고 말했다. (문숙영 2003:75)

(2ㄱ)에는 '물안경의 품질과 성능'에 대한 과거 시점의 조사 결과가 제시되어 있는데, 조사 결과를 대과거로 표현하도록 하는 기준시점이 될 만한 어떤 과거 사건이 상정되기 어려운 것으로 보인다.

즉, 조사 시점과 발화 시점 사이에 상황의 변화를 유발하거나 다른 방식으로 관련되는 사건의 존재가 암시되지 않는다. 또한 새로운 화제로 대화를 시작할 때에 (2ㄴ)과 같이 사건을 '-었었-'을 통해 표현하는 경우가 종종 있는데, 이런 경우에도 해당 사건이 어떤 다른 사건보다 앞서 존재한다는 것을 드러내기 위해 '-었었-'을 쓴다고 보기 어려운 것으로 생각된다. (2ㄷ)도 해당 사건 이후에 존재했던 다른 사건이 인식상에서 전제되어 있지 않아도 자연스럽게 쓰인다.

문숙영(2003, 2005)에서는 대과거 시제는 본질적으로 과거이기 때문에 과거 시제 요소인 '-었-'으로 대치될 수 있는 것이 당연하다고 하면서, '-었었-' 대신 '-었-'이 결합될 수 있다는 사실이 '-었었-'이 대과거 시제임을 부정하는 근거가 될 수 없다고 하였다. 물론 그렇지만, '-었었-'이 절대-상대시제로서의 대과거 시제 형태소라면 적어도 '-었었-'이 쓰였을 때에는 기준시가 되는 과거 사건이 상정될 수 있어야 할 것으로 생각된다. (2)의 예문들에서도 기준시가 되는 과거 사건을 상정하고자 하면 상정할 수는 있겠지만, 실제로 화자들은 기준시점이 되는 과거 사건을 염두에 두지 않고 단순히 사건에 대한 심리적인 거리감 때문에 '-었었-'을 쓰는 경우가 많은 것으로 생각된다.

또 이와 관련하여 문숙영(2003)에서는 이남순(1994)에서 제시한 '-었었-'의 기능인 '관련되는 두 사건 중 앞선 과거 사건을 표시하면서, 나머지 한 사건이 앞선 과거 사건과 밀접하게 관련을 맺으면서 존재한다는 것을 청자에게 알리는 기능'은 대과거 시제 형태인 '-었었-'의 함축적 의미일 뿐이라고 하면서, 예문 (2ㄹ)을 제시하였다. 이 예문에서 '샀었어요'와 관련된 다른 사건을 찾아내기 어렵지만, 그 사건이 해당 대화가 오간 시점보다 이전에 일어난 사건을 지시하는 것은 분명하므로, 대과거 시제로서의 기능은 기본적으로 가지고 있는 반면에 두 사건이 관련되어 있음을 나타내는 것은 함축적 의미라고 하였다. 그러나 '대과거' 시제는 사건을 과거에 위치시킬 뿐 아니라, 기준점이 될 과거 시제가 존재해야만 성립할 수 있을 것이다.

또한 '-었-'으로 표현되는 과거 사건이 상정될 수 없는 예로 (3)과 같은 예도 있다. 이남순(1994)에서는 '-었었-'이 과거 사건뿐 아니라 현재 사건이나 미래 사건도 참조할 수 있기 때문에 '과거의 과거'를 나타내는 형태로 보는 것이 적절하지 않다고 한 바 있는데, 그와 같은 경우이다.

> (3) 베른협약 가입으로 출판계 등 업계에 많은 어려움이 따를 것으로 예상된다. 원저작자가 살아 있는 동안은 물론 죽은 후에도 50년 동안 이를 보호해야 한다는 규정에 따라 저작권료 부담이 늘어나게 된다. 그동안 한국은 87년에 가입한 세계저작권조약(UCC)의 규정에 따라 가입 이전의 저작권은 보호해 주지 않아도 <u>됐었다</u>.

(3)은 앞으로의 '베른협약 가입'으로 저작권료가 늘어나게 될 것에 대해 예측을 하고 있는 맥락이다. 아직 베른협약에 가입하지 않은 상황이기 때문에, '가입 이전의 저작권을 보호해 주지 않아도 된다'라는 상황은 아직 변화되지 않았다. 그럼에도 불구하고 '베른협약에 곧 가입하게 될 것'이라는 미래의 사건이 기준이 되어 (3)에서 '-었었-'이 나타나게 된 것으로 해석할 가능성이 있다. 문숙영(2003)에서는 '-었었-'이 쓰였을 때, 그와 관련된 사건은 대개 '-었었-'으로 표현되는 사건보다 이후의 사건이라는 조건만 있을 뿐 꼭 과거이거나 현재여야 한다는 제약은 없다고 했으나, 과거 시제 '-었-'이 두 번

결합한 '-었었-'이 왜 과거가 아닌 사건과 연관될 수 있는지에 대해
서는 설명이 필요할 것이다.

또한 이익섭(1978), 문숙영(2003)과 같이 국어에 '상대시제로서의
과거를 표시하는 요소'가 존재한다고 보는 것이 타당한지에 대해서
도 재고해 보아야 한다. 일반적으로 국어의 상대시제는 특별한 표지
를 통해 실현되지 않는다. 접속문에서 선행절의 시제를 후행절의 시
제에 기대어 상대시제로서 표시하고자 할 때를 생각해 보면, 후행절
의 시제가 '과거'이고, 선행절의 시제는 후행절의 시제에 기대어 상
대시제로서 '현재'임을 나타내고자 할 때에는 선행절에 현재 시제
표지가 나타나게 된다. 이와 평행하게 본다면 후행절의 시제가 '과
거'이고 선행절의 시제는 후행절의 시제에 기대어 상대시제로서 '과
거'임을 나타내고자 할 때에는 선행절에 과거 시제 표지가 나타나게
될 것이다. 즉 한 문장 내에서 선행절의 사건이 후행절의 과거 사건
시를 기준으로 상대시제로서의 과거 시점에 존재한다는 것을 드러
내기 위해서는 선행절에 '-었-'을 쓰는 것으로 족하다고 볼 수 있을
것이다. (4ㄱ)이 그 예이다.

(4) ㄱ. 영주는 씨앗을 <u>뿌렸고</u>, 성엽이는 물을 <u>주었어</u>.
    ㄴ. 영주는 씨앗을 <u>뿌렸었고</u>, 성엽이는 물을 <u>주었어</u>.
    ㄷ. 그 당시에 영주는 영국으로 <u>갔었고</u>, 성엽이는 일본으로 <u>갔어</u>.

(4ㄱ)은 씨앗을 뿌린 사건과 물을 준 사건의 선후 관계를 상대시
제로 표현한 것일 수도 있고, 선후 관계에 대한 고려 없이 절대시제
로 표현한 것일 수도 있다. 물을 준 사건보다 씨앗을 뿌린 사건이
앞선 사건이라는 것이 상식적으로 인식될 수 있지만, '-었-'이라는

표지가 사건의 선후 관계를 분명히 드러내 주지는 않는다고 할 수 있다. 이 때문에 상대시제로서의 과거를 표현하기 위해 '-었었-'이라는 표지가 요구된다고 말할 가능성이 있다.

그러나 (4ㄴ)과 같이 선행하는 사건에 '-었었-'을 쓴다고 하더라도 사건의 선후 관계 및 두 사건 사이의 관련성이 명확히 드러나지는 않는다. 여전히 선행절의 사건과 후행절의 사건에 대한 선후행 관계가 뚜렷하게 드러나지 않으며, 두 사건이 순차적인 사건임을 표시하려는 의도를 가진 표현이 아닐 수도 있다. (4ㄷ)과 같이 동시에 일어난 사건을 서술할 때 선행절에만 '-었었-'이 나타날 수 있는 것도 '-었었-'을 상대시제 표지로 보기 어렵게 하는 것으로 생각된다.

요컨대, '-었었-'을 대과거 시제 표지로 상정하거나 상대시제 표지로 상정하는 견해는 상대시제나 대과거 시제 실현의 기준이 되는 과거 사건을 상정할 수 없는 경우가 존재한다는 점에서 반박될 수 있다. 예외가 존재한다는 이유만으로 그 의미가 기본 의미가 될 수 없다고 말하기는 어렵다. 그러나 어떤 문법 형태소가 시제 체계 내에서 특정한 문법적 역할을 하고 있다고 말하려면 그 형태소는 기준 시점과 사건의 위치에 대한 인식을 토대로 체계성을 가지고 실현되어야 할 것이다.

2.1.2. 사건에 대한 판단·인식 시점과 관련된 요소

'-었었-'과 인식시를 관련시킨 논의로는 임칠성(1990)이 있다. 이 논의에서는 '-었었-'에서 앞의 '-었-'은 과거 시제 '-었-'과 동일하게 단순 과거나 현재 완료의 의미를 드러내며, 뒤의 '-었-'은 단순 과거를 기준 시점으로 제공하는 장치인 것으로 보았다. 이에 따라 '-었었

-'은 '과거 속의 과거, 과거 속의 (현재) 완료'를 드러내게 된다고 하였다.

이 논의에서 말하는 '기준 시점'은 '화자가 상황에 대한 시간 관련 내용을 판단하여 인식(서술)하는 기준점'이므로, '-었었-'이 '-었-'으로 표현되는 어떤 사건을 기준 시점으로 하여 사건을 그보다 상대적으로 앞선 시점에 위치시킨다고 본 이익섭(1978), 문숙영(2003)과는 차이가 있다.

그런데 '-었었-'이 쓰였을 때, 화자가 상황에 대한 시간 관련 내용을 판단하여 인식하는 기준점이 항상 과거라고 할 수는 없다. '벌써 해가 중천에 떴었구나, 벌써 개나리가 피었었구나'와 같은 발화를 고려해 보면, 상황에 대한 인식이 발화시 현재에 이루어짐에도 불구하고 충분히 쓰일 수 있다.

또한 이 논의에서는 사건에 대한 판단·인식 시점과 관련된 것으로 파악한 두 번째 '-었-'에 대해, 언제나 '-었-'의 기준 시점 형성에만 쓰이고 다른 시제 형태소의 기준 시점을 형성하는 일이 없는 점이 특이하다고 하였고, 다른 시제 형태가 기준 시점을 필요로 할 때에는 '-더-'가 나타나게 된다고 언급하였다. 그러나 'V-었-었-더-라'와 같은 구성이 가능하므로 이때 나타나는 '-더-'가 두 번째 '-었-'과 어떻게 구별될 수 있는지에 대한 추가적 설명이 필요할 것이다.

한편, 한동완(1991/1996:63)에서는 '-었었-'을 '상황시의 선시성'을 나타내는 '-었-'이 반복된 것으로 보았다. 그리고 '-었었-'이 '-었-'과 다른 점이라면 지시되는 상황에 대한 과거의 인식이 전제되어야 하는 점이라고 하였다. 그러나 이는 박재연(2002), 문숙영(2003)에서 지적되었던 바와 같이 과거의 인식이 전제될 수 없는 맥락에서 '-었었-'이 나타나는 것을 자연스럽게 설명하기 어렵다.

(5) 해가 중천에 <u>떴었구나</u>.

한동완(1991/1996:70)에서는 (5)와 같은 맥락에서는 과거의 미인지, 즉 선시적인 인식시가 부각되고 있기 때문에 '-었-'의 반복 구성이 가능하다고 하였다. 그러나 과거에 인식하지 않았음을 강조하기 위해 인식시가 선시적임을 나타내는 형태를 사용한다고 본 것에는 모순되는 점이 있다.

2.1.3. 이후에 일어난 사건의 존재를 암시하는 요소

이남순(1994)는 '-었었-'을 시제 범주 내에서 다룬 것은 아니지만, 2.1.1절에서 보았던 견해들과 마찬가지로 해당 사건의 이후에 존재하는 어떤 사건을 암시하는 표지로 보았다는 점에서 2.1.1과 동궤에서 다룰 수 있다. 이남순(1994)에서는 '-었었-'의 실현은 '관련되는 두 사건'을 토대로 하여 이루어진다는 데 그 특징이 있고, '두 사건의 관련성'은 '-었었-'의 문맥 구조에 의해 뒷받침된다고 하였다.

(6) ㄱ. (지금은 벗고 있지만,) 돌이는 빨간 옷을 <u>입었었다</u>.
　　ㄴ. (지금은 노란 옷으로 갈아입었지만,) 돌이는 빨간 옷을 <u>입었</u>
　　　　<u>었다</u>.

(이남순 1994:378)

이남순(1994)에서는 (6)에서의 '입었었다'는 '그 후에 벗었거나 다른 옷으로 갈아입었다'라는 사건을 전제로 하고, 그보다 앞선 상황을 나타내기 위해 쓰인 것으로 보았다. 그리고 '벗었거나 다른 옷으로 갈아입은 사건'은 화자에 의해 언급되지 않는 경우가 많은데, 그 이유는 화자와 청자가 만나 '돌이'에 대해 대화를 나누는 상황에서 '돌이'의 '벗은' 행위나 '갈아입은' 행위는 이미 화자나 청자에게 알려진 정보가 될 가능성이 높기 때문이라고 하였다.

그리고 '-었었-'은 '-었-'으로 표현되는 과거 사건과만 관계를 맺는 것이 아니라, 현재나 미래의 사건과도 관계를 맺을 수 있기 때문에 '대과거 시제'로 규정하기는 어렵다고 하였다.

> (7) ㄱ. 순이가 온다고 <u>했었다</u>. 그런데 이제 와서 돌이가 온다고 <u>한다</u>.
>   ㄴ. 내일까지 준다고 <u>했었다</u>. 그렇지만 다시 물어보면 월말께나 준다고 <u>할 것이다</u>.
>
>   (이남순 1994:379)

'-었었-'으로 표현된 사건이 (7ㄱ)에서는 현재의 사건과, (7ㄴ)에서는 미래의 사건과 관련되어 있는 것을 볼 수 있으므로 '-었었-'으로 표현되는 사건은 그와 관련해서 일어나는 사건의 시제에 관계없이 그 사건과 두루 관련을 맺는 것으로 볼 수 있다고 하였다.

결국 '-었었-'의 기능은 '관련되는 두 사건 중 앞선 과거 사건을 표시하면서, 나머지 한 사건이 앞선 과거 사건과 밀접하게 관련을 맺으면서 존재한다는 것을 청자에게 알리는 기능'인 것으로 보았다.

그러나 (6)과 같은 예문이 '지금은 빨간 옷을 벗고 있다, 지금은 빨간 옷을 갈아입었다'와 같은 사건이 개입되지 않은 경우에도 쓰일 수 있다는 점이 지적되어야 한다. 화자가 '돌이'의 현재 상황에 대한 정보는 가지고 있지 않은 경우에, '(지금은 모르겠지만) 돌이는 빨간 옷을 입었었다'와 같이 표현할 수 있기 때문이다. '지금은 돌이가 무엇을 입고 있는지 알 수 없다'라는 정보는 청자에게는 주어져 있지 않고 화자만 알고 있는 정보이지만 문맥에 나타나지 않을 수도 있다.

이런 경우에는 '돌이가 지금은 무엇을 입고 있는지 알 수 없다'라는 화자의 인지가 어느 순간에 있었고, 그 인지에 비해 '돌이가 빨간 옷을 입었다'는 사건이 더 이전에 존재함을 나타내기 위해 '돌이는 빨간 옷을 입었었다'와 같이 표현한 것으로 볼 수도 있다. 그러나 화자가 돌이의 현재 상태에 대해서 알고 있든 그렇지 않든 간에 그것에 대해 언급하지 않은 채, 과거에 있었던 상황만을 객관적으로 부각시키려는 의도가 강하게 드러날 때도 있다. 이런 경우에는 '-었었-'으로 나타나는 사건이 이후에 일어나는 사건과 밀접한 관련을 맺으면서 존재한다는 의미보다는 오히려 어떤 과거 사건이 현재 상태와 관련 없이 존재한다는 의미를 더 강하게 드러내는 것으로 보인다.

앞서 제시한 (2ㄱ)의 예문이 이와 관련된 것으로 볼 수 있다. 예문 (2ㄱ)을 아래에 다시 제시한다.

> (2) ㄱ. 한국소비자보호원의 92년 조사 결과, 물안경을 썼을 때 어지럼증을 일으키는 제품이 전체의 27.5%나 되는 것으로 나타났었다. 또 사물이 굴절돼 제대로 보이지 않는 제품도 20%나 됐었다. 따라서 물안경을 살 때는 직접 쓰고 걸음을 걸어 어지럽지 않은지, 사물이 제대로 보이는지를 확인하는 게 중요하다.

(2ㄱ)에 나타난 과거의 사건은 그 이후의 어떤 사건과 밀접하게 관련을 맺으면서 존재한다는 것을 알리기 위해 '-었었-'으로 표현된 것으로 보기 어렵다. 문맥상에는 그 이후의 사건에 대해 언급되지

않았으며, 상정해 보고자 해도 쉽지 않다. '한국소비자보호원이 92
년에 조사한 결과가 그 이후에는 바뀌었을 수도 있다'라는 이후의
사건과의 밀접한 관련성 속에서 언급된 것으로 보기는 어렵다. 조사
결과가 조사 시점 이후에 바뀌었을 수도 있다는 것은 (2ㄱ)의 맥락
에서는 중요하지 않은 정보이며, 화자는 단지 현재의 청자들에게 과
거의 조사 결과를 토대로 하여 어떤 행동을 할 것을 권유하고 있기
때문이다.

  그러므로 (2ㄱ)에 나타난 '-었었-'은 '관련되는 두 사건 중 앞선 과
거 사건을 표시하면서, 나머지 한 사건이 앞선 과거 사건과 밀접하
게 관련을 맺으면서 존재한다는 것을 청자에게 알리는 기능'을 하고
있는 것으로 보기 어렵다. 이 경우의 '-었었-'은 '과거의 조사 결과가
현재까지 신빙성을 가지고 있는 것인지에 대한 정보'를 차단한 채
과거의 사건을 전달한 것으로 보아야 할 것이다.

  지금까지 '-었었-'을 대과거 시제 형태소나 상대시제 표지로 보는
견해, 사건에 대한 판단·인식 시점과 관련된 요소로 보는 견해, 이
후에 일어난 사건의 존재를 암시하는 요소로 보는 견해를 살펴보았
다. '-었었-'은 '-었-'이 중복되어 쓰임으로써 '-었-'만 쓰인 것보다 더
먼 과거를 표현하는 것으로 생각될 때가 많이 있지만, '먼 과거'가
무엇을 기준으로 한 것인지에 대해서 규정할 수 없는 경우가 많이
있음을 볼 수 있다. 기준이 될 만한 어떤 사건이나 시점을 상정할
수 없는 경우가 있으므로 '-었었-' 전체를 '시제'라는 체계적인 문법
범주 내에서 독자적인 기능을 담당하고 있는 요소로 보기는 어렵다
고 생각된다.

2.2. 상 관련 형태로 보는 견해

2.2.1. 과거 완료

20세기 초반의 문법서에서는 '-었-'이나 '-었었-'을 시제와 상에 모두 걸쳐 있는 형태로 보는 견해가 많았다. 주시경(1910:100)에서는 '과거'와 관련된 형태로 '-었-'과 '-었었-'을 제시하였고, '-었-'은 동사가 나타내는 움직임이 다 됨이 지금 드러나 있음을 보이는 것이며(현재 완료), '-었었-'은 동사가 나타내는 움직임이 다 되어 결과가 드러났다가 다시 그 결과가 없어진 것은 보이는 것으로(과거 완료) 보았다. 박승빈(1935:326-329)에서도 '-었-'은 과거와 현재 완료의 의미를 가지며 '-었었-'은 대과거와 과거 완료의 의미를 가진다고 하여 시제가 상 의미를 함께 가지는 것으로 보았다. 최현배(1937:599), 정렬모(1946:129)에서도 '-었었-'을 과거 완료 형태소로 제시하였다.

그 이후에 '-었었-'을 과거 완료 형태소로 규정하고 이에 대해 면밀히 검토한 논의로는 신성옥(1984)와 이재성(1999)가 있는데, 본 절에서는 이 두 논의에 대해 살피고자 한다.

신성옥(1984)에서는 '-었었-'에서 앞의 '-었-'은 과거 시제 형태소, 뒤의 '-었-'은 완료상 형태소로 볼 수 있으며, 이 두 가지 '-었-'이 함께 실현되었을 때에는 '과거 완료'의 의미가 드러난다고 하였다. 표면구조에서는 과거의 '-었-'이 나타나든, 완료의 '-었-'이 나타나든 동일한 형태일 수밖에 없으나, 과거의 '-었-'과 완료의 '-었-'은 (8)과 같이 심층 구조에서의 차이를 보인다는 것이다.

(8) ㄱ. 먹-Ø-었-Ø-다 ['완료'의 '-었-'이 나타나는 문장의 심층 구조]

　　ㄴ. 먹-었-∅-∅-다 ['과거'의 '-었-'이 나타나는 문장의 심층 구조]

　그러나 '-었-'을 통해 과거 시제와 완료상의 의미가 함께 나타나는
경우가 있는데, 그런 경우에는 과거 시제의 '-었-'과 완료상의 '-었-'
중 어떤 것이 드러난 것인지에 대해 설명하기 어렵다는 점이 문제가
된다. 예를 들어 '앉았다'에서는 앉는 행위가 과거에 존재하는 동시
에, 그 결과 상태가 현재까지 지속되는 완료의 의미도 드러내게 된
다. 이는 끝점이 있는 사건을 나타내는 동사와 '-었-'이 결합할 때 나
타나는 현상으로, 두 종류의 '-었-'이 교체되면서 나타나는 현상이라
기보다는 동사 자체의 상적 특성 때문에 나타나는 현상으로 설명되
는 것이 자연스럽다.

　그런데 신성옥(1984)에서는 완료상의 '-었-'이 나타나는 맥락으로
'닮다'나 '신다'와 같이 결과 상태 지속상을 드러내는 동사와 '-었-'
이 결합하는 경우 외에는 제시하지 않았다. 특정 동사 부류가 드러
내는 어휘상적 특성 때문에 과거 시제 형태소 '-었-'으로부터 완료상
의 의미가 드러나는 것으로 설명할 수 있다면, '-었-'을 시제와 상을
담당하는 두 형태소로 나누지 않고 하나의 형태소로 보는 것이 자연
스러울 것이다.

　한편 '-었었-'이 과거 완료를 드러내는 요소인 것으로 볼 수 있을
지에 대해서도 고려해야 한다. '-었-'과 결합하여 완료상을 드러낼
수 없는 동사들이 '-었었-'과 결합하는 현상을 설명하기 어려울 것이
기 때문이다. 신성옥(1984)에서는 아래와 같이 '-었-'과 결합하여 완
료상을 드러낼 수 있는 동사와 '-었었-'이 결합한 예만을 제시하고
있다.

(9) ㄱ. 영이는 붉은 옷을 <u>입었었다</u>.
　　ㄴ. 영이는 붉은 옷을 <u>입었다</u>.

(신성옥 1984:392)

　　결과 상태가 지속되는 사건을 나타내는 동사인 '입다'는 '-었었-'이 결합했을 경우와 '-었-'만이 결합했을 경우에 의미 해석이 달리되는 경우가 있다. 그러나 '먹다'와 같이 결과 상태가 지속되지 않는 사건을 나타내는 동사는 '-었었-'이 결합했을 때와 '-었-'이 결합했을 때에 완료를 나타내는 '-었-'의 유무에 따라 어떤 상적 의미의 차이가 드러나는지를 설명하기가 쉽지 않다.

　　또한 Bybee(1985)에서의 관찰처럼 일반 언어학적으로 동사와 의미적으로 더 높은 상관성(relevance)을 갖는 상 형태소가 시제 형태소보다 동사에 가까이 위치하는 현상이 관찰됨에도 불구하고, 앞의 '-었-'을 과거 시제 형태소로 보고 뒤의 '-었-'을 완료상 형태소로 본 것도 재고해 볼 필요가 있다. 이 점을 바꾸어 제시한 연구로는 이재성(1999)가 있다.

　　이재성(1999)에서는 신성옥(1984)에서 제시된 순서와 반대로, '-었었-' 중 앞의 '-었-'을 상 형태소로, 뒤의 '-었-'을 과거 시제 형태소로 본 바 있다. 이 때 앞의 '-었-'은 전체상(시간의 흐름에 따라 전개되는 과거 사건의 내부 구조 전체를 하나의 국면으로 보는 상)을 드러내거나 부분상 중에서 '움직임'이나 '완료상태'상을 드러낸다고 하였다.

(10) ㄱ. 나, 여기 어제 <u>왔었어</u>.
　　 ㄴ. 나, 여기 어제 <u>왔어</u>.

(이재성 1999:192)

(10ㄱ)은 앞의 '-었-'이 전체상을 드러내면서 어제 일어난 사건의 전체 구성에 관심을 가진 경우라고 하였고, (10ㄴ)은 결과 상태 지속의 의미를 드러내는 경우라고 하여 (10ㄱ)과 (10ㄴ)의 의미는 동일하지 않은 것으로 보았다.

그러나 '어제 우리는 냉면을 먹었었어.'와 '어제 우리는 냉면을 먹었어.'에서의 의미 차이를 '전체상+과거'와 '과거'의 차이로 포착할 수 있는지는 의문이다. 한동완(1991/1996:27)에서 언급되었던 바와 같이 과거 시제는 그 자체로 외망상¹⁾의 의미를 무표적으로 산출한다고 볼 수 있다. 그러므로 과거 시제로 나타난 사건에 전체상을 나타내는 표지가 함께 나타난다고 보는 것으로 '-었었-'과 '-었-'의 미묘한 차이를 설명하기에는 명확하지 않은 점이 있다.

2.2.2. 단속상

남기심(1972, 1978)에서는 '-었-'을 완료상의 형태소로, '-었었-'을 단속상의 형태소로 보았다. 그리고 단속상이란 어떤 동작이 끝난 결과 상태가 뒤로 이어지지 않음을 나타내는 상이며, 이것은 화자의 판단에 의해 결정된다고 하였다. 이에 따라 예문 (11)은 예문 (12)와 같은 해석을 가진다고 설명하였다.

　(11) 그는 부산에 갔었다.

　(12) ㄱ. 그가 부산에 갔다가 왔다.
　　　　ㄴ. 그가 부산에 간 일이 있다. 그 후 그가 어디에 있는지 혹은

---

1) 이는 perfective를 번역한 것으로, 이재성(1999)에서의 전체상과 상통하는 것으로 생각된다.

어떻게 됐는지는 모른다(혹은 상관하지 않는다). 그대로 부
산에 있을 수도 있고, 그렇지 않을 수도 있다.

(남기심 1978:101)

결과적으로 '-었었-'은 과거의 어느 사건과 현재의 상황 사이에 먼
저의 사건이 그대로 지속되지 않거나, 화자의 심리적인 간격 의식이
먼저의 사건과 현재의 상황 사이를 일단 단절된 것으로 표현할 때
쓰이는 것이라고 하였다. 그러나 이러한 설명은 아래와 같은 예문을
설명하기에는 적합하지 않은 것으로 생각된다.

(13) (모임 장소에 있던 중, 그동안은 미처 발견하지 못했던 영주를
     발견하고)
     영주가 내 뒤에 <u>앉았었</u>네!

(13)은 먼저의 사건도 '영주가 앉아 있는 사건'이고 현재의 상황
도 '영주가 앉아 있는 상황'이다. 화자의 인식 속에서 먼저의 사건과
현재의 상황 사이에 단절이 있는 것으로 볼 수 있지만, (13)은 먼저
의 사건과 현재의 상황이 인식상에서 단절되었다는 것 자체를 강조
하기 위한 발화라기보다는 결과 상태가 현재까지 지속되고 있는 과
거의 사건을 현재의 결과 상태를 통해 추정하고, 그 과거의 사건을
뒤늦게 인식했음을 강조하기 위한 발화로 볼 수 있다.

이제까지 '-었었-'을 상과 관련된 형태소로 보는 견해를 살펴보았
다. 먼저 선어말어미의 슬롯에 상 형태소의 슬롯과 시제 형태소의
슬롯을 따로 상정하여, 각각의 슬롯에 형태가 동일하지만 기능은 다
른 '-었-'이 들어갈 수 있는 것으로 보아 '-었었-'을 '현재 완료'로 보
는 견해를 살펴보았다. 그러나 결과 상태 지속을 드러낼 수 없는 동

사와 '-었었-'이 결합하는 경우에 앞의 '-었-'이 어떤 상적 기능을 담당하는지 알기 어려움을 지적하였다.

또한 국어에 시제 체계가 존재하지 않는다는 가정 하에 '-었었-'을 단속상으로 보는 견해를 살펴보았는데, 인식상에서 단절된 먼저의 사건을 강조하는 것으로 보기 어려운 맥락에서 '-었었-'이 나타나는 예가 있어서 단속상으로 '-었었-'의 기능을 포괄하기 어려움을 지적하였다.

2.3. 서법 관련 형태로 보는 견해

2.3.1. 경험

성기철(1974)에서는 '-었었-'에서 앞의 '-었-'은 과거 시제 형태소, 뒤의 '-었-'은 주어의 경험을 나타내는 형태소인 것으로 보았다.

> (14) ㄱ. 나 공부했었어.
>   ㄴ. 나 공부했어.
>
> (성기철 1974:260-261)

성기철(1974)에서는 (14)의 두 문장의 차이가 과거에 대한 경험적 표현이 드러나느냐, 단순히 과거 시제만이 나타나느냐의 차이인 것으로 보았다. (14ㄴ)에 비해 (14ㄱ)에서는 경험적인 사실임이 추가적으로 드러나며, 어느 것을 단순한 과거로 표현하고 어느 것을 주어의 과거 경험으로 표현할 것인지는 전적으로 화자의 의사에 의해 결정된다고 하였다.

그러나 이와 같이 '-었었-'의 기능을 규정할 때에는 '-었었-'이 나

타나거나 나타나지 않는 환경 혹은 선호되거나 선호되지 않는 환경
에 대해 변별적으로 설명하기 어렵다는 점이 문제가 된다. 예를 들
면 잠시 다른 곳에 갔다가 돌아온 청자에게 "너 어디 갔었어?"라고
묻는 것이 자연스럽고 "너 어디 갔어?"라고 묻는 것이 부자연스럽다
는 것을 '주어의 경험'이 드러나거나 드러나지 않는 것으로 설명하
기는 어려울 것이다. 또한 '-었-'과 결합한 과거 사건도 언제나 주어
의 경험과 관련되어 있으므로, '-었-'과 '-었었-'을 '경험'이라는 의미
특성으로 구별하는 것은 모호한 측면이 있다.

2.3.2. 재확인

김석득(1974)에서는 '-었었-'에서 앞의 '-었-'은 '과거 주체 동작의
완료'를 나타내며 뒤의 '-었-'은 '화자의 재확인'을 나타낸다고 하였
다.[2]

    (15) ㄱ. 그는 작년에 프랑스에 <u>갔다</u>.
         ㄴ. 그는 작년에 프랑스에 <u>갔었다</u>.

    (16) ㄱ. 그는 작년에 <u>결혼했다</u>.
         ㄴ. 그는 작년에 <u>결혼했었다</u>.

                                      (김석득 1974:121-122)

(15ㄱ), (16ㄱ)은 동작이 완료되었음을 나타내는 것으로 아직 프랑
스에 있거나 아직 결혼 생활 중이라는 의미를 드러내며, (15ㄴ)은 과
거에 프랑스에 갔던 것을 재확인하는 것, (16ㄴ)은 이혼한 상태에서

---

  2) 김석득(1974)에서는 '-었었-'을 완료-재확인 상으로 보아 시상 범주 속에서 다루
     었으나, '재확인'의 의미 특성을 고려하여 편의상 2.3절의 하위에서 다루었다.

작년의 사건을 강조하는 것이라고 하였다.

　그러나 (15ㄱ)과 (16ㄱ)은 프랑스에서 돌아왔거나 아직 결혼 생활 중이 아닌 경우에도 쓰일 수 있으며, (15ㄴ)과 (16ㄴ) 또한 아직 프랑스에 있거나 아직 결혼 생활 중인 경우에도 쓰일 수 있다. 그러므로 (15), (16)의 의미를 위와 같이 단정 지을 수 없다. 또한 '-었었-'이 쓰였을 때 사건의 결과 상태가 지속되지 않음의 의미가 도출된다고 본 것과 '재확인'이 어떤 관련이 있는지 뚜렷하지 않은 점이 있다.

　임홍빈(1982, 1993)에서는 '-었-'을 '전면(全面) 인식'을 드러내는 형태소로 보았고, 이것이 두 번 겹친 '-었었-'은 '전면 인식에 대한 전면 인식' 즉 '재확인'을 나타내는 것으로 보았다. 그러나 '-었었-'의 기본 의미가 '재확인'인지에 대해서는 재고가 필요하다. '-었었-'을 통해서 사건의 결과 상태가 단절되었다는 의미가 파생되는 경우에, 재확인의 의미로부터 어떻게 그러한 단절의 의미가 파생될 수 있는지 등에 대해 고려해야 할 것이다.

　이제까지 '-었었-'이 어떤 범주와 관련된 것으로 보았는지를 중심으로 선행 연구를 살펴보았다. 이를 바탕으로 3장에서는 '-었었-'의 범주에 대한 본고의 입장을 밝히고자 한다.

3. '-었었-'의 범주

'-었었-'은 '-었-'과 마찬가지로 사건을 과거에 위치시킨다는 점에서 시제 요소를 포함하고 있다고 볼 수 있다. 그렇다면 한 덩어리로서의 '-었었-'이 시제 범주에 속한 표지일 가능성과, '-었었-'의 앞의 '-었-'이나 뒤의 '-었-' 둘 중 하나가 시제 범주에 속하고 나머지 '-었-'은 시제나 상, 서법 범주에 속한 표지일 가능성을 고려해 볼 수 있을 것이다. Bybee(1985)에서 언급된 바와 같이 범언어적으로 문법 형태소의 배열은 상관성(relevance)의 원리에 따라 '상-시제-서법'의 순서를 따르는 것이 일반적이라는 점을 고려하면 '-었었-'을 두 요소로 나눌 경우에 각 요소는 상-시제, 시제-서법, 시제-시제의 결합일 가능성이 있을 것이다. 각각의 경우를 표로 정리하면 아래와 같다.

[표 1] '-었었-'의 분석과 범주 할당 가능성

	분석	범주	기능
1	'-었었-'	시제	대과거
2			과거
3	'-었-' + '-었-'	시제+시제	과거+상대시제 표지
4		상+시제	완료+과거
5		시제+서법	과거+α

우선 분석 1에 대해서는, '-었었-'이 과거 시제 형태소 '-었-'과 대립되는 대과거 시제 형태소로서 기준 시점과 관련한 체계성을 보이지 않는다는 점에서 문제가 되는 것으로 생각된다. 분석 2의 경우는

'-었-'과 '-었었-'의 기능상의 차이점을 포착하지 못하고 있다는 점에서 문제가 된다. '-었-'과 '-었었-'이 유사한 기능을 하는 경우가 많기는 하지만, 완전히 기능이 동일하다고 보기 어려우므로 '-었었-'을 과거 시제의 '-었-'과 구별할 필요가 있을 것이다. 분석 3의 경우는 상대 시제의 기준 시점이 언제나 나타나는 것으로 보이지 않는다는 점에서 분석 1과 마찬가지로 문제가 된다. 분석 4는 '-었-'이 결합하여 완료의 의미가 드러나지 않는 동사 뒤에 나타나는 '-었-'과 '-었었-'을 구별하기 어렵다는 점에서 문제가 있어 보이지만, 완료의 의미가 드러날 수 있는 동사와 '-었었-'이 결합하는 경우를 적절하게 설명할 수 있다. 분석 5는 'α'에 해당하는 의미를 객관적으로 검증하기 어렵다는 점이 문제가 되지만, '-었-'과 '-었었-'이 명제에 대한 화자의 태도 측면에서 서로 다른 기능을 담당하는 것으로 보이는 경우가 많이 있다는 점에서 가능한 분석으로 보인다.

결과적으로 본고에서는 분석 4나 분석 5가 '-었었-'에 대한 적절한 해석일 것으로 생각하며, '-었었-'이 경우에 따라 이 중 하나의 범주로 해석된다고 본다. '-었었-'은 '-었-'이 두 번 결합한 결과로 나타난 것이며, [동사(또는 명제)+-었$_1$-[3)]이 드러내는 상적, 시제적 의미에 영향을 받아 [[동사(또는 명제)+-었$_1$-]+-었$_2$-]에서 '-었$_2$-'가 담당하는 기능이 달라질 수 있다고 본다.

과거 시제 형태소 '-었-'이 선행 동사의 상적 특성에 따라 서로 다른 의미로 해석될 수 있다는 것은 이미 많은 연구에서 지적된 바 있

---

3) 편의상, 앞에 위치하는 '-었-'을 '-었$_1$-'로, 두 번째로 위치하는 '-었-'을 '-었$_2$-'로 표시하고자 한다. '-었$_3$-'은 물론 세 번째로 위치하는 '-었-'을 나타낸다. 여기에서 숫자는 출현 순서를 표시하는 것일 뿐이며, 이들이 서로 다른 형태소라는 것을 의미하는 것은 아니다.

다. '-었₁-'은 과거 시제 '-었-'과 마찬가지로 선행 동사의 상적 특성에 따라 완료 혹은 과거 시제로 달리 해석될 수 있으며, 그 [동사(명제)+-었₁-]이 드러내는 상적, 시제적 의미에 따라 그것에 다시 결합하는 '-었₂-'가 서로 다른 의미로 해석될 수 있다고 보는 것이다. [결과 상태 지속 가능 동사+-었₁-]에서는 완료상적 의미가 드러나 사건의 결과가 현재까지 지속되고 있다는 의미가 드러나게 되는데, 이 전체 사건을 과거 시점에 확실히 위치시키기 위해서는 과거 시제의 기능을 하는 '-었-'을 한 번 더 결합시킬 수 있다4). 반면 [결과 상태 지속 불가능 동사+-었₁-]에서는 과거 시제의 의미가 나타나는데, 이것에 -었₂-가 한 번 더 결합하게 되면 시제나 상적 측면에서 어떤 역할을 담당한다기보다는 사건에 대한 화자의 심리적 태도와 관련된 의미를 드러내게 되는 것으로 보인다. 이 전체에 '-었₃-'이 결합할 때에도 동일한 양태적 의미가 더해지는 것으로 보인다. 이에 대해서는 4장에서 다시 살필 것이다.

2장에서 살핀 선행 연구에서는 '-었었-'이 나타난 모든 경우를 일괄적으로 설명하고자 한 경우가 많았는데, 어느 한 가지 해석 방법

---

4) 이때 '-었₁-'은 본래적으로 '과거 시제' 형태소인 '-었-'과 동일한 것인데, 선행 동사의 상적 특성과 상호작용하여 완료상적 의미를 산출하게 되는 것으로 본다. 각각의 동사는 고유한 상적 특성을 갖는데, 맥락적 요인들로 인해 상적 특성이 조정됨으로써 문장의 상이 완성된다(Langacker 1982:282, 김종도 2002:288 -289). 결과 상태 지속 가능 동사가 포함된 명제는 과거 시제 '-었-'과 결합할 때, 사건이 기준시보다 과거에 위치하게 되는 동시에 사건의 최종 성분 상태에 초점이 맞추어지는 것으로 상적 특성이 조정된다. 즉, 동사의 상적 특성과 '과거 시제'라는 맥락적 요인의 상호작용을 통해 완료상의 의미가 드러나게 되는 것이지, 완료상의 기능을 하는 '-었-'이 따로 있다고 보지 않는다. 여기에서 [[결과 상태 지속 가능 동사+-었₁-]+-었₂-]에서의 '-었었-'을 '완료+과거 시제'로 명명한 것은, 과거 시제 '-었-'이 맥락에 따른 해석상 어떤 범주의 의미를 갖게 되는지와 관련된 것이지, 완료상을 담당하는 '-었-'과 과거 시제를 담당하는 '-었-'이 따로 있다고 보는 것은 아니다.

으로 '-었었-'이 나타나는 다양한 경우들을 모두 설명하기에는 어려
운 점이 있었다. 예를 들어 '피었다'와 '피었었다'가 나타내는 시제
적인 의미 차이에 주목하여 '-었었-'이 '완료+과거 시제'의 기능을
담당하는 요소라고 본 경우에, '먹었다'와 '먹었었다'의 의미 차이는
시제나 상적인 측면에서 뚜렷하게 나타나지 않는 것을 어떻게 설명
할 것인지 등이 문제가 되었다고 할 수 있다.

그런데 본고와 같이 '-었₁-'의 기능에 따라 '-었₂-'의 기능이 변이할
수 있다고 보는 입장을 취하면, 동사의 상적 특성에 따라 '-었었-'의
의미가 달라지는 것을 포착할 수 있다는 장점을 가지고, '-었-'이 세
번 이상 반복되는 경우에 대해서도 설명할 수 있으며, 무엇보다도 '-
었겠-' 등과 같이 시제 관련 형태소들이 여러 개 연결되는 경우에
선행 형태소의 기능에 따라 후행 형태소의 기능 실현이 달라지는 경
우를 동궤의 현상으로 설명할 수 있다는 장점을 가진다.

시제와 관련된 형태소들이 여러 개 연결되는 경우에 선행하는 요
소가 후행 요소의 의미 실현 및 쓰임에 영향을 미친다는 것을 포착
한 연구로는 고영근(2004), 홍종선(2008)이 있다.

고영근(2004:134, 269)에서는 통합 관계에 따라 '-었었-'을 과거 시
제의 '-었₁-'과 양태성을 담당하는 '-었₂-'로 분석하고, '-었₂-'는 확실
성의 양태성을 나타내는 것으로 보았다. 그리고 이는 성기철(1974)
의 '경험'과 거리가 멀지 않으나 성기철(1974)에서는 단순한 서법으
로 처리한 데 비하여, 과거 시제에 포함되어 있는 확실성의 양태성
으로 파악한다는 점에서 차이가 있다고 하였다. 이는 '-었었-'을 통
합 관계에 따라 분석은 하되 '-었₂-'는 과거 시제와만 결합하여 그것
과 관련된 양태를 드러내는 요소로 본 것으로 생각되는데, 결국 '-었

었-'을 구성하는 선후행 요소의 영향 관계를 고려한 언급인 것으로 보인다.

또한 고영근(2004:273)에서는 '-었겠-'에서의 '-겠-'은 시제 형태소 '-겠-'과는 구분되는 '-겠₂-'라고 하면서, '-겠₂-'는 '-었-'과 결합할 때 '가능성'의 의미를 드러낼 수 있는 반면에 '의도'의 의미는 가질 수 없어서 '의도'와 '가능성'을 모두 드러낼 수 있는 '-겠₁-'과 기능상으로도 구분된다는 언급을 하였다. '-겠-'을 분포에 따라 서로 다른 형태소로 나눈다는 점에서는 본고의 입장과 차이가 있지만, '-겠-'이 단독으로 나타나는지 '-었-' 뒤에 나타나는지에 따라 기능이 달라질 수 있다는 점을 언급했다는 점에서 본고의 논의에 시사하는 바가 있다.

(17) ㄱ. 그 정도 문제라면 나도 <u>합격했겠다</u>. ('가능성')
    ㄴ. *그러면 나도 국수를 <u>먹었겠다</u>. ('의도')

(17)에서 '-겠-'의 의미가 제약을 받는 이유는 과거 사건에 대하여 그 가능성을 추측해 볼 수는 있지만, 과거 사건에 대하여 의도를 가지는 것은 불가능하기 때문이라고 할 수 있을 것이다. 그러므로 '-겠-'이 분포 및 기능에 따라 서로 다른 두 형태소로 나뉜다고 보는 것보다는 선행 요소([동사(명제)+-었-] 또는 [동사(명제)] 등)의 의미에 따라 하나의 형태소인 '-겠-'의 의미가 달라질 수 있는 것으로 보는 것이 타당할 것으로 생각된다. 즉, '-겠-'을 서로 다른 두 형태소로 나누는 것보다는, 나타나는 위치에 따라 '-겠-'이 변이 의미를 가진다고 보는 것이 타당해 보인다.

이러한 입장에서 범시제성 형태소들의 분포에 따른 의미 변이에 대해 연구한 것으로 홍종선(2008)이 있다. 홍종선(2008)에서는 현대

국어의 시제, 상, 서법은 문법 범주상으로 구별되지만, 서로 밀접한 관련을 갖고 실현된다고 하였다. 시제 형태소들은 그 분포에 따라 상이나 서법을 나타내는 요소로도 쓰일 수 있는데, 다른 형태소와 연결되지 않고 단독으로 나타날 때는 시제 형태소로 기능하지만, 어떤 시제 형태소 뒤에 연결될 때에는 기능이 변이하여 상이나 서법 요소로서의 기능을 담당하게 된다는 것이다. 그리고 상이나 서법 요소로서의 기능은 시제 형태소로서 담당하는 의미와 밀접한 관련을 가지므로, 기능 변화가 아니라 기능 변이라고 말할 수 있다고 하였다.5)

　'-었-'이 두 번 이상 연결되는 것도 이와 마찬가지로 설명될 수 있을 것이다. 다만 '-었-'은 선행 용언의 상적 특성에 따라, 결과 상태 지속이 가능한 의미를 가진 용언과 결합할 때에는 완료상의 의미를 드러낼 수 있다. '-었-'이 담당하는 문법적 기능은 과거 시제이지만, 특정한 상적 속성을 가진 동사와 결합할 때에는 인식상 발화시까지 그 결과가 이어지는 것으로 상적 해석을 받을 수 있는 것이다. 이러한 환경에서 [동사+-었-] 뒤에 '-었-'이 한 번 더 결합하면, 뒤의 '-었-'은 한 번 더 과거 시제 형태소로 기능함으로써 사건을 확실히 과거에 위치시키는 역할을 할 수 있게 된다. 이 경우 '-었₂-'가 한 번 더 결합하는 것은, '-었₁-'과의 결합으로 인식상에서 완료상적 의미가 드러나게 되는 경우에 그 사건이 과거에 위치하는 사건임을 확실

---

5) 이와 같은 맥락에서, 미래 시제 형태소인 '-겠-'은 시제 형태소로 기능하는 '-었-' 뒤에 연결될 때에는 기능이 변이하여 '가능성'을 나타내는 서법 요소로서 기능하게 되는 것으로 설명할 수 있을 것이다. 미래 시제는 아직 이루어지지 않았으나 가능성이 있는 일과 관련된다는 점에서 '가능성'의 양태 의미와 밀접한 관련을 갖는다.

히 하기 위한 장치인 것으로 볼 수 있을 것이다.

반면에 '-었1-'이 과거 시제로 기능할 때 그 뒤에 '-었2-'가 한 번 더 결합하면, '-었2-'는 서법 요소로 기능하여 양태적 의미를 더하는 것으로 볼 수 있다.

'-었었-'의 범주에 대하여 본고와 유사한 입장을 취하고 있는 선행 연구로는 강영(2000), 이용(2003)이 있다. 강영(2000)에서는 '-었-'으로 시제와 상이 모두 포착될 수 있는 상황이 되면, 문장의 의미가 과거 시제를 갖는다는 것을 확실하게 나타내려는 의도에서 '-었-'을 거듭 사용한 '-었었-'의 형태를 사용하게 된다고 하였다. 그리고 과거 시제로만 해석되는 '-었-' 뒤에 '-었-'이 중첩되는 경우는 심리적인 또는 인식상의 과거를 드러낸다고 하였다. 이용(2003)에서도 '-었2-'를 시제적 의미를 가지는 것과 서법적 의미를 가지는 것으로 나누고, '-어 있-'이나 '-고 있-'으로 환원할 수 있는 '-었1-' 뒤에 나오는 '-었2-'는 시제적인 의미를 지닌 것으로, 과거 완결의 '-었1-' 뒤에 나오는 것은 서법적인 의미를 지닌 것으로 보았다.

이 논의들은 본고의 논의와 일치하지만, 범시제성 형태소들이 여러 개 연결되는 경우에 선행 요소의 의미 해석에 기대어 후행 요소의 의미가 실현되는 일반적인 현상과의 연계를 구체적으로 밝히지 않았다는 점에서 입장의 차이가 있다. 특히 이용(2003)의 경우 '-엇느-'와 계열 관계를 이루는 것으로서 '-었었-'의 지위를 설명하려고 하였다. '-엇-'의 문법화가 시제 형태소들의 쓰임에 영향을 미쳐 온 것은 사실이지만, '-었었-'에서 나타나는 기능 변이 현상은 '-엇-'의 문법화와 관련하여 나타나는 특수한 현상이라기보다는 한국어의 시제 형태소들이 보이는 일반적인 특성이라고 할 수 있을 것이다.

다음 장에서는 완료상으로서의 '-었-' 뒤에 과거 시제로서의 '-었-'
이 결합할 때의 의미 및 과거 시제로서의 '-었-' 뒤에 결합한 '-었-'
의 양태적 의미에 대해 살펴볼 것이다.

4. '-었었-'의 의미 기능

일반적으로는 '-었었-'과 '-었-'이 교체될 경우에 의미가 확연하게
달라지는 경우는 많지 않은 것으로 보인다. 예를 들면 '우리는 어제
냉면을 먹었다'와 '우리는 어제 냉면을 먹었었다' 사이에 어떤 의미
차이가 있는지 뚜렷하게 밝히기는 어렵다. 이때의 '-었-'과 '-었었-'은
모두 과거 시점에 놓인 사건을 표현하는 것이고, 그 이상으로 어떤
양태적 의미 차이를 갖고 있는지를 객관적으로 말하기는 쉽지 않다.
   그러나 '-었-'과 '-었었-'이 교체될 때 의미 차이가 비교적 뚜렷하
게 드러나는 경우가 있다. 완료상적 의미를 드러내는 '-었-' 뒤에 다
시 '-었-'이 결합하는 경우에는, '-었-'이 한 번만 나타나면서 완료상
적 의미를 드러내는 경우와 의미 차이를 보일 때가 있다.
   이 장에서는 먼저 완료상적 '-었-'과 과거 시제 '-었-'이 연결되어
'-었었-'이 나타나는 경우에 '-었-'이 단독으로 나타나는 경우와 어떤
의미 차이를 보이는지에 대해 살필 것이고, 다음으로 과거 시제 '-었
-'과 서법적 '-었-'이 연결된 경우에 나타나는 의미에 대해 생각해 볼
것이다.

4.1. 완료상 '-었-' + 과거 시제 '-었-'

앞서 언급했듯이, '-었-'이 결과 상태가 지속될 수 있는 의미를 가진 동사와 결합할 때에는 완료상적 의미가 드러날 수 있다. 박소영 (2002)에서는 '-었-'에 선행하는 동사의 상적 특성에 따라 '-었-'에서 과거 시제의 의미가 드러나기도 하고, 완료상(PERFECTIVE)의 의미가 드러나기도 한다는 것을 지적하였다. 자체적으로 종결점을 함의하고 있는 상황 유형인 완성과 달성의 상황 유형에 '-었-'이 결합할 때에는 완료상의 상적 의미가 가장 분명하게 드러나고, 종결점을 함의하지 않는 상황 유형인 상태와 동작의 상황 유형에 '-었-'이 결합할 때에는 과거 시제의 의미가 드러난다고 하였다.

박소영(2002)에서는 또한 화자가 한 덩어리로 인식하는 시간 구역을 말하는 '영역6)'의 개념을 도입함으로써 '-었-'과 '-었었-'의 의미 차이를 밝히려고 하였는데, '-었-'은 발화시가 영역 안에 위치하는 반면에 '-었었-'에서는 발화시가 영역 밖에 위치하기 때문에, '-었었-'에서는 결과 상태의 단속이나 의식의 단절과 같은 의미가 드러나게 되는 것으로 보았다. 그리고 완성이나 달성의 상황 유형에서는 '-었-'을 통해 결과 상태 지속의 의미가 드러나는 반면에, 이들 상황 유형에 '-었었-'이 결합하면 결과 상태 단속의 의미가 드러나기 때문에 '-었-'과 '-었었-'의 의미 차이는 완성이나 달성의 상황 유형에서 분명히 나타나는 것으로 보았다. 이에 따라 '은수는 책상 위에 소설책을 놓았었다'는 '소설책을 책상 위에 놓았는데, 지금은 책상 위에

---

6) 하나의 영역 안에서는 인식의 계속성이 보장되어야 하고, 하나의 상황만이 존재해야 하며, 결과 상태가 지속되어야 한다는 것이 '영역'의 조건이 된다고 하였다.

없다'라는 의미로 쓰일 수 있지만, '놓았다'는 그런 의미로 쓰일 수 없다고 하였다.

그런데 완성이나 달성의 상황 유형에서 '-었-'을 통하여 완료상의 의미가 드러날 수 있다는 점은 옳은 지적이지만, 이들 상황 유형에 '-었었-'이 결합한다고 해서 반드시 사건이 영역 밖에 위치하거나 결과 상태 단속의 의미가 드러나는 것은 아니다. 아래와 같은 예가 그 것이다.

> (18) ㄱ. 오는 길에 보니 길가에 벌써 들장미가 <u>피었어</u>.
> ㄴ. 오는 길에 보니 길가에 벌써 들장미가 <u>피었었어</u>.

(18ㄴ)은 (18ㄱ)과 마찬가지로 발화시 현재 들장미가 피어 있는 경우에도 쓰일 수 있다. 또한 (18)의 문장들은 발화시 현재에는 더 이상 사건의 결과 상태가 지속되지 않는 경우에라도, 단순히 과거의 사건을 전달하기 위해서도 쓰일 수 있다. 이때는 (18ㄱ)에서의 '-었-'이 완료상이 아니라 과거 시제로 해석되는 경우일 것이다. 즉, 완성이나 달성의 상황 유형에서 '-었-'이 쓰이는지 '-었었-'이 쓰이는지는 사건이 영역 안에 위치하는지, 사건의 결과 상태가 발화시까지 지속되고 있는지의 여부와 직접적인 관련이 없는 것으로 보인다.

그보다, 이때의 '-었-'은 결과 상태가 지속될 수 있는 의미를 가진 선행 동사와 결합함으로써 선행 동사의 상적인 의미를 바꾸어, [동사+-었-]이 결국 하나의 동사와 같은 기능을 하도록 만드는 것으로 볼 수 있다. '-었-'이 결합함으로써 상적 의미가 변화된 동사는 [동사+-었-] 그 자체로 하나의 동사처럼 기능하는데, 이 [동사+-었-]은 '결과 상태 지속'의 의미를 나타내므로 결국 '상태'의 상황 유형과 동일한 상황 유형을 가지게 된다. 그러므로 상태의 상황 유형에 '-었-'이 결합할 때 과거 시제의 의미가 드러나는 것과 마찬가지로, [동사+-었-]으로 표현된 전체의 상태성 사건에 '-었-'이 결합함으로써 해당 사건이 과거 시점에 위치하게 되는 것으로 볼 수 있다.7)

그러므로 이러한 경우에는 '-었었-'이 나타났다고 해서 발화시가 '영역'의 바깥에 있다든지, 그렇기 때문에 사건의 결과 상태가 단속되어 있다든지 하는 설명을 할 필요 없이, 과거 시제 '-었-'의 기능과 동일하게 단지 [동사 + -었-]의 상태성 사건을 과거에 위치시키는 것으로 [[동사+-었-]+-었-]의 기능을 설명할 수 있다. 과거 시제 '-었-'이 경우에 따라 사건의 결과 상태 지속을 의미할 수도 있고 그렇지 않을 수도 있듯이, 이 경우의 '-었₂-'도 과거 시제 형태소 '-었-'과 동일한 것으로서 같은 특성을 가진 것으로 볼 수 있다. 박소영(2002)에서는 모든 '-었었-'을 '영역'의 개념을 통해 동일하게 설명하려고 했으나, '-었-'의 반복이 나타내는 기능은 그것이 나타난 맥락과 의미 해석에 따라 다를 수 있다고 본다.

한편, 완성, 달성 동사에 '-었-'이 하나만 결합하는 경우에도 과거 시제의 의미로 해석될 여지가 있으나, 대개 완료상의 의미가 더 강하게 드러나기 때문에, 사건의 결과 상태가 단속되어 확실히 과거에 위치한 사건을 나타내기 위해서는 '-었었-'을 결합시키는 것이 더 자연스러움을 볼 수 있다.

---

7) (18ㄴ)의 '들장미가 피었었어'는 '들장미가 피어 있었어'와 동일한 의미로 해석된다. 즉 '-었₁-'은 '-어 있-'과 동일하게 선행 동사의 상적 의미에 영향을 미치며, '-었₂-'는 '피어 있-'에 결합하는 과거 시제 '-었-'과 동일하게 전체 사건을 과거에 위치시키는 것으로 볼 수 있다.

(19) (A가 잠시 사라졌다가 나타난 B와 대면하여)
    A: 너 어디 <u>갔었어</u>(^{??}갔어)?
    B: 잠깐 화장실에 갔다 왔어.

  B는 어느 곳에 갔다가 다시 A가 있는 곳으로 돌아왔기 때문에
(19)의 대화가 이루어지는 상황은 'B가 어느 곳에 감'이라는 사건의
결과가 사라진 상태를 A와 B가 인지하고 있는 상황이다. 이런 경우
에 A의 질문에서 '-었-'이 쓰이는 것이 아주 불가능하다고 말할 수
는 없을 것으로 생각되나, '-었었-'이 쓰이는 것이 훨씬 자연스럽다
고 할 수 있다.
  위와 같이 '-었었-'이 쓰이는 것이 훨씬 자연스러운 경우가 있는가
하면, '-었었-'이 쓰일 수 없는 경우도 있다. 화자가 사건의 결과 상
태가 지속되고 있는 것을 인지하고 있으면서, 해당 사건을 인식할
수 있는 일정한 기간의 상정 없이 즉시 그 결과를 발견한 경우에는
그 사건을 '-었었-'으로 표현할 수 없는 것으로 보인다. 아래의 예가
그것이다.

(20) ㄱ. (기차가 플랫폼을 막 떠난 것을 보고)
       A: 가. 마지막 기차가 <u>떠났다</u>.
          나. *마지막 기차가 <u>떠났었다</u>.
     ㄴ. (교실에 막 들어서서 철수를 보자마자)
       A: 가. 철수도 <u>왔다</u>.
          나. ^{??}철수도 <u>왔었다</u>.

  (20)에서 (나) 항들이 자연스럽게 허용되지 않는 것은 '-었었-'은
사건을 과거 시점에 위치시킴을 강조하는 요소인데, 사건의 결과 상

태가 지속되고 있는 것을 즉시 발견하여 현재 시점에 존재하는 결과 상태에 초점을 두어 발화하는 경우에는 화자의 인식 속에서 그 사건에 대해 과거로 향한 시간적 길이를 상정하지 않기 때문인 것으로 생각된다. 즉, 이 사건을 과거에 위치한 사건으로 표현할 수 없는 상황이기 때문에 '-었었-'이 쓰일 수 없다는 것이다.

그러나 동일하게 사건의 결과 상태가 지속되고 있는 것을 인지하고 있는 경우라도 사건의 결과 상태가 지속되고 있는 것을 이전에 발견할 수 있었지만 뒤늦게 발견했음을 강조하고자 하는 경우에는 '-었었-'이 쓰일 수 있다.

> (13) (모임 장소에 있던 중, 그동안은 미처 발견하지 못했던 영주를 발견하고)
> 영주가 내 뒤에 <u>앉았었네</u>!
>
> (21) (의외의 장소에 피어 있는 꽃을 발견하고) 이런 곳에 꽃이 <u>피었 었구나</u>!

(13)이나 (21)은 '영주가 화자의 뒤에 앉았다', '꽃이 피었다'라는 사건을 화자가 더 이전에 인식할 수도 있었지만 이제까지 인식하지 못했음을 '-었었-'을 통해 표현한 것으로 볼 수 있다. 여기에 '-었었-'이 아니라 '-었-'이 쓰인다면 '사건을 이전에 인식할 수도 있었는데 인식하지 못했다'라는 의미가 유표적으로 드러나지는 않는 것으로 생각된다.

이 경우는 (20)과는 달리, 화자가 해당 사건에 대해 과거로 향한 시간적 길이를 상정하는 경우이다. 사건을 먼저 인식할 수도 있었던

과거 시점에 발화 내용의 초점이 놓여 있기 때문에, 실제로 사건을
인식한 것은 현재 시점이라 하더라도 사건을 과거 시점에 위치시킬
수 있는 것이다. '결과 상태로 추정해 보건대 과거 시점에도 존재했
던 상황을 지금 알게 되었다'라는 의미를 나타내기 위하여 [[동사+-
었-]+-었-]을 통해 사건을 과거에 위치시키는 동시에 감탄이나 의문
의 '-구나, -네, -지'와 같은 어미를 함께 사용한 것으로 볼 수 있다.
이러한 현상은 '있다'처럼 '-었-'과의 결합 없이도 홀로 결과 상태 지
속의 의미를 드러내는 동사와 '-었-'이 결합할 때에도 나타난다.

> (22) (화자와 자신과 같은 장소에 있는 영민이를 발견하고)
>   영민이도 여기 <u>있었구나</u>!

　(22)는 '영민이가 과거 시점에 여기에 있었음을 지금 알게 되었다'
라는 의미로 쓰인 문장으로, (13), (21)과 동일하게 해석할 수 있다.
(13), (21)의 '앉았다', '피었다'는 (22)의 '있다'와 동일하게 '상태'의
상황 유형을 지니면서 결과 상태 지속의 의미를 드러내고 있으며,
여기에 다시 '-었-'이 결합한 '앉았었다', '피었었다'와 '있었다'는 과
거 시제를 통해 동일한 의미를 평행하게 드러내고 있다.

　이와 같은 상황에서 화자가 '발화시 현재에 지속되고 있는 결과
상태'에만 초점을 맞추어 이야기하면 '영주가 내 뒤에 앉았네!'나
'이런 곳에 꽃이 피었구나!'와 같은 문장을 쓰게 될 것이고, '화자가
인식하지 못했던 과거 시간의 사건'에 초점을 맞추어 이야기하면
(13), (21)과 같은 문장을 쓰게 될 것이다. 이때 후자의 경우에는 '과
거에 몰랐던 것을 지금 알게 되었다'라는 양태 의미가 어미들의 의

미를 통해 드러나게 된다.

(20)의 (나) 항들과 같은 예도 화자가 각 사건에 대해 과거로 향한 시간적 길이를 상정할 수 있는 맥락에서라면 모두 적격하게 쓰일 수 있다. 이때에는 의미 특성상 진술의 의미를 드러내는 어미보다는 확인의 의미를 드러내는 '-네', '-구나' 등의 어미들이 더 잘 어울린다.

(23) ㄱ. (기차가 떠났다는 것을 뒤늦게 인식하고)
　　　A: 나도 모르는 사이에 기차가 떠났었네.
　　ㄴ. (철수를 뒤늦게 발견하고)
　　　A: 철수도 왔었네.

본 절의 내용을 요약하면 다음과 같다. 첫째, 인식적으로 완료상으로 해석되는 '-었₁-' 뒤에 '-었₂-'가 연결되는 경우에 '-었₂-'는 사건을 확실히 과거에 위치시키는 역할을 담당한다. 이런 경우에 몇몇 선행 연구처럼 '-었었-'이 결과 상태 단속의 의미를 드러내는 것으로 볼 이유는 없다. 둘째, 완성이나 달성의 상황 유형에서는 '-었-'이 하나만 결합할 때 대개 완료상의 의미가 드러나기 때문에, 결과 상태가 단속되어 사건이 과거 시점에 위치한 경우에는 [[동사+-었-]+-었-]을 쓰는 것이 더 자연스럽다. 또 사건의 결과 상태가 지속되고 있는 현재의 상황에 발화 내용의 초점이 있는 경우에는 '-었었-'을 쓰는 것이 불가능하지만, 과거 시점에 인지할 수 있었던 일을 현재 시점에서야 인지하게 되었다는 의미를 담고자 할 때에는 사건을 과거 시점에 위치시키는 '-었었-'을 쓸 수 있다.

4.2. 과거 시제 '-었-' + 서법 요소 '-었-'

이 절에서는 상태나 동작의 상황 유형에 결합하여 나타나는 과거 시제 '-었₁-'에 '-었₂-'가 연결되는 경우의 의미에 대해 생각해 보고자 한다.

앞서 정리한 선행 연구에서 '-었었-'이 드러내는 의미로 제시된 것에는 최광옥(1908) 등의 '대과거', 남기심(1972)의 '단속상', 이남순 (1994)의 '이후의 다른 사건의 존재', 성기철(1974)의 '경험', 김석득 (1974), 임홍빈(1982)의 '재확인' 등이 있었다. 이들은 모두 '-었었-' 을 통해 드러날 수 있는 의미인데, 이 중 기본 의미를 무엇으로 삼을 것인지는 최동주(1995)에서 실마리를 찾을 수 있을 것으로 생각된다.

최동주(1995:208)에서는 '-었었-'을 과거 시제 형태소 '-었-'이 반복된 것으로 보았고, '-었-'이 지시하는 과거 상황이 문장에 제시되거나 문맥적으로 명확한 경우에는 '과거의 과거'라는 의미를 갖기도 하지만, 때로 드러나지 않는 경우에는 언급되는 상황 이후에 어떤 변화라든가 다른 일이 있었을 가능성을 암시할 수도 있으며, 혹은 실제로는 그런 사건이 존재하지 않고 심리적 거리감만을 전달하기도 한다고 볼 수 있다고 하였다.

이 중 명제에 대한 화자의 태도와 관련된 의미로는 '심리적 거리감'이 있다. '심리적 거리감'의 의미는 '재확인'이나 '경험' 등의 의미와는 달리 '어떤 과거 사건보다 더 과거의 사건임' 또는 '이후의 어떤 변화나 다른 사건의 존재를 암시함'이라는 의미로 자연스럽게 확장될 수 있다. 또한 과거의 사건에 대해 심리적 거리감을 느끼는 것이 자연스러우므로, '-었-'이 갖는 '과거'의 의미와도 자연스럽게 관련된다. 그리고 실제로 '-었-'을 세 번 이상 반복하여 쓰는 경우를 살펴보면, 기억 속에서 멀어져 있든, 해당 사건의 결과가 현재에는 단속되어 있기 때문이든 간에 '심리적인 거리감이 있는 사건임'을 나타내기 위해 일부러 '-었-'을 여러 번 반복하여 쓰는 일이 있는 것으로 보인다.

> (24) ㄱ. 나도 한때는 <u>순수했었었다</u>.
> ㄴ. 축복 받은 삶이라는 것은 나와 관계없는 일로만 <u>느껴졌었었다</u>.

이에 따라 본고에서는 최동주(1995:208)에서 언급되었던 '사건에 대한 심리적 거리감'이 과거 시제 '-었-' 뒤에 나타나는 '-었-'의 양태적 의미인 것으로 본다. 사건에 대한 심리적 거리감은 해당 사건과 발화시 사이에 다른 사건이 개입되어 있는 경우에 쉽게 나타날 수 있다. 이때 특히 서술하고자 하는 사건과 발화시 사이에 개입된 다른 사건이 해당 사건의 결과를 무효로 만드는 사건이라면 심리적 거리감이 극대화될 수 있어서 '-었었-'이 자연스럽게 쓰이게 된다. 아래는 그러한 경우에 '-었었-'이 쓰인 예이다.

> (25) 그는 5년 전 대통령에 취임하면서 "힘으로 억압하거나 고문이 통하는 시대는 끝났다"고 선언하고 지도층이 수범하는 '정직한 정부'가 될 것을 <u>다짐했었다</u>. 또 "출신 지역이나 성별 또는 정치적 입장 때문에 불이익을 받거나 부당한 특혜를 누리는 일이 없게 하겠다"고 <u>밝혔었고</u> '위대한 보통 사람의 시대'를 열자고 <u>호소했었다</u>. 이러한 그의 선언과 다짐과 호소가 얼마만큼 이루어졌다고 볼 수 있을 것인가.

'사건에 대한 심리적 거리감'이라는 의미는 부수적으로 화자 또는 청자가 사건에 대해 확실하게 인지하고 있지 못하다는 의미를 강조하여 드러내기도 한다. 그래서 서술하고자 하는 사건이 화자의 마음속에서 활성화되어 있지 않았음을 나타내거나, 청자의 마음속에서 활성화되어 있지 않을 것이라고 생각되는 경우에 [[명제+-었-]+-었-]이 잘 쓰이는 것으로 보인다. 화자의 심리적인 상태가 '-었었-'의 쓰임에 개입되기 때문에, 사건이 화·청자의 마음속에서 어떤 표상으로 존재하는지에 따라 '-었었-'의 선호 여부가 결정되기도 한다고 말할 수 있겠다. 아래의 (26ㄱ, ㄴ)은 사건에 대한 화자 마음속의 활성화 정도가 낮은 경우라고 볼 수 있고, (26ㄷ, ㄹ)은 사건에 대한 청자의 접근성이 낮은 경우라고 볼 수 있다. (26ㅁ)은 사건에 대한 화·청자의 접근성이 모두 낮은 경우라고 할 수 있다.

> (26) ㄱ. (나이가 어려 보이는 상대방이 결혼을 했다는 말을 듣고) 결혼을 <u>했었어요</u>?
>   ㄴ. (현수가 학교에 가 있는 상황에서) 현수가 학교에 <u>갔었나</u>?
>   ㄷ. 내가 어렸을 땐 수영을 좀 <u>했었어</u>.
>   ㄹ. (선생님이 학생들에게) 지난 시간에는 국어의 품사 분류에 대해 <u>배웠었죠</u>?
>   ㅁ. 그 사람이 이런 글도 <u>썼었네</u>?

이는 또한 서술하고자 하는 사건이 화자와 청자의 마음속에서 활성화되어 있는 사건이라는 것이 맥락상에서 확실하게 파악될 수 있다면 '-었었-'이 잘 나타나지 않을 것임을 예견하게 한다.

> (27) ㄱ. [?]파마를 <u>했었는데</u> 지금 너무 심하게 구불거려서 마음에 안 들어요.

ㄱ'. 파마를 <u>했는데</u> 지금 너무 심하게 구불거려서 마음에 안 들
   어요.
ㄴ. 파마를 <u>했었는데</u> 별로 티가 안 나서 속상해요.
ㄴ'. 파마를 <u>했는데</u> 별로 티가 안 나서 속상해요.

(27ㄱ)이 약간 어색하게 느껴질 수 있다고 생각되는데, 그 이유는 맥락상 머리카락이 심하게 구불거리는 상황 때문에 '파마를 한' 사건이 발화시에 화·청자에게 계속 인지되고 있기 때문이다. 어떤 사건이 계속 인지되고 있다는 것은 그 사건에 대한 화·청자 마음속의 활성화 정도가 높다는 것을 뜻한다. 반면에 (27ㄴ)이 자연스러운 것은, 파마를 한 결과가 잘 드러나지 않기 때문에 '파마를 한' 사건이 발화시에 청자에게는 접근성이 낮을 수 있기 때문인 것으로 생각해 볼 수 있다.

이와 같이 '-었었-'은 어떤 사건이 화자나 청자의 마음속에서 활성화되어 있지 않거나 활성화되어 있지 않은 것으로 판단되는 경우에 잘 쓰이는 것으로 볼 수 있으며, 이는 '-었었-'이 '사건에 대한 심리적 거리감'의 의미를 갖는 것과 관련하여 드러나는, 정보 전달적 측면에서의 의미라고 하겠다.

이상의 내용을 정리하면 다음과 같다.

(28) 과거 시제 '-었-' + 서법 '-었-'의 의미 기능
ㄱ. 시제적 의미: 과거 시제
ㄴ. 양태적 의미: 사건에 대한 심리적 거리감
   함축적 의미 - 다른 과거 사건의 개입
                 사건의 결과가 사라짐(斷續)
ㄷ. 정보 전달적 측면에서의 의미: 화자 또는 청자의 마음속에서 비
   활성화된 사건임

5. 마무리

본고에서는 본질적으로 과거 시제 형태소인 '-었-'이 두 번 이상 반복되어 쓰이는 경우에, '-었₁-'의 기능에 따라 '-었₂-'에서 변이적 의미가 나타날 수 있다는 전제 하에 '-었었-'의 의미를 검토하였다. 현대국어의 시제, 상, 서법 범주는 독자적인 범주인 동시에 서로 얽혀 있는 관계에 있고, 시제 형태소들이 그 분포에 따라 상 요소나 서법 요소로 변이적으로 쓰일 수 있다는 홍종선(2008)의 논의에 따라 '-었-'의 반복을 설명하는 것이 자연스럽다고 보았기 때문이다.

'-었-'은 상태나 동작의 상황 유형과 함께 나타날 때에는 과거 시제의 의미로 쓰이고, 완성이나 달성의 상황 유형과 함께 나타날 때에는 주로 완료상의 의미로 해석된다. 과거 시제로서의 '-었₁-' 뒤에 '-었₂-'가 연결될 때에는 양태적 의미를 띠는 서법 요소로서 기능하고, 완료상으로 해석되는 '-었₁-' 뒤에 '-었₂-'가 연결될 때에는 사건이 과거 시점에 위치함을 확실히 표시하는 요소로서 기능한다고 보았다.

완료상으로 해석되는 '-었₁-' 뒤에 '-었₂-'가 연결되는 경우에는 [동사+-었₁-]이 상태 동사의 의미를 갖고, 상태 동사 뒤에 '-었-'이 결합할 때와 마찬가지로 '-었₂-'는 과거 시제로서 기능하게 되어 사건을 과거에 위치시키는 것으로 보았다.

또한 과거 시제로서의 '-었₁-' 뒤에 '-었₂-'가 연결되는 경우에는 '사건에 대한 심리적 거리감', '결과 상태의 단속', '과거 사건보다 더 이전의 사건', '화자 또는 청자의 마음속에서 비활성화된 사건임' 등의 의미가 드러날 수 있는데, 이 중 다른 의미들을 포괄할 수 있는 의미인 '사건에 대한 심리적 거리감'이 서법 요소로서의 '-었-'의 기본 의미인 것으로 보았다. 이는 사건을 과거에 위치시키는 것 자체가 심리적 거리감의 의미와 관련될 수 있다는 점에서 과거 시제 형태소 '-었-'의 변이적 의미인 것으로 보았다.

▌참고문헌▐

강 영. 2000. "선행 용언 분류와 시상의 상관성: '-었-'과 '-었었-'을 중심으로." 「한국학연구」(고려대학교 한국학연구소) 13.

고영근. 2004. 「한국어의 시제 서법 동작상」 서울: 태학사.

김석득. 1974. "한국어의 시간과 시상." 「한불연구」(연세대 한불문화연구소) 1.

김승곤. 1972. "용언의 '대과거'시제에 대한 한 고찰." 「국어국문학」(국어국문학회) 55-57.

김윤경. 1957. 「고등나라말본」 서울: 동아출판사.

김종도. 2002. 「인지문법의 디딤돌」 서울: 박이정.

김홍수. 1989. "국어 시상과 양태의 담화기능." 「이정정연찬선생회갑기념 국어국문학논총」 서울: 탑출판사.

나진석. 1978. 「우리말의 때매김연구」 서울: 과학사.

남기심. 1972. "현대 국어 시제에 관한 문제." 「국어국문학」(국어국문학회) 55-57.

남기심. 1975. "이른바 국어 시제의 기준 시점 문제에 대하여." 「한국학논집」(계명대학 한국학 연구소) 3.

남기심. 1978. "'-었었-'의 쓰임에 대하여." 「한글」(한글학회) 162.

문숙영. 2003. "대과거 시제와 '-었었-'." 「어문연구」(한국어문교육연구회) 31-4.

문숙영. 2005. "한국어 시제 범주 연구." 서울대 박사학위논문.

박소영. 2002. "한국어 시제 형태 '-었-', '-었었-' 새로 보기: 클라인의 시제 이론의 관점에서." 「형태론」 4-1.

박승빈. 1935. 「조선어학」 경성: 조선어학연구회.(「역대한국문법대계」1부 20책)

박영준. 1998. "형태소 '-었-'의 통시적 변천." 「한국어학」(한국어학회) 8.

박재연. 2002. "서평: 한동완(1996), 국어의 시제 연구, 국어학총서 24, 태학사." 「형태론」 4-1.

성기철. 1974. "경험의 형태 '-었-'에 대하여." 「문법연구」(문법연구회) 1.

송창선. 2003. "현대국어 '-었-'의 기능 연구: '-었겠-', '-었더-', '-었었-'을 중심으로." 「언어과학연구」(언어과학회) 27.

신성옥. 1984. "'-었-'과 '-었었-'의 기능." 「새결박태권선생 회갑기념논총」 부산: 제일문화사.

이남순. 1994. "'었었'攷." 「진단학보」(진단학회) 78.

이 용. 2003. "'-었었-'에 대한 단상." 「형태론」 5-1.

이익섭. 1978. "상대시제에 대하여." 「관악어문연구」(서울대 국어국문학과) 3.

이재성. 1999. "'-었었-' 구성에 대하여." 「연세학술논집」(연세대학교 대학원) 30.

이지양. 1982. "현대국어의 시상형태에 대한 연구: '-었-', '-고 있-', '-어 있-'을 중심으로." 「국어연구」(국어연구회) 51.

임칠성. 1990. "이른바 '과거완료'의 '-았었-'에 대하여." 「한국언어문학」 (한국언어문학회) 28.

임홍빈. 1982. "선어말 {-더-}와 단절의 양상." 「관악어문연구」(서울대 국어국문학과) 7.

임홍빈. 1993. "다시 {-더-}를 찾아서." 「국어학」(국어학회) 23.

정렬모. 1946. 「신편고등국어문법」 서울: 한글문화사.(「역대한국문법대계」 1부 25책)

조오현. 1995. "{-았었-}의 의미." 「한글」(한글학회) 227.

주시경. 1910. 「국어문법」 경성: 박문서관.(「역대한국문법대계」1부 4책)

최광옥. 1908. 「대한문전」 안악면학회.(「역대한국문법대계」1부 2책)

최동주. 1995. "국어 시상체계의 통시적 변화에 관한 연구." 서울대 박사학위논문.

최현배. 1937. 「우리말본」 경성: 연희전문학교출판부.(「역대한국문법대계」 1부 18책)

한동완. 1991/1996. 「국어의 시제 연구」 서울: 태학사.

한동완. 1999. "'-고 있-' 구성의 중의성에 대하여." 「한국어 의미학」(한국어 의미학회) 5.

홍종선. 2008. "국어의 시제 형태소 체계와 그 기능 변이." 「한글」(한글학회) 282.

Bybee. 1985. *Morphology : A study of the relation between meaning and form.* Amsterdam: John Benjamins.

Bybee, Perkins and Pagliuca. 1994. *The evolution of grammar: tense, aspect, and modality in the languages of the world.* Chicago: University of Chicago Press.

Comrie. 1985. *Tense.* New York: Cambridge University Press.

Knud Lambrecht. 1994. *Information structure and sentence form: Topic, focus and the mental representations of discourse referents.* New York: Cambridge University Press.

Langacker, Ronald W. 1982. Remarks on English Aspect. In Paul J. Hopper ed., *Tense-Aspect: Between Semantics & Pragmatics*, 265-304. Amsterdam: John Benjamins.

국어 문법의 탐구 1

06 반말체 종결어미 {-지}와 {-어}의 서법성 연구

:: 정 유 남

1. 머리말

이 연구는 현대 국어의 반말체 종결어미에 서법성이 있음을 밝히는 데에 그 목적이 있다. 현상적인 사실을 드러내는 {-다}에 비해 {-지}와 {-어}는 화자의 인식을 나타내는 표지이다. 본 연구에서는 인식적인 표현을 담당하는 {-지}와 {-어}가 어떠한 문법적 의미를 드러내는지 점검하고 화용적인 의미까지 확대하여 살피고자 한다. 종결어미 {-지}, {-어}, {-다}는 일종의 반말체로서 동일한 화계로 볼 수 있는데, {-지}와 {-어}가 {-다}와 나뉘는 것은 전자는 인식을, 후자는 현상을 표현한다는 점에서 크게 구분될 수 있다. 따라서 본 연구에서는 화자의 인식을 나타내는 {-지}와 {-어}를 중심으로 이들의 문법적, 의미적 차이를 고찰한다. 국어의 어미는 하나의 형태가 여러 문법 범주와 맞물려 있는 경우가 많다. 특히 종결어미 {-지}와 {-어}는 각 형태가 서로 다른 서법, 높임법, 문체법 등의 문법 요소들과 관련이 있다.[1] 2장에서는 {-지}와 {-어}가 관련된 문법 범주에

대한 기존의 연구들을 살피고, 3장과 4장에서는 {-지}와 {-어}의 분
포와 의미를 기술하고자 한다.

종결어미 {-지}와 {-어}가 문장에 실현될 때 선행 요소와 결합 양
상에 따라 서법적 의미가 드러남을 보일 것이다. 우선 기존의 연구
에서 선어말어미로만 국한되어 살피던 서법 범주와 체계가 재고의
여지가 있음을 지적하고 나아가 화자의 태도를 드러내는 반말체 종
결어미도 다른 서법 어미와 유사한 의미 기능을 보임을 설명할 것이
다. 반말체 종결어미는 언어 사용에 있어 비격식성을 지니고 화자와
청자 사이에 친밀성을 드러내므로 화자의 심리적 태도가 충분히 반
영될 수 있다고 하겠다. 화자의 심리적 태도가 문법적 형식으로 나
타나는 것을 서법이라고 한다면 반말체 어미도 다른 서법 어미들('-
느-', '-더-', '-리-', '-겠-' 등)과 마찬가지로 서법성을 지니기 때문에
서법 체계의 일부로 다루어질 가능성이 있다. 기존의 연구(장경희
1985, 이기동 1987 등)에서도 {-지}, {-네}, {-구나}가 화자의 태도를
나타내는 어미라고 언급한 바 있다. 특히 보조사 '요'의 결합이 자유
로운 {-지}와 {-어}는 문장의 마지막에 위치하여 종결어미로서 평서
문으로 나타나는 동시에 주로 선어말어미가 담당하는 서법적인 속
성도 함께 나타난다.

국어의 화계를 일반적으로 격식체(4등급-합쇼, 하오, 하게, 해라)
와 비격식체(2등급-해, 해요)로 구분한다. 이때에 해체는 격식체의
하게체와 해라체를 아우르거나 그 중간 정도의 하대를 보이므로 두

---

1) 이것은 하나의 형태가 여러 개의 서로 다른 문법 요소의 묶음을 동시에 나타
  내는 포트맨토 형태(portmanteau morph)라고 할 수 있다. 가령, 굴절어에서 was
  가 3인칭, 과거 시제, 단수를 나타내는 것과 같이 {-지}와 {-어}도 높임법, 서
  법, 문체법 등의 문법 요소들과 관련이 있다고 본다.

루낮춤으로 보기도 하는데 대표적으로 {-어}, {-지}, {-네} 등으로 이 논문에서는 반말체 종결어미라고 하겠다. 동일한 화계에서도 {-어}는 주로 사실을 있는 그대로 진술할 때 사용되므로 중립적이고 객관적이며 무표적인 어미이다. 반면에 '-지'는 화자가 진술 내용에 대한 정보가 있어 [이미 앎]의 심리적 태도를 나타내기 때문에 인식적이며 주관적이라 할 수 있다. 그러나 무표의 {-어}에서조차 감각 동사나 심리 형용사와 같은 특정 선행 요소와 결합할 경우에는 화자의 주관적인 태도를 나타내는 유표적 특성을 보이기도 한다.

(1) 가. (아이스크림을 한 입 먹자마자) 아이, 시려(워) →화자의 즉각
　　　적 반응.
　　나. (아이스크림을 한 입 먹자마자) 아이, *시렵지.

이처럼 화자와 밀착된 감각 동사나 심리 동사와 결합했을 경우에 서법성을 잘 드러냄을 파악할 수 있다.

(2) 가. 모차르트가 어느 나라 사람이야?
　　나. 확실하게 잘 모르겠는데……, 잠깐만.
　　　(정보를 찾아본 후) 오스트리아 사람이야 / *사람이지.

위 (2)의 예문에서와 같이 현재 알게 된 사실에 대해서 무표적인 {-어}는 문제가 없지만 {-지}는 어색하다. 이는 정보를 찾아봐야 할 만큼 정보에 친숙하지 않은 화자가 정보에 친숙할 때 사용하는 {-지}를 사용했기 때문이다. 따라서 {-지}는 화자가 진술 내용에 대한 정보를 알고 있고 친숙성을 지닌다는 점에서 {-어}와 구별된다(박나리 2000 참조).

본 연구에서는 이렇듯 반말체 종결어미 {-지}와 {-어}에 서법성이 있음을 밝히고 각각의 어미가 실현되는 양상에 따라 나타나는 의미 차이를 구체적으로 살피고자 한다. 이로써 기존의 서법 범주에서 다루던 선어말어미들과 반말체 종결어미가 서법성을 지닌다는 점에서 동일한 체계에서 다룰 수 있다고 보며, 구체적으로 개별 어미간의 배타적 분포와 의미의 시차 특성을 다루도록 하겠다.

2. 선행 연구 검토

이 장에서는 앞선 연구들을 살펴 주요 논의를 정리하기로 하겠다. 우선 본고의 연구 대상이 반말체 종결어미 {-지}와 {-어}에 대한 것이므로 이들을 둘러싼 선행 연구들을 제시하기로 한다. 다음으로 기존의 서법 범주와 체계를 고찰하고 반말체 종결어미도 서법 체계의 한 영역으로 포함시켜야 함을 밝히고자 한다.

2.1. 반말체 종결어미

반말체 종결어미에 대한 연구는 높임법 체계 내에서 청자 대우의 화계와 관련한 것, 문체법과 관련하여 기술한 것, 반말체 종결어미의 의미 기능을 화용론적으로 살핀 것으로 구분된다. 첫째로 화계와 관련한 연구인데 높임법 체계 내에서 청자 대우의 관점과 반말체 어미를 격식체와 비격식체를 상정하여 별도의 체계로 살핀 경우가 있다. 청자 대우의 등급을 존비법의 단일 체계 내에서 등급을 매겨야 한다는 입장으로는 김희상(1911:76), 김민수(1964:12), 김승곤(1984:14), 이맹성(1974), 이익섭(1974), 박영순(1978) 등이 있는데 반말의 위치를 청자 대우의 단일 체계 내에서 파악하였다. 이와 달리 청자 대우의 체계와 별로도 반말체와 격식체로 구분한 입장으로는 최현배(1937), 정렬모(1946), 이희승(1969), 김석득(1966), 허웅(1969), 강윤호(1969) 등이 있다. 이때 청자 대우의 존비 관계는 '요'의 첨가여부로 결정되는 것으로 파악하여(고영근 1974, 1989:295) 반말체와 '요' 통합체의 대립을 두루낮춤과 두루높임의 이원적 체계(성기철 1978:132)로 명세화하였다. 또한 반말체 어미를 청자높임과 관련하면서도 격식체와 대비되는 비격식체라 구별하여 별개의 문체법으로 보는 입장으로 성기철(1985:100~118), 이정민(1981:231), 조준학(1982:87) 등이 있다. 한길(1991:45)에서 반말은 들을이높임법의 한 등분으로 정의 내리고 있다. 1) 반말은 형태 배합상 들을이높임토씨 {-요}가 통합될 수 있는데 {-요}의 통합여부에 따라 높임의 정도가 달라진다. 2) 반말을 나타내는 종결접미사 뒤에는 월의 끝에 놓이는 절종결이 놓여 통어적으로도 완결된 월의 기능을 가진다. 3) 들을이높임의 정도는 [안높임]을 나타낸다. 4) 반말은 말할이와 들을이 사이에 비격식적인 장면에서 사용된다. 5) 반말은 상관적 장면에서 주로 입말로 사용된다는 특성을 제시하였다.

둘째로 문체법과 관련한 연구인데 반말체를 문의체법에서 파악한 최초의 견해로는 박승빈(1935)를 들 수 있다. 국어의 용언조사는 서술어가 문에 사용되는 체법과 변하여 청자대우에 대한 대우관계를 표시(1935:332)하는 것으로 파악하면서 이에 대해 반말은 용언조사가 없이 종지되는 완성되지 못한 말로서 대화자에 대한 대우가 확정되지 못한 문의 체법(1935:273)이라 정의하였다. 화용적 측면에서 종지조사의 기능을 대화자와의 관계를 나타내는 문의 체법과 대화자와의 관계를 나타내는 대우법의 두 기능을 파악하면서 종지조사가 없는 반말은 대화자에 대한 대우가 확정되지 못한 구조이므로 문의 체법에서 살펴야 한다고 보았다. 가령, {-지}는 평서문에서는 질정식(質定式), 의문문에서는 질의식(質疑式) 화법으로 분류되어 평서문에서는 "대화자에 대하여 자기(화자)의 행동을 약략하는 의미로 서술하는 것"으로, 의문문에서는 "부정확한 자기의 인식한 사항을 대화자에게 질의하는 발문"의 의미로 쓰이나 상대의 대우는 확정되지 않은 문체법으로 설명하는 반면 이러한 문체법에서 상대 대우의 기능을 부여하기 위한 장치로 '요' 첨가방법을 명시하고 있어 '-지' : '-지요'의 대립형을 제시하고 있다. 이 연구는 현대국어의 반말 연구에서 반말과 '요' 통합형을 존비의 대립관계로 파악하는 것과 동일하나 별도의 문체법으로 다루고 있다는 점이 특이하다. 반말체법에서 존비의 체계는 '요' 첨가여부로 드러난다는 것인데 '요'가 첨가되지 않은 반말체 어미는 그 중심 기능이 문체법, 곧 서법을 나타내는 것이며 그 개개의 어미는 반말체법에서의 서법적 기능으로 분화되어 그 전체로서 서법 체계를 이룬다는 사실을 시사하는 것으로 해석할 수 있다. 또한 최현배(1937:264)에서도 반말을 높임의 네 등분에서 등외로 분류하는 외에 마침법과 관련하여 마침법의 네 등분(베품, 시킴, 물음, 꾀임)의 등외로 다루고 있음이 주목된다. 마침법이 있음을 지적한 것은 반말체가 또 다른 문체법을 이룬다는 견해로 해설할 수 있는데 반말체법 속에서도 서법적 기능을 수행하는 형식이 있음을 시사하는 것으로 받아드릴 수 있다. 다음으로 정렬모(1946:3)에서는 반말체가 어말 소리만 조정하여 각 문체법에 쓸 수 있다고 하였고 이희승(1969:101)에서도 반말은 끝을 아물리지 않은 말로서 평서, 의문의 구분이 없으나 말끝의 발음을 높이고 낮추고 하여 문체법의 다름을 구별한다고 하였다(차현실 1990 참조).

셋째로 반말체 종결어미의 의미 기능을 화용론적으로 살핀 것으로는 장석진(1973, 1985), 장경희(1985, 1998), 차현실(1990) 등이 있다. 장석진(1973:127~130)에서는 화용론적 입장에서 {-지}의 의미를 밝혔다. 서술법의 {-지}는 '추정적인(suppositional)' 의미를 갖는다 하였고 물음법의 {-지}는 '말할이 자신이 추정한 제의에 동의를 구하는' 의미를 갖는데 영어의 부가의문문과 일치한다. 명령법의 {-지}는 '요구나 명령보다는 제의'의 의미를 갖는다고 하였다. 그리고 청유법의 {-지}는 '건의나 요구보다는 제의'의 의미를 갖는다고 하였다. {-지}의 기본적 의미로는 '추정(suppositiveness)'을 들고 있다. 장석진(1973)에서는 {-지}의 쓰임을 화맥에서 찾아 이를 바탕으로 기본 의미를 '추정'으로 설정하였는데 실제 예문에서 '추정'의 의미로 해석되지 않는 경우가 있다며 한길(1991)에서는 이를 다음과 같이 지적하고 있다.

> (3) 가. 내가 어렸을 때는 공부를 잘 했었지. (회상)
>   나. 내가 설명해 주지. (약속)
>   다. 이분이 교장선생님이시지. (부드럽고 친근감을 주는 서술)

예문 (3)에서 {-지}는 '추정'의 의미가 나타나지 않는다. 따라서 {-지}의 기본의미로 '추정'만을 드는 것은 '추정'이외에 여러 다른 의미를 갖고 있는 {-지}를 효과적으로 설명하기가 어렵다.

다음으로 장석진(1985), 차현실(1990)에서는 반말체를 파악함에
있어 {-아}나 {-지}의 기능은 화자의 청자에 대한 화계로써의 화식
이 아니라 화자가 담화 내용에 갖는 태도를 나타낸다는 점에서 화식
으로 다루고 있다는 점에서 주목을 끈다. 또한 장경희(1985, 1998)에
서는 반말체 종결어미로 다루어진 {-지}를 [앎], [믿음] 등의 양태 의
미나 [제안], [동의]와 같은 화행적 맥락 의미로 분석되기도 하였다.

이처럼 반말체 종결어미에 대해서 화계의 측면과 서법성의 측면
에서 고찰이 이루어졌음을 알 수 있다. 그러나 본 논의는 {-지}와 {-
어}가 화계의 등분과 관련된 해석이 아니라 종결어미로서의 이들이
실제로 화자의 심리적 태도를 보이는 서법 의미를 나타낸다는 점에
주목을 할 것이다. 따라서 기존의 서법 범주와 체계를 둘러싼 논의
들을 종합적으로 정리하고 나아가 문장에서 실현되는 어미의 의미
기능을 구체적으로 살피고자 한다.

2.2. 서법 범주와 체계

일반적으로 Jespersen(1924)에서 제시한 '화자가 문장의 내용에 대
해 가지는 마음의 태도가 일정한 활용형으로 실현되는 현상'이 전통
적인 서법의 정의이다. 이러한 개념에서 비롯하여 서법이라는 용어
는 학자마다 양태, 양상, 법, 법성, 문체법, 문장종결형 등으로 다양
하게 혼재되어 사용되었다. 전통문법에서 시작하여 기존의 최근 연
구들에서까지 이와 관련된 용어를 포괄적으로 또는 혼동되어 사용
하고 있는 것을 알 수 있다. 이에 '서법(Mood)'이라는 범주의 정통성
을 잘 반영하고 아울러 국어 현상에 부합하는 용어로서의 서법을 제

시하고자 한다.

2.2.1. 서법의 개념

서법이라는 용어는 국어에서는 이숭녕(1961)에서 쓰이기 시작했다. 본래 이 용어는 인구어에서의 mood 또는 mode를 번역한 것이다. 인구어에서는 대체로 직설법(Indicative mood), 가정법(Subjunctive mood), 원망법(Optative mood), 명령법(Imperative mood)의 네 가지로 나누고 있다. 그 표현 형태는 굴절(Inflexion) 또는 서법 조동사(modal auxiliary verbs) 등이다. 국어에서는 이 인구어의 mood를 "법(mood)"라고 하여 주로 종결 어미의 기능을 나타내는 경우에 써 왔다(최현배 1961 등). 그러다가 전통적인 서법에 대한 개념으로부터 생성문법에서는 화자와 청자 사이에 성립되는 진술, 의문, 명령, 감탄 등의 문장 종결형도 포함하는 것으로 간주하였다. 또한 근래에 와서는 문말 형태뿐 아니라 선행 형태의 기능까지도 포함시켜서 서법이란 말로 가리키기에 이르렀다.

[표 1] 문장종결부에 대한 각각의 명칭

끗의 갈래	주시경(1910:92-94)
話法(mood)	홍기문(1927:100), 홍기문(1947:360)
文의 體法	박승빈(1931:184-186, 204)
마침법	최현배(1937/1961:265)
마침꼴(종지형)	정인승(1949:56)
의존부 (敍述指標, 樣相)	김민수(1971:268), 김민수(1981:101)
마침법(종지법) 의향법	허웅(1975:486)
서법(敍法)	이숭녕(1961/1981:239), 이기문(1961/1998:178), 서정수(1986:120), 안병희·이광호(1990:239), 임홍빈·장소원(1995:353), 고성환(1998:395)
화법(話法)	이유기(1990:22)
문장종결법	남기심·고영근(1993:342), 윤석민(2000:39)
문체법	이희승(1949:116), 고영근(1965:3), 안병희(1967:217), 서태룡(1985), 이유기(1997:53-54), 이유기(2000:51-52)

　　서법(Mood)은 전통적으로 화자의 명제 내지 사태에 대한 심리적 태도가 동사의 활용형으로 구현된 문법 범주를 가리킨다. 이와 관련하여 명제 이외의 화자의 태도를 나타내는 양상부에 해당하는 양태(樣態, Modality)는 활용형뿐만 아니라 명사, 부사 등에 걸쳐서 확인되는 의미론적 범주이다.

　　김민수(1971:65)에서는 문장(文)은 본질적으로 서술성과 통일성 및 종결성이 갖추어진 것이며 이 표시에서 각기 일정한 지표(marker)가 쓰인다고 하였다. 다시 말해 서술성의 표현은 서술 내용을 현실에 귀착시켜서 나타내는 일이라는 것이다. 사람이 객관적 현실에서 살고 있는 만큼 반드시 어느 현실과 관련지어서 나타내게 된다. 그러므로 문장(文)은 사물인 객체의 표현과 화자인 주체의 표현이 통합체로 완결된 것이다. 이 객체는 문장의 서술 내용(事理; dictum, proposition)이요, 주체는 문장의 서술 양상(樣相; mode, modus, modality)에 해당한다.[2]

국어의 문장에서 술어는 원칙적으로 주부(主部) 뒤라는 상대적 위치와 '~다'와 같은 서술형으로 표현된다. 필요에 따라, 평서형 '~다', 의문형 '~냐?', 감탄형 '~군!', 명령형 '~어(아)라' 등의 서법이나 '~다' '~어(아)' '~네' '~(으)오' '~(으)ㅂ니다' 등의 겹칭으로 화자의 주관적인 태도를 나타내며, 일정한 형태를 덧붙여 시칭·존칭·동태 등 여러 양상도 표현하고 있다.

> (4) 꽃이 핀다. / …피느냐? / …피는군! / …피어라. <서법>
> 꽃이 핀다. / …피어. / …피네. …피오. / …피 ㅂ니다 <겹칭>
> 꽃이 피ㄴ다. / …피었다. / …피었었다. / …피겠다. <시칭>
> 어른께서 진지를 잡수시ㄴ다. / 선생님께서 오시었다. <존칭>
> 누가 꽃을 피우ㄴ다. / 열매가 맺히ㄴ다. <동태>

이처럼 국어의 서술양식은 다양하게 표현될 수 있다. 뿐만 아니라 하나의 형태소('-겠-')가 문장이나 맥락에 따라 각기 다른 범주(미래시제, 예정상, 추측법)로 인식될 수 있다. 이는 국어 어미의 교착적 특징을 잘 나타내주는 것으로써 문법 형태소의 의미 기능이 풍부하게 해석됨을 보여주는 것이기도 하다.

---

2) 양상(mode)은 내용의 판단이든 평가든 욕구든 그 명제에 대한 분류이며, 현실과 관련된 서술성의 표지이자 표현이다. 이는 전통적인 양태 개념 외에도 호오(好惡)와 같은 가치 평가와 관련된 부분도 양태에 포함시키는 견해이다.

이 글에서는 문법 범주로서의 국어 서법의 위상을 살펴, 서법 형
태소에 초점을 맞춰 그 범주의 경계와 실현 양상을 고찰하기로 한
다. 다음 하위 절에서는 서법 개념과 관련해서 논란이 되어 왔던 관
련 범주 양태와 서법, 문체와 서법의 차이를 살피도록 하겠다.

1) 서법과 양태

서법(Mood)은 전통적으로 화자의 명제 내지 사태에 대한 심리적
태도가 동사의 활용형으로 구현된 문법 범주를 가리킨다. 양태(Modality)
는 동사 활용형을 비롯하며 명사, 부사 등에 걸쳐 확인되는 의미론
적 범주이다.3) 가령 양태적 의미의 하나인 <추측>에 해당하는 국어
의 실현 양상은 부사, 어미, 우언적 구성 등이 있다. 이에 해당하는
표현으로는 부사로는 '아마, 만일, 확실히…', 어미로는 '-리-, -겠
-…', 우언적 구성으로는 '-을 터이-, -을 모양이-, -을지 모르-, -나 보
-…' 등이 있다. 제한적으로 어미로 실현되는 것을 서법의 범주에서
다루고 이를 서법 형태소라고 칭한다.4)

---

3) Jespersen(1924:313)에서는 서법이 통사적 범주(syntactic category)이지 관념적/개념
   적 범주(notional category)가 아니라고 하였고 palmer(1986:21)에서는 형태·통사
   적 범주(morphosyntactic category)라고 하였는데 활용형을 대상으로 하는 한, 형태
   적 범주라고 하는 것이 옳다. 그러나 활용형 위주의 서법 체계를 세우게 되면 거
   기에 결부되어 있는 의미론적 속성인 양태(modality)를 언급하게 되므로 엄격히
   는 '형태·의미론적 범주'라고 하는 것이 옳다(고영근 2004:30). 이에 대한 자
   세한 견해로는 고영근(1993:125) 참조할 것.
4) 조일영(1994:16~17)에서는 양태소에 대해서 살피고 있는데 양태(Modality)는
   '事理인 명제내용에 대하여 화자가 바로 현실과 관련하여 갖는 정신적 심리적
   태도'로서 문장 본체부의 존칭, 서상, 법성 등과 문장 종결부에서는 서법, 겸칭
   시칭 등의 양태소로 나타나는 의미 범주를 모두 지칭하는 것으로 본다. 명제
   내용에 해당하는 추상적 의미에 대한 화자의 주관적 태도(반응)가 발화의 형
   성단계에 따라 나타나는 양상을 포괄적으로 양태 범주라고 할 수 있다. 화자

고영근(1986)에서는 서법과 양태를 구분하여 "화자가 사태와 대결함으로써 나타나는 부수적 의미가 일정한 동사의 형태로 구현되는 문법 범주"를 서법이라고 하고, 양태는 "서법 범주나 기타 어휘적 수단에 의해 나타나는 부수적인 의미 자체를 가리키는 의미 범주"를 말한다. 직설법, 가상법, 명령법은 일정한 형태적 특성을 보여준다는 점에서 서법 범주로 묶이고, 개연성, 가능성, 확실성은 서법 범주뿐만 아니라 다른 어휘적 수단에 의해서도 나타난다는 점에서 양태성 내지는 양태 범주로 묶일 수 있다고 하였다.

문장에서 어미가 실현될 때에 시제나 상 범주는 서법 범주와 어울려 나타나는 데 있어 별다른 제약을 받지 않는다. 그러나 양태 범주는 서법 범주와 어울릴 때 많은 제약을 받는다.

    (5) 가. 철수야 빨리 자거라. (명령법)
       나. 철수야 같이 놀자. (공동법)   (고영근 2004:31)

화자가 청자에게 행위를 수행할 것을 지시한다는 점에서 이들은 의무 양태(deontic modality)이다.[5] 인식 양태(epistemic modality)가 대

의 발화에서 화자가 어떤 명제에 대한 인식적 태도는 인식양태소를 통해 나타나고 화자의 표현적 태도는 표현 양태소를 통해서 드러난다. 인식양태소는 시칭, 인칭 등이 해당되고 표현양태소는 겸칭, 서법, 감정소 등이 해당된다.

[5] 언어 표현에서 화자가 청자에 대해 어떠한 목적성(目的性)을 가진 발화로써 수행력(modal authority, force)을 지니는지 여부, 즉 화자와 청자 사이의 [±수행력]에 따라 인식 양태(Epistemic Modality)와 의무 양태(Deontic Modality)로 구분될 수 있다. 다시 말해 인식 양태(Epistemic Modality)는 명제(proposition), 곧 진술 내용에 대한 화자의 심리 태도와 관련이 있고 명제에 대해 '믿음'을 전제로 한다. 의무 양태(Deontic Modality)는 명제의 가치 판단 여부에 대한 것으로 화자의 발화가 화자 자신 또는 청자에게 어떠한 영향력이 미치는 것이다. 이는 좋고 나쁨(好惡)에 대한 당위성이 고려되며 명제 내용에 따른 '책임'이 수반된다.

체로 선어말어미나 이에 준하는 문법요소에 기대어 나타나는 데 비하여 의무 양태는 대체로 어말어미와 같은 문체법에 기대어 나타난다. 그러므로 명령법과 공동법이 의무 양태를 나타낸다는 점에서 서법의 범주에 속하고 독자적인 문장 종결의 기능을 띤다는 점에서는 문체법의 범주에 속한다.

반면, 선어말어미 가운데는 인식 양태와 의무 양태가 동시에 파악되는 것이 있다.

　(6) 어린아이가 그런 말을 해서는 못쓰느니라.　　(고영근 2004:32)

위에서 나타나는 '-(으)니-'는 원칙법 선어말어미인데 어말어미 '-라'에 밀접하게 붙어 있다. '-니라'와 같은 어미는 화자가 발화시 당시의 명제 내지 사태를 원칙적·규범적인 것으로 파악하여 청자에게 일깨워 줄 때 사용된다. 표면상으로는 규범에 저촉되는 사실을 타일러 준다는 점에서 인식 양태라고 하겠으나 화자의 속마음은 청자에게 말을 조심하라는 뜻으로 말하고 있으니 의무 양태의 속성도 아울러 지니고 있다.

활용형 중심의 서법 범주의 내부를 잘 들여다보면 두 서법형에 공통되는 양태 의미를 파악할 수도 있고 한 서법형에 두 가지의 양태 의미가 함께 파악되는 일도 있다. 이런 점에서 서법은 형태론적 범주이고 양태 의미는 의미론적 범주라고 할 수 있다(고영근 2004).

이남순(1988:235)에서도 국어 시제, 상, 서법의 통합적 관점에서 양태(modality)와 서법(mood) 범주를 구분하고 있다. 특히 국어에서의 양태 범주는 추측이나 의지(의도) 등을 포함하는 '판단'의 범주로

서 이 범주를 나타내는 대표 형식은 '-겠-', '-ㄹ것(-ㄹ꺼)' 등으로 보
았다. 반면에, 서법 범주는 평서, 의문, 명령(권유, 청유), 감탄 등을
나타내는 '서술 방식'의 범주로서 '-다', '-니', '-어라', '-구나'와 같
은 문말 어미에 의해 표현된다고 하였다. 양태 범주는 문장 형성에
서 필요할 때에만 나타나는 수의적 범주인 데 비해 서법 범주는 문
장 형성에서 항상 나타나야 하는 필수적 범주로 파악한다.

[표 2] 국어 상, 시제, 양태, 서법의 통합적 패러다임(이남순 1988)

	상(aspect)		시제(tense)	양태(modality)	서법(mood)
V1	고(미완료)	V2	Ø(비과거)	겠	문말어미
	어(완료)		었(과거)		

　위의 [표 2]는 국어의 상, 시제, 양태 범주의 패러다임과 그들이
문장에 대하여 나타내는 통합 관계를 동사를 중심으로 보인 것이다.
여기서 시제와 서법 범주는 문장 형성의 필수적인 요소가 되나 상이
나 양태 범주는 수의적인 요소가 된다. 이들의 범주들이 통합하여
하나의 통합체(Syntagm)를 구성할 때에 적합한 의미 복합체를 이루
어야 한다. 이러한 입장을 정리하여 서법과 양태 범주를 차이를 보
이면 다음과 같다.

　　서법: 문법 범주, 형태적 측면, 서법 형태소, 어미로 실현됨. 필수적
　　　　　요소.
　　양태: 의미 범주, 개념적 측면, 양태 표현, 다양한 표현으로 실현됨.
　　　　　수의적 요소.

2) 서법과 문체

　서법 범주에 대해 선어말어미까지를 인정할 것인지 아니면 어말
어미도 인정할 것인지에 따라 서법 범주와 문체 범주와 관련이 있
다. 이러한 서법과 문체를 구분하고자 한 연구로, 고영근(1965)에서
는 서법적인 의미가 문체법, 곧 어말어미에 의해 나타나기도 하고
선어말어미에 의해 나타나기도 한다고 하여 양자를 모두 서법에서
포괄하고 있는 듯하나 그 이후의 논의(1976, 1981, 1986)에서는 서법
이 원칙적으로 선어말어미에 의해 표시되는 것으로 이해하고 서법
법주로 직설법, 회상법, 추측법, 원칙법, 확인법, 감동법 등을 설정하
여 선어말어미가 본질적인 의미의 서법을 담당하고 있다고 보았다.
　이는 종결어미에 의해 나타나는 명령, 청유, 의문, 직설, 가상과
선어말어미에 의해 나타나는 확실성, 개연성, 당위성, 의도 가운데
어느 한 쪽을 서법 범주에 포함시킬 것인지, 둘 모두를 포괄적으로
인정할 것인지에 차이에서 비롯한 것이다. 흔히 문체법을 서법, 문
장 종결법 등으로 부르고 있으나 서법이라는 용어는 선어말어미에
의해 양태를 드러내는 형태적·통사적 범주를 뜻하는 용어로 한편
으로는 종결어미에 의해 청자에 대한 태도를 드러내는 화용적 범주
를 뜻하는 용어로 사용되고 있다. 문장 종결법이란 문체법 외에 시
상법·대우법·서법 등의 범주를 포함할 수도 있어 혼란의 여지가
있다.
　서정수(1986)에서는 서법이란 일반적으로 1) 문장의 서술 구절에
속하는 문법적 요소들에 의하여(구문적 특징을 말한 것으로 서법이
서술 구절을 이루는 문법적 형태소나 그 밖의 문법적 기능어들로 표

현됨을 뜻한다), 2) 말할이의 심리적 태도를 나타내는 방식을 말한다. 이는 서법의 의미 기능적 특징을 말한 것으로 서법은 말할이가 서술 과정에서 들을이 또는 문장 내용과 관련하여 어떤 마음가짐을 드러낸다고 보고 있다. 이는 국어의 서법이 구문적인 면에서는 문말 형태와 그 선행 문말 형태가 관련되고, 의미 기능 면에서는 말할이가 들을이 또는 문장 내용면에 대하여 심리적 태도를 표시한다는 것을 보여 준다. 또한 형태적 분포와 의미 기능과의 관계를 볼 때, 문말 형태는 말할이의 "들을이에 대한 태도"에 관련되고, 선행 형태는 말할이의 "문장 내용면에 대한 태도"와 대응된다. 이러한 서법 범주의 구문론적 의미 기능적 측면에서 서법과 문체 범주가 서로 관련이 될 수 있다. 이러한 논의를 종합하여 서법과 문체의 특징을 정리하면 다음과 같다.

> 서법: 문장 내용, 선어말어미, 인식적 판단, 직설법, 회상법, 추측법.
> 문체: 발화 태도, 어말어미, 문장 유형, 종결법.

그렇다면 과연 이러한 범주적 겹침 현상과 더불어 국어의 문법 범주의 하위로 서법(Mood) 범주를 상정할 수 있는가? 있다면 어떤 범위까지 포괄할 수 있는 것인가? 이 글에서 잠정적으로 내린 결론은 좁은 의미에서는 설정이 가능하다. 다시 말해 화자가 명제에 대한 판단과 믿음에 해당하는 인식 양태에 속하는 형태적 실현(주로 선어말어미형)을 서법 범주로 보겠다. 반면에 어말어미형은 문장의 유형을 결정하고 화자와 청자 간의 위계 등 상황 맥락에 대한 측면을 고려하여야 하기 때문에 이는 문체법이나 대우법 등의 다른 차원에서 다루는 것이 바람직하다고 본다.

　다음 장에서는 기존의 연구들에서 다루어진 국어 서법 체계를 조
망하면서 넓은 의미의 서법과 좁은 의미의 서법의 개념을 살핀다.
본 연구에서 대상으로 삼은 좁은 의미에서의 서법 범주 층위에서 나
타나는 국어 현상을 살피도록 하겠다.

2.2.2. 서법의 하위부류

　국어의 서법 범주는 문법 범주이다. 문법 범주(grammatical category)
란 문장을 어떻게 파악하여 표현할 것인가에 대한 문제와 문장을 어
떻게 전달할 것인가를 파악하여 문장의 요소들끼리 나타나는 통사
적 관계 등에 대한 문법적인 판단을 언어화한 것이다. 문법적 판단
이란 체언의 성이나 인칭, 수에 대한 판단이나 서술어의 상, 시제에
대한 판단, 서술어의 주체에 대한 높임판단, 들을이에 대한 높임판
단 또는 문자의 전달 양식에 대한 판단 따위나 명사, 목적어 따위의
통사적 관계에 대한 판단 따위를 가리키는 것이므로, 문장의 짜임이
나 전달 또는 문장 구성요소끼리의 통사적 관계에 대한 판단인 것이
다. 판단은 인지의 단계이고 그것을 언어화한 문법 범주는 문법의
단계이다. 따라서 문법적 판단이란 결국 문장의 짜임, 전달에 관계
되는 요소의 문법적 의미를 뜻한다. 문법적 판단을 언어로 실현하는
형식의 대표적인 것이 굴곡가지, 즉 어미이다(김일웅 1993:16).

　그렇다면 문법 범주와 서법과의 관계를 어떻게 상정할 수 있을
까? 서법은 발화시 현재의 화자의 주관적 판단으로서 문장 전체에
걸리는 것이라야 한다. 따라서 문법 범주 중에서도 이 조건에 맞지
않는 것은 서법이 될 수 없다. 명제 전체에 걸리는 화자의 태도라는

속성을 나타내지만 이러한 개념이 문장 안에서 필수적으로 문법 형태소로 실현되어야만 하는 것이 곧 서법 범주에 해당한다고 하겠다. 이는 문장에서 거의 어미로 실현이 되는데 사태에 대한 화자의 판단이나 인식과 관련된 영역은 주로 선어말어미로 실현된다.

남기심·고영근(1993:323)에서는 서법 범주가 화자가 사태를 객관적, 주관적, 강조적으로 파악하는 태도가 일정한 선어말어미에 의해 나타나므로 이들을 서법이란 문법 범주를 형성하는 것이라고 하였다. 선어말어미에 의지하는 이러한 서법 범주는 화자가 청자에게 일방적으로 행동에 제약을 가하는 것이 아니다. 이러한 서법을 무의지적 서법이라고 한다. 반면에 문장종결법 가운데서 약속평서형과 명령형, 청유형(그리고 경계형)은 화자의 의지가 화자 자신에게 미치거나 화자의 의지가 청자의 행동을 제어하므로 의지적 서법이다. 의지적 서법은 항상 어말어미로 표시되며 품사도 동사에 국한되어 나타난다. 다음과 같이 국어의 서법 범주가 체계화될 수 있다.

[표 3] 국어의 서법 체계(남기심·고영근 1993:323)

서법	무의지적 서법	서실법: 직설법, 회상법
		서상법: 추측법
		강조법: 원칙법, 확인법
	의지적 서법	약속평서형, 명령형, 청유형, (경계형)

[표 3]은 넓은 의미의 서법에 해당하며 화자뿐만 아니라 청자를 고려한 문장 종결형에 대한 문법 범주까지 반영한 것이다. 이 글에서는 이러한 넓은 범위의 국어 서법 체계 가운데 무의지적 서법에

해당하는 부분에 초점을 맞출 것이다. 그러기에 앞서 국어 서법 체계를 두 가지 측면으로 나누어 살필 수 있는데 이는 각각 동일한 문법 범주를 처리하는 관점이 다름으로 파악될 수 있다. 우선 서법을 동사의 활용형으로 보아 어미의 형태적 분포에 초점을 둔 것과 또 다른 하나는 명제를 둘러싸는 문장의 종결부로 보아 어미의 통사·의미적 기능을 중심으로 한 것으로 구분이 된다. 다음 절에서 각각의 입장에서 구분한 서법의 체계와 하위부류를 구체적으로 살피도록 한다.

1) 형태 중심 관점

형태 중심적 견해는 단일 형식에 해당하는 선어말어미의 분포를 계열 관계에 따라 제시한 입장이다. 어미의 배열들 사이에서 서법 어미를 상정하기 위해 다른 문법 범주인 시제와 상, 존대법 사이의 의미 기능 관계를 따져 보고, 서법 어미가 놓이는 순서를 살핀 경우이다. 국어의 동사어간에 올 수 있는 어미 배열의 최대 가상 구조를 살펴보면 다음과 같다.

> (7) *깨 - 뜨리-/이-// 시 - 었 - 겠 - 습 - 더 - 니 - 이-//   다
>   강세 피·사동 문법 범주로   나타나는 선어말어미 어말어미
>   접사   접사

본 논의의 관심은 단어의 조어법이 아니라 동사 어간에 오는 어미의 형태론적 배열에 있으므로 굵게 처리한 굴곡어미들에 따라 문법 범주의 실현이 나타나는 양상을 살피기로 한다. 우선 '-시-'는 주

체 존대 선어말어미에 해당하고 이는 높임법의 범주에서 다룬다. 다음으로 시·상·서법과 관련된 어미들의 분포인데 본 논의에서 궁극적으로는 서법 체계를 재정립 위한 노력의 일환이므로 서법 어미로 파악하기로 한다. '-었-'은 과거 시제나 완료상으로 다룰 수 있다. '-겠-'은 추측법에 해당하는 서법 어미이고 대과거의 '-었었-'과 계열 관계를 이룬다. '-습-'과 '-이-'는 상대존대법으로 파악할 수 있고 이는 역사적인 해석이 뒷받침되어야 한다. 다음으로 '-더-'는 회상법에 해당하는 서법 어미이고 후행하는 '-니-'는 원칙법을 나타내는 서법 어미로 볼 수 있다. 마지막 '-다'는 어말어미로 화자와 청자의 화계를 고려한 상대존대법이나 문장종결 양식으로 보는 문장종결법, 또는 문체법으로 다룰 수 있다. 어디까지나 가상의 구조체이므로 실현 양상은 각기 다르게 나타날 수 있다. 여기에서 주목할 것은 추측법 '-겠-'과 회상법 '-더-', 원칙법 '-니-'의 배열 순서이다. 기본 서법이 부차 서법의 선행한다는 것은 이미 연구된 바(고영근 일련의 논의)이지만 동일한 계열에 속하는 추측법 '-겠-'과 회상법 '-더-'의 순서에 대해서는 보다 면밀한 논의가 필요하다고 하겠다.[6]

따라서 국어의 서법 어미는 선어말어미로 실현되며 형태론적 입장에서 동사 활용의 측면으로 이해될 수 있다.

(8) 가. 어디 갔느냐?
　　나. 벌써 떠났을까?
　　다. 빨리 가거라.

---

[6] 이러한 서법 기능의 겹침으로 인해 '-겠-'을 시제 범주로 다루어 미래 시제 형태소로 보는 입장도 있다. 그러나 역시 '-었겠-'의 시제 범주의 겹침에 대해서도 타당하게 설명해야 하는 부담이 있다. 이러한 어미 결합 형식은 다음 지면에서 다루도록 하겠다.

　　위의 예문 (8)의 (가)와 (나)는 시제가 과거이고 문장 종결법이 의문형이라는 공통점이 있지만 화자가 사태를 보는 태도는 다르다. 앞에서는 현실적으로 보았고 뒤에서는 비현실적, 곧 추측이나 상념의 태도로 보았다. (가)와 같이 현실적, 객관적인 표현 방식을 서실법(敍實法, fact-mood)라고 하고 (나)와 같이 비현실적, 주관적 표현 방식을 서상법(敍相法, thought-mood)라고 한다. 한편 (다)에서는 화자가 청자의 행동을 실현시키려는 의지가 나타나있다. 주체의 행동은 화자의 의지에 따라 실현된다. 이러한 표현 방식을 서의법(敍意法, will-mood)이라고 한다. 이때 서상법과 서의법에서 나타나는 상념이나 의지의 측면을 양태 의미로 볼 수 있다. (가)와 (나)를 보면 시제는 서법 형태소에 선행되어 있다. 따라서 국어의 시제는 서법을 토대로 하여 성립된다고 할 수 있다.

　　고영근(2004:233)에서는 현대 한국어의 서법은 크게 기본 서법과 부차 서법으로 나누고 있다. 기본 서법에는 부정법, 직설법, 회상법, 추측법을 설정하였고, 부차 서법에는 원칙법, 확인법을 설정하였다. 이를 표로 제시하면 다음과 같다.

[표 4] 국어 서법의 체계 (고영근 2004)

	(부정법)	∅	
기본 서법	직설법	-느-, ∅	서실법
	회상법	-더-	
	추측법	-리-(-(으)ㄹ 것이-)	서상법
부차 서법	원칙법	-니-	강조법
	확인법	-것-	

현대어의 무의지적 서법으로 직설법, 회상법, 추측법, 원칙법, 확인법을 설정할 수 있는데 그 배열순서가 앞의 셋은 기본 서법이고 뒤의 둘은 부차 서법에 해당한다. 기본 서법은 배열순서가 부차 서법을 선행하며 시제와 밀접한 관련을 맺고 있다. 부차 서법은 기본 서법에 후행하지만 어말어미를 선행하는데 주로 믿음과 관련되는 양태 의미를 표시한다. 이는 서법 형태의 기능을 고찰하고자 하는 시도에서 나타난 것이다.

직설법의 형태는 체계적으로 나타나지 않는다. 이는 현재시제의 형태가 명확하게 갖추어지지 않는 사실과 비슷하다. 해라체의 의문형과 합쇼체의 평서형, 의문형, 관형사형에서만 명확하게 실현된다.

(9) 가. 하느냐 (해라체의 의문형)
　　 나. 합니다, 합니까 (합쇼체의 평서형과 의문형)
　　 다. 하는 (관형사형)

위의 예문 (9)에서 보면 '-느-'와 '-니-'가 직설법에 해당하는데 이들은 회상법이 포함된 '하더냐, 합디다, 합디까(하던)' 등의 어형과 비교함으로써 확인될 수 있다. 나머지 경우는 형태가 뚜렷하지 못하다. 어말어미 자체가 직설법의 기능을 대신하는 것으로 처리하며 직설법의 형태소를 굳이 명시적으로 표기하면 '∅'라고 할 수 있다.

직설법은 화자가 발화시점에서 사태를 단순히 파악할 때 쓰인다. 발화시를 기준으로 한다는 것은 경험시를 기준으로 하는 회상법과 대립됨을 의미하고 단순히 파악한다는 것은 어떤 상념이나 의도가 포함되지 않았다는 즉, 양태적 의미를 배제하고 현실적·객관적인 사실에 바탕을 둔 서실법(act-mood)에 해당한다.

회상법은 직설법과는 달리 모든 상대높임법과 동사, 형용사, 서술격조사에 걸쳐 나타난다. 종결형뿐만 아니라 '하더니, 하던들'과 같이 연결형에서도 실현되고 관형사형에서도 나타난다. 회상법은 합쇼체에서는 '합디다'에서 보는 바와 같이 '-디-'로 나타나는 일도 없지 않으나 대부분 '-더-'로 실현된다.

> (10) 가. 철수는 어제 부산에 가더라.
> 　　　나. 철수는 오늘 부산에 간다.

예문 (10)에서 (나)는 직설법의 현재형인데 발화시 '오늘'을 중심으로 사태를 단순하게 파악함에 대하여 (가)는 경험시 '어제'를 중심으로 역시 사태를 단순하게 파악하는 것이다. 직설법과 회상법은 기준 시점이 발화시냐 경험시냐의 차이만 인식되고 사태에 대한 화자의 태도가 객관적이라 함은 공통적이다. 그러므로 직설법과 같이 회상법도 서실법에 해당한다.

현대어의 추측법은 직설법이나 회상법만큼 생산적으로 나타나지는 않는다. 그러나 다음과 같이 모든 상대높임법에 걸쳐 추측법이 확인됨을 알 수 있다.

> (11) 하리라, 하리, 하리다, 하오리다

위 (11)의 예는 평서형의 해라체, 하게체, 하오체, 합쇼체인데 추측법 '-리-'가 두루 나타남을 파악할 수 있다. 의문형에서는 '하랴'에서는 '-리-가', '할까'에서는 '-ㄹ-'이 나타난다.

추측법의 중요한 의미는 화자가 발화시의 사태나 그 이후의 사태를 추측하는 것이다. 그러나 주체가 제1인칭인 때는 욕구나 의향의 의미가 파악되고, 또 가능의 의미가 나타나기도 한다.

(12) 가. 여보, 내일은 비가 오리다.
　　나. 이 사람들을 모셔다 드리리다.
　　다. 한 십만 원 받을까?

예문 (12)에서의 (가)는 발화시 이후의 사태를 추측하는 것이고 (나)는 의향을 표시한다. 또한 예문 (다)는 가능의 의미가 파악된다.

형용사나 '-이다'와 결합했을 때에는 추측의 의미만 나타나고 의향이나 가능의 의미는 파악되지 않는 제약이 있다. 추측법 '-리-'가 과거시제의 '-었-'과 결합되면 시제적 의미는 사라지고 추측의 서법적 의미만 파악된다. '벌써 떠났을까?'와 같은 문장에서 이러한 사실을 인식할 수 있다. 이는 미래시제의 '-겠-'이 '-었-'과 결합되면 추측의 의미만 남는 것과 유사한 현상으로 볼 수 있다(설악산에는 벌써 단풍이 들었겠다).

원칙법의 형태는 주로 '-니'로 실현된다. 원칙법은 다른 서법과는 달리 평서형에서만 확인된다. 원칙법은 직설법과 회상법에 후행하는 것이 특징이다.

(13) 하느니라 / 하더니라

원칙법은 화자가 사태를 불변적, 기정적인 것으로 파악하여 알림으로써 그것에 주의가 집중되기를 바랄 때 쓰인다.

(14) 도둑질을 해서는 못쓰느니라.

위의 예문은 도둑질을 해서는 안 된다는 사실은 누구든지 알 수 있는 객관적 믿음이라고 할 수 있고 당위에 해당하며 이에 불복하는 행위를 하면 제제가 뒤따를 수 있다.

확인법은 분포가 꽤 제약적으로 나타난다. 현대 국어에서 해라체의 평서법에서만 나타난다고 할 수 있다.

(15) 가. 하겄다 / 하렸다
　　　나. 그가 정말 모르겄다.
　　　다. 선용 씨도 나처럼 공부를 하렸다.

예문 (15)에서 '하겄다'에서는 '-겄-'이 확인되고 '하렸다'에서는 추측법 '하리라'와 비교해보면 '-엇-'이 분석된다. 확인법은 직설법과 추측법의 아래에서 나타난다. 확인법은 화자가 심증과 같은 주관적 믿음을 토대로 하여 자신의 지식의 상태를 확인하는 것이다. 따라서 혼잣말에서 많이 나타난다.

(16) 가. 돈도 있겄다, 힘도 있겄다, 무슨 걱정이오?
　　　나. 하늘을 보니 오후에는 눈이 오렸다.

예문 (16)의 (가)에서 나타나듯이 '-겄-'은 흔히 '-겠-'으로 쓰는 경우가 있으나 이는 미래 시제의 '-겠-'에 유추된 잘못된 표기임을 주의해야 한다(남기심·고영근 2001:323). 화자 자신이 알고 있는 지식에 근거하여 현재의 상태를 확인하거나 다짐함을 나타내는 것으로 이러한 확인법을 직설확인법이라고 한다.

또한 예문 (나)는 기상대에서 발표한 정보에 근거를 둔 것이 아니고 하늘을 보고 구름의 이동이라든지 화자 자신의 어떤 느낌에 근거

할 때 사용되므로 다른 경험을 접하면 자신의 믿음이 취소될 수 있다. 이러한 확인법을 추측확인법이라고 한다. 추측확인법은 어조를 달리하면 '빨리 가렷다'와 같이 명령문으로 쓰이기도 한다. 이처럼 원칙법과 확인법은 서실법(직설법과 회상법), 서상법(추측법)에 후행하여 객관적 또는 주관적 믿음에 따라 사태를 확인·강조하는 기능을 가졌으므로 강조법으로 묶을 수 있고 부차 서법으로 볼 수 있다. 엄밀히 말하면 부차 서법에 해당하는 원칙법의 '-니-'와 확인법의 '-것-'은 일정한 연령 이상의 화자에게 나타나며 제약된 환경에서만 나타난다. 또한 의고적인 표현으로 문어적 표현에서 나타나며 일상 언어에서는 사용 빈도가 그다지 높지 않다. 따라서 이러한 원칙법과 확인법을 동일한 서법의 하위부류로 나누어 그 체계상의 자리를 주어야 하는지는 사실 회의적이다. 현대 국어에서 제약된 환경에서 나타나는 서법 형태소이기는 하지만 극히 빈도가 낮고 다른 서법에 이끌려 나타나기 때문에 부차적이고 수의적인 서법에 해당하기 때문이다. 그러나 여기에서는 일단 서법 체계 전반을 보이고 이에 따른 형태적 분포를 나타낸다는 점에서는 제시해 두기로 한다.

국어 서법의 형태 중심적 관점은 선어말어미 위치에 놓이는 서법 어미들의 계열 관계를 따져 그 배열과 분포를 중심으로 파악하였다. 또한 시제와 상, 존대법 등의 문법 범주의 어미들의 순서와 더불어 서법 어미의 순서를 매기는 데에 관심이 있다는 데에서 단선적인 특징을 갖는다.

2) 기능 중심 관점

기능 중심 관점에서의 서법은 양태(modality)와 연관성이 짙다고 할 수 있다. 양태적 의미를 나타내는 서법은 언어적 사태를 바라보는 화자의 심리적. 태도가 주관성을 띠며 이러한 사태를 에워싸는 통사·의미적 구조를 보이는 표현으로 파악된다. 즉, 진술 내용을 바라보는 화자의 주관적 태도가 현실 사태인지 비현실 사태인지로 구분되고 화자의 진술에 대한 현실성 여부를 드러내는 관계가 서법 어미로 표시된다고 볼 수 있다.7) 이때 서법은 발화시를 기준으로 하여 사태를 현장성이 있는 것으로 판단하는 태도를 보이느냐, 개연성을 가진 것으로 화자의 상상 위에서 전개하거나 추량하는 태도를 지니느냐에 따라 시제와 상적 속성을 모두 지닌 복합적 속성을 띤 범주로 파악할 수 있다.8)

진술 내용에 따른 화자의 태도를 나타낸 것이 서법인데, 실제성에 대한 인지적 태도에 한정되어 선어말어미로 나타나는 것을 말한다. 이때에는 발화시를 기준으로 진술 내용이 사실인지를 판단하는 여부에 따라 실제성과 비실제성으로 나눌 수 있다. 또한 이러한 사태가 곧 일어나는지 아니면 언제 일어날지 알 수 없지만 화자의 상상에 비추어 전개되거나 나타날 수 있다고 보는 경우에 따라 현장성과

---

7) 물론 어미뿐만 아니라 화자의 주관적 태도를 드러내는 언어 표현으로는 양태 부사, 보조사 등이 있다. 여기에서는 선어말어미로 나타나는 부분만을 서법으로 보았고 이러한 형태적 제한으로 다른 언어 표현은 고려하지 않겠다.

8) 노마(2001:186)에 따르면 '하겠다'는 사태가 장연(將然)적인 것이라는 화자의 주관적인 판단을, 발화시에 관심을 두면서 말하는 형식이라고 하면서 '한다'는 기연확언(旣然確言)으로 '할 것이다'는 개연추량(蓋然推量)으로 대립적으로 나타난다고 하였다. 이때 서법 형태소 '-겠-'은 시제적 속성과 상적인 성격이 짙은 어미라고 하였다.

개연성으로 구분하였다.

[표 5] 기능적 관점에 따른 국어 서법 체계와 실현 양상

	진술 내용 (proposition)	개념 영역 (notion)	의미 기능 (meaning)	문법 범주 (grammatical category)	실현 양상 (represent)
서법 (Mood)	실재성 (realis)	사실성 (factual)	서실성 무표성	직설법	Ø(관형사 형), -느-
			관념성 유표성	회상법	-더-
			강조성 유표성	원칙법	-니-
				확인법	-것-
	비실재성 (irrealis)	비사실성 (non-factual)	현장성	추측법1	-리-, -겠-
			비현장성	추측법2	-을 것이-

유형론적으로 진술 내용(proposition), 곧 사태를 두 가지로 구분할 수 있다. 직설법(declarative)와 비직설법(non-declarative)와 개념적으로는 사실성(factual)과 비사실성(non-factual) 또는 실재성(realis)와 비실재성(irrealis)으로 나눌 수 있다. 실재성(realis)은 사태가 실제로 이루어지는 것을 나타내거나 직접적인 인식을 통해서 알고 있는 지식이 실제로 발생하는 것을 의미한다. 비실재성(irrealis)은 사고(though)의 범위 가운데 단순히 상상(imagination)을 통하여 사태를 나타내는 것이다(palmer 2001 참조).

실재성은 화자가 진술 내용을 발화하는 시점에 일어났거나 실제로 보거나 듣거나 하여 목격한 사실에 대한 심리적 태도로 객관성과

주관성의 정도에 따라 사실성, 관념성, 강조성으로 구분된다. 다음으로 비실재성은 화자가 진술 내용을 발화하는 시점에는 사태에 대한 사실 여부를 판단할 수 없어 비사실성에 해당하고 장차 일어날 사태인지 아니면 그러할 개연성만 존재하는지에 따라 현장성과 비현장성으로 구분된다. 다시 말해 현장성은 '이대로 가면 당연히 그렇게 귀결되어 버린다', '바로 그렇게 될 것 같다'라는 화자의 주관적 판단에 따라 사태의 임박한 상황을 나타내며 화자의 발화시 <지금, 이곳>에 있고 사태와의 심리적 거리가 매우 가깝다고 할 수 있다. 이에 반해 비현장성은 발화시 사태에 대해 <지금, 이곳>에서는 증명할 수 없는 개연적(蓋然的)인 것으로 상상 속에서 전개되며 추측되는 심리적 태도를 말한다. 즉 화자의 관심은 사태가 전개되어 대상화된 결과에 있다고 할 수 있다(노마 2001:159).

　의미 기능을 살펴보면 '진술 내용의 사실성에 대한 유표적인 표현법(장경희 1998:266)'이라는 측면에서 직설법은 무표성을 띤다고 볼 수 있다. 이에 반해 회상법과 원칙법과 확인법은 화자의 주관적인 태도를 반영하고 있으므로 유표성을 지닌다고 할 수 있다. 화자의 태도가 진술 내용이 객관적 사실에 근거하여 서실성으로 나타난 경우는 직설법이 된다. 이에 따른 어미는 비종결형인 관형사형에서는 형태적으로는 무표로 'Ø' 드러나고 종결형에서는 '-느-'로 실현된다. 다음으로 화자 자신이 경험한 과거의 일을 회상하여 떠올린다는 점에서 관념성을 어디서 듣거나 보거나 한 사실에 대해서 보고하는 의미도 지니는데 구체적인 의미 양상은 주어 제약과 관련이 있다. 이러한 회상법은 '-더-'로 실현이 된다.

　다음으로는 앞선 절에서 부차 서법으로 다룬 원칙법과 확인법인데, 이들은 강조의 기능을 갖는다고 할 수 있다. 서법의 전체적인 체계를 조망하기 위해 제시해 두었는데, 의고적인 표현이나 문어체에서 많이 나타나는 등 일정한 분포의 제약을 보이고 현대 국어에서는 많이 나타나지 않는다는 점에서 볼 때 서법의 중점적인 논의에서는 제외되어야 할 것이고 판단된다.

한편, 진술 내용에 대해 화자의 불확실한 태도를 나타내는 추측법은 비사실성에 해당한다. 이는 진술 내용을 발화하는 시점에 나타나는 사태가 장차 발생하게 되며 화자의 심리적 거리가 가까운지 여부에 따라 현장성과 비현장성으로 구분할 수 있다. 현장성은 발화시 사태에 대한 화자의 심리적 거리가 가깝고 곧 사태가 귀결될 것이라는 주관적 판단을 나타내는 것으로 '-리-'나 '-겠-'이 이에 해당한다. 이에 반해서 언제 귀결될지 확실하게 증명할 길이 없어 화자의 상상 속에서만 개연적으로 그려지는 경우에 해당하고 이때 화자의 심리적 거리는 비교적 멀게 나타난다. 이는 '-을 것이-'와 같은 우언적 구성이 있는데 이는 분석적 형식(analytic form)으로 구조체 전체가 문법화되어 하나의 선어말 어미와 같은 패러다임(paradigm)을 이룬다는 점에서 '추측법2'로 상정해 볼 수도 있다. 이처럼 기능 중심적 관점에서는 문법 범주에 속하는 형태가 의미와 1대 1의 관계로만 대응하는 것이 아니라 개념 층위와 의미 층위와 상호 연관이 되어 나타나며 동일한 형태의 어미라고 할지라도 시제와 상적 속성을 일정하게 지니고 있다는 점에서 계층적이라고 할 수 있다.

3. {-지}의 분포와 의미

이 장에서는 종결어미 {-지}가 문장에서 어떠한 환경에서 나타나며 이에 따른 의미 기능을 살피기로 한다. 기존의 선행 연구들에서 {-지}의 의미에 대해서 다음과 같이 언급하고 있다. 유길준(1987~1904:23, 1906:16, 1909:60)에서는 '의상(擬想)'의 의미를 지닌다고 파악하였고 Chang(1973:130)에서는 '제의'를 나타낸다고 하였다. 고영근(1976:44)에서는 '화자의 주관적 상념'을 나타낸다고 하였고 한길(1982:120)에서는 '친근감'을 드러낸다고 보았다. 남기심(1985)에서는 {-지}는 주관적 진술이라 하였고 장경희(1985:112)에서는 {-지}를 '이미 앎'의 양태 의미로 파악하였으며, 이기동(1987:104)에서는 '주어진 명제의 믿음'으로 보았다. 서태룡(1986:139)에서는 {-지}가 선행 서술에 대한 [긍정적 가치]나 [긍정성]을 나타내며 이주행(1989:520)에서는 명제에 대한 화자의 긍정이나 청자의 동의라고 보았다. 차현실(1990:21)에서는 '알고 있던 사태에 대한 환기' 또는 '확인 진술'이라 하였고 한길(1991:63)에서는 서술법의 {-지}는 약속, 회상 서술, 친근하거나 부드러운 서술, 물음법에서는 추정확인 물음, 친근하거나 부드러운 물음, 청유법에서는 함께 하기를 부드럽게 제의, 명령법에서는 해 주기를 부드럽게 권유하는 것으로 파악하였다. 또한 이해영(1996)에서는 청자의 부담을 줄이는 수단으로서 {-지}가 기지 정보 짐작의 태도를 나타낸다고 하였다. 윤석민(2000)에서는 청자를 적극적으로 인식하여 반말의 등급으로 대우하면서 화자가 이미 알고 있는 정보를 전달하여 그 진실성에 대해 화자 자신이 확신하고 있음을 드러내어 그 정보에 대한 청자의 신뢰를 증가시키는 특성을 가졌다고 하였다. 장경현(2006)에서는 {-지}가 텍스트에 나타나는 특성을 살펴 앞뒤 발화나 문장과의 연속성을 나타내며 공유정보 확인의 의미를 지닌다고 하였다.

　이러한 논의를 종합하면 {-지}는 화자와 청자가 어떠한 정보를 공유하고 이를 확인하는 경우에 나타나며 부드럽거나 친근감을 나타내는 것으로 파악할 수 있다. 뿐만 아니라 화자가 자신만의 지식이나 경험을 일방적으로 알려주는 경우나 상대방의 행위를 요구하는 의미로도 {-지}가 실현될 수 있다. 문장 종결 유형에 따라 {-지}의 분포와 그 의미를 구체적으로 살피기로 하겠다. 화자가 명제에 대해 진술하거나 판단 여부를 나타내는 경우와 화자가 어떠한 의도를 가지고 청자에게 의향이나 요구를 수반하는 경우로 구분될 수 있다. 전자를 '화자 표현형'이라고 하여 평서문과 감탄문에서의 {-지}를 살피고 후자를 '청자 요구형'이라고 하여 의문문, 청유문, 명령문에서의 {-지}의 분포와 의미를 살피고자 한다.

3.1. 화자 표현형

　문장 종결 양식에 따라 {-지}의 기능이 여러 가지로 나타난다. 화자 표현형은 명제 사실에 대한 화자의 진술이나 명제 가치에 대한 화자의 판단이나 느낌을 나타내는 것이다. 따라서 명제에 대한 화자의 인식적 표현으로 볼 수 있고 이러한 유형으로는 평서문과 감탄문이 있다. 평서문에 {-지}가 실현된 문장에서 주어 선택 특성의 측면에서 살펴보자.

    (17) 가. 나는 어렸을 때 공부를 잘했었지.
          나. 내가 대학생 때는 인기가 많았지.
          다. 내가 그 일을 도와주지.
          라. 내가 새로운 사람을 만나기는 아직 어렵지.
          마. 내가 다음에 꼭 당선이 되겠지.

예문 (17가~17나)의 문장에서와 같이 1인칭이 나타났을 때 {-지}는 과거 사태에 대한 '판단'을 나타낸다. 한길(1991:62)에서는 {-았-}이나 {-았었-}과 같은 시상접미사가 통합될 경우 {-지}가 '명제 내용에 대한 말할이의 회상서술'이라고 보았다. 회상서술이라는 것은 과거 선어말어미 {-았-}이나 {-았었-}에 이끌린 해석으로 보인다. 따라서 {-지} 자체의 의미는 평서문의 경우, [사태에 대한 화자의 판단]이며 인식 양태의 영역에 속한다. 또한 (17다) 예문에서는 1인칭 주어와 동사와 결합하여 [약속]으로 이해되며9) '내가 그 일을 도와주겠다'와 같은 화자의 의지로 바꿔 해석할 수 있다. 이는 행위성을 수반하는 동사와 결합하여 화자의 다짐을 나타낸다. 또한 예문 (17라)는 1인칭 주어와 형용사와 결합하여 혼잣말처럼 쓰이는 경우로 이때 {-지}는 [사태에 대한 화자의 판단]인데 구체적으로는 어떠한 상태에 대한 화자의 심적 태도를 드러낸 것이다. 다음으로 (17마)는 {-겠-}과 통합한 경우이다. 장석진(1973)에서는 서술법의 {-지}는 추정의 의미를 지닌다고 하였고 한길(1991:62)에서도 미확인의 {-겠-}과 통합되면 '추정서술'의 의미로 이해된다고 보았다. 그런데 추정의 의미는 {-겠-}에 이끌린 것이고 {-지}의 의미는 [사태에 대한 화자의

---

9) 고영근(1976:44)에서는 {-지}가 화자의 주관적 상념을 표시하며 서술법에서 1인칭(나, 우리)과 호응하면 약속의 용법으로 나타난다고 하였다.

판단]으로 해석되고 문장 종결의 기능을 갖는다.

> (18) 가. 이불은 빨래하기가 참 힘들지.
> 나. 그는 이름난 효자지.
> 다. 너는 어릴 때 참 예뻤지.
> 라. *나는 일요일이면 산책을 한지.
> 마. *너는 어제 산책을 하더지.
> 사. 나는 어제 산책을 했지.
> 아. 아우는 내일도 산책을 하겠지.

예문 (18)은 평서문에서 2인칭과[10] 3인칭에 쓰인 예이다. 이때 화자는 청자가 알고 있는 사실을 재확인시키고 있다. (18가)는 '이불 빨래가 힘들다'는 사태를 화자와 청자 모두 인식하고 있는 것이므로 인식 양태의 영역에 해당한다. 인식 양태가 굴절되는 문법 형태소는 대체로 선어말어미로 나타나고 이를 서법이라고 할 수 있다. 이때 {-지}는 인식 양태 영역의 개념적 속성과 형태적으로 종결어미의 기능이 겹치게 된다. 따라서 {-지}의 서법성으로 인해 서법 어미 체계 내에서 충분히 설명될 수 있다. 또한 반말체 종결어미의 기능을 지닌다는 점에서 화계를 고려한 측면의 해석도 가능하다. (18나)는 '-이다'를 수반한 경우이고 역시 화자와 청자 모두 '그가 효자'라는 사실을 인식하고 있으며, 이때 {-지}는 [재확인]으로 해석된다. (18다)는 형용사와 과거 시제 {-었-}이 선행하였는데 화자도 알고 있는 '어릴 때 참 예뻤다'라는 사실을 상대에게 재확인시키고 있다. (18라)~

---

10) 2인칭 주어는 청자를 고려해야 하므로 의문문이나 명령문에서 자연스럽게 실현되고 이에 반해 평서문이나 감탄문에서는 극히 드물거나 어색한 경우가 많다. 다만 반말체 종결어미라는 특성상 2인칭이 실현되는 경우가 있어 제시하기로 한다.

(18아)와 같이 종결어미 {-지}가 평서문에서 실현된 경우, 선어말어미 '-느-'와 '-더-'와 연결되지 못하는 반면, '-었-'과 '-겠-'과는 연결될 수 있다(박영준 1991:26).

> (19) 가. 시간이 흐르다 보면 차차 잊혀 지겠지.
>   나. 살아 있으면 만나겠지.

위의 (19)의 예문은 선행 요소 {-겠-}과 통합하여 [짐작]의 의미 기능을 보인다. (19가)와 (19나)에서 보면 {-겠-}이 사태에 대한 추측의 의미를 지니기 때문에 서법 형태소로 볼 수 있다. 또한 후행하는 {-지}로 인해 미확인 사태에 대한 화자의 짐작을 더하고 있다. 미확인 사태는 [-확실성]에 해당하며 인식 양태의 영역에 해당한다. 개념적으로는 {-겠-}과 {-지}, 두 형태소 모두 인식 양태의 영역에 속하고 [-확실성]인 추측과 짐작의 의미를 나타낸다. 그런데 하나는 서법 형태소로 다른 하나는 문장 종결법이나 반말의 대우법 등 그 문법 범주의 실현 양상이 다르다고 할 수 있다. 그렇다면 이 둘을 모두 서법 형태소로 보면 문제가 되는가? 어미가 문장에 놓이는 위치에 따라 그 의미 기능이 분화됨은 구조주의 언어학에서부터 밝혀진 사실이다. 선어말어미는 '-시-', '-었-', '-겠-', '-히-' 등과 같은 요소가 오고 주체경어법, 시제, 서법, 피·사동법 등의 문법 범주와 관련이 있다. 종결어미는 대체로 상대경어법, 문체법, 문장 종결법 등의 문법 범주와 관련이 있다. 그러므로 본 연구에서도 이렇듯 문법 형태소가 놓이는 위치에 따라 문법 범주가 달리 실현되고 그 의미 기능도 다르다고 판단하였다. 따라서 동일한 인식 양태에 속한다고 할지라도 문장에서 실현되는 위치에 따라 {-겠-}은 미래시제나 서법이라는 문법 범주에서 {-지}는 양태라는 의미 범주 또는 화·청자의 화계를 고려하는 문법 범주에서 다루어질 수 있다.11)

한편, 감탄문으로 실현되는 {-지}의 의미를 살펴보자.

> (20) 가. 겨울밤에 먹는 군고구마 맛은 참 별미지.
>   나. 저 가수는 노래를 참 멋지게 하지.
>   다. 지난여름 바닷가는 참 좋았었지.

(20가)~(20다)의 예문들은 화자가 사태에 대한 진술을 기반으로 하여 감탄의 뜻을 나타낸다. 감탄문에서 실현되는 {-지}의 의미는 평서문에서와 동일하다. 다만 평서문에서는 사태에 대한 화자의 판단이라면 감탄문에서는 이러한 사실 진술을 전제로 화자의 느낌을 덧붙인 것으로 볼 수 있다. 이렇듯 사태에 대한 화자의 판단이나 그에 따른 느낌을 나타낼 때 {-지}가 사용됨을 알 수 있고 이때 {-지}는 화자의 인식적 표현을 나타낸다. 즉, 화자는 이미 알고 있는 사태를 진술하며 이때 {-지}의 의미는 [기지(旣知)]로 파악된다.

3.2. 청자 요구형

화자가 어떠한 의도를 가지고 청자에게 의향이나 요구를 수반하

---

11) 장경희(1985:117-120)에서는 평서문에서의 {-지}의 양태 범주로 두어, 핵심 의미를 [이미 앎]이라고 하여 청자가 이미 알고 있는 사실을 말할 때는 청자의 견해에 대하여 동의(同意)를 표하거나 청자가 이미 알고 있는 것을 재인식하는 기능을 지니며, 또 화자의 불확실한 견해를 이야기하는 데에서는 [짐작]과 [의견]의 의미를 지닌다고 보았다.

는 경우를 청자 요구형으로 의문문, 청유문, 명령문에서의 나타난다.
이때 나타나는 {-지}의 분포와 의미를 살피고자 한다. 다음은 의문
형에서 {-지}가 실현되는 경우를 살펴보기로 하자.

> (21) 가. 내가 방해된 것은 아니지?
>   나. 결혼하니까 행복하지?
>   다. 너 지금 몇 학기지?
>   라. 언제부터 방학이지?

위의 예문 (21)에서 (가)와 (나)는 화자가 알고 있는 것을 확인하
는 차원에서 상대에게 친근하게 물어 보는 뜻을 나타내는 경우에 {-
지}가 쓰인 예이다. (21다)와 (21라)에서는 상대방이 알고 있다고 생
각하는 것을 물어보는 경우에 {-지}가 쓰였다. 즉, 여기에서 나타난
{-지}의 의미 기능은 화자와 청자 사이에 나타나는 [친근감]을 들 수
있다. 화자와 청자 간의 관계를 상정하고 있는 것으로 미루어 볼 때
{-지}는 명제 내용을 청자에게 전달하려는 통보적 태도(장경희 1998)
에 해당한다.

> (22) 가. 비가 너무 많이 왔지?
>   나. 우리나라에서는 제주도가 정말 좋지?
>   다. 요새는 비가 너무 지루하게 오지?
>   라. 너희 고향 마을은 경치가 아주 좋다지?
>   마. 설악산에는 단풍이 아름답게 들었지?

위 (22)의 예에서는 화자가 상대방에게 동의를 표시하거나 동의를
구할 때, 또는 화자가 자신의 의견을 제시하거나 제안을 하는 경우

에 {-지}가 쓰인 것을 알 수 있다. 이는 청자에게 어떤 요구가 수반 되는 것으로 수행적 발화이고, 따라서 화자가 명제의 사실성의 판단 에 해당하는 인식 양태로는 보기 어렵고 의무 양태의 영역으로 파악 된다. 기존 서법에 대한 연구에서는 실제로 인식적 양태 영역에 해 당하는 무의지적 서법을 서법 체계의 부류로 보았고 화자가 청자에 대하여 의사를 전달하는 표현상의 방법으로 문장 종결의 양식을 나 타내는 경우를 문체법으로 파악하였다. 청자에게 의사를 전달함에 있어서는 청자의 의도에 영향을 미치기도 하고 그렇지 않기도 하여 명령법, 허락법, 공동법, 경계법 등을 설정하였다(고영근 1976:42). 그러나 반드시 청자에게 어떤 수행력을 요구하는 것은 아니다. 이는 다음과 같이 나타난다.

(23) 가. 오늘따라 무슨 날씨가 이렇게 후텁지근하지?
　　　나. 내가 왜 이 고생을 또 사서 하지?
　　　다. 아 참, 나도 우산을 가지고 왔었지? 잊어버릴 뻔했네.

위 (23)의 예문은 상승 억양이 실려 의문문으로 나타났지만 평서 문에서 실현된 혼잣말과 같이 유형으로 분석된다. 다시 말해 청자의 존재 여부를 고려하지 않고 화자 스스로 혼잣말을 할 때에 나타난 다. 이러한 경우 {-지}는 화자가 이미 알고 있는 기정사실에 대해 다 시 확인하고자 할 때 쓰인 것으로 볼 수 있다. 이와 비슷한 예로 다 음과 같은 혼잣말의 {-지}도 나타난다.

(24) 가. 좋아, 어디 한번 해 보시지.
　　　나. 한번 덤벼 보시지, 누가 당하나 보게.

위 (24)의 예문은 '-시지'의 꼴로 쓰이어 청자에게 빈정대듯이 말하면서 어떤 행동을 이끌어낼 때 쓰인다. 이때 {-시-}를 주체 존대를 나타낸다고 보기 어렵고 담화 상황에서 화자가 어떠한 대상이나 사태에 대해 비꼬는 말투로 해석될 수 있다. 이때 억양은 하강상승 (LH) 정도로 볼 수 있고 맥락에서 굳어진 경우이다. 이러한 경우 화자가 청자에게 의향이나 수행력 등 어떠한 요구를 한다기보다는 단지 자신의 심적 태도를 혼잣말처럼 드러낸 것으로 볼 수 있다. 다음으로는 명령문과 청유문에서 나타난 {-지}의 쓰임을 살펴보기로 하자.

(25) 가. 한 잔 더 시키지.
    나. 이제 그만 일어나지.
    다. 자네도 이리 와서 먹지.
    라. 오늘 저녁에 술 한 잔 하지.
    마. 우리 같이 가지.
    바. 자, 같이 시작하지.

예문 (25)의 (가)에서 (다)까지는 명령문에 쓰여 상대방의 행동이 꼭 일어나기를 바라면서 다지어 말하는 경우에 {-지}가 쓰였다. (라)에서 (바)까지는 청유형에 쓰여 같이 할 것을 권유할 때 사용되었다. 한길(1991:59)에 따르면 {-지}가 간접인용문에 포함될 때, 명령문에 {-지}는 {-으라}로 청유문에 {-지}는 {-자}로 중화된다고 하여 다음과 같은 예를 제시하고 있다.

(26) 가. 갑-을 : 밥 먹지.
    나. 을-병 : (갑이 나에게) 밥 먹으라고 한다.
    다. 갑-을 : 같이 가지.
    라. 을-병 : (갑이 나에게) 같이 가자고 한다.

다만 위에 제시한 (26)의 예문에서는 상황에 따라 '한 잔 더 시키라고 한다(명령)'와 '한 잔 더 시키자고 한다(청유)'와 같이 모두 가능한 경우가 있다. 명령문과 청유문의 구분은 담화 상황이나 억양 패턴을 고려해야 하며 문장 내적으로는 '함께, 같이'와 같은 부사어가 쓰일 경우에 청유문으로 파악되기 쉽다.

> (27) 가. *재영이가 주말이면 등산을 한지?
> 　　　나. *형이 어제 산책을 하더지?
> 　　　다. 나는 어제 산책을 했지?
> 　　　라. 아우는 내일도 산책을 하겠지?
> 　　　마. **밥 먹었지. / **밥 먹겠지. (**는 화용론적 비문)

종결어미 {-지}가 의문문에서 실현된 경우, 선어말어미 {-느-}와 {-더-}와 연결되지 못한다. 반면에 앞서 살펴본 평서문에서와 같이 {-었-}'과 {-겠-}과는 연결될 수 있다. 또한 명령문으로 사용된 {-지}에는 선어말어미 '-었-'이나 '-겠-'이 연결될 수 없다. 이는 명령문이 갖고 있는 미래성 때문으로 파악할 수 있다(박영준 1991:26).

이처럼 {-지}가 문장에서 실현되는 양상을 살펴보면 명제 내용에 대한 화자의 인식적 태도를 나타내면서 서술, 진술, 제안, 약속 등의 화행을 수행한다. {-지}가 이러한 여러 화행을 수행하는 것은 {-지} 자체가 특정 화행의 수행 기능을 지닌 종결어미가 아닌 데서 오는 현상으로 파악할 수도 있다. 역사적인 발달과정에서 추정되는 사실이나 방언 자료들에서 {-지}에서 선어말어미를 분석하게 되고 {-지}의 역사적 발달에 대해서는 종결어미 이외의 형태에서 기원한 것으로 파악할 수 있다(장경희 1998). 그러나 개념적으로는 명제 내용에

대한 화자의 인식을 나타내어 서법 범주의 어미로 실현되기에 충분
하다. 공시적으로 '-지'는 종결어미로 쓰이고12), 화자와 청자의 수행
력이 동반되기 때문에 상대경어법이나 문체법 등의 문법 범주 경계
와 겹쳐 있다.

4. {-어}의 분포와 의미

이 장에서는 반말체 종결어미 {-어}가 문장에서 실현되는 환경에
따른 의미 기능을 살펴보고자 한다. 기존의 연구들에서는 {-어}의
의미를 다음과 같이 설명한다. 고영근(1976:44)에서는 {-아}에 대하
여 "화자의 짐작이나 상념이 내포되지 않고 단순한 설명, 의문, 명
령, 공동으로 매우 서실적(敍實的)이다"라 하여 타당성 있는 의미를
제시하였다. 한길(1982:121)에서는 의도로 파악하고 남기심(1985)에
서는 {-아/어}는 객관적 진술이라고 하였다. 이기동(1987:104)에서는
{-어}의 의미를 도전이라고 보았다. 서태룡(1987:106)에서는 {-어}
가 선행 문장을 일단락지어 [완결]하고 그 다음에 관련된 [연결]을
요구한다고 보아 부사형 연결어미와 동일하게 보았다. 서정목
(1987:123)에서는 {-지}가 의문문에서 실현되었을 경우 '문장의 명제
적 내용에 대한 판단이 중립적인 의문에 사용'이라고 파악하였다.
또한 한길(1991:60)에서는 {-어} 자체에 어휘적 의미는 없고 문법적
기능으로 나타나는 문법적 의미만을 갖게 되는데 단순히 안높임의

---

12) '-지요'를 하나의 어미로 상정한 경우도 있어 '선어말어미'로 '-지-'를 분석할
   수 있지 않느냐 의문이 제기될 수 있다. 본 연구에서 '-요'는 어미가 아닌 보조
   사로 판단하였다. 따라서 '-지'가 종결어미가 되고 '-요'는 보조사에 해당한다.

문법적 의미를 가진다고 보았다. 이렇듯 {-어}는 문장에서 '객관적 진술'이나 서실적 기능 등 가장 중립적이고 객관적이며 무표적이라고 파악되었다. 즉 화자가 있는 사실을 그대로 진술하고자 할 때 {-어}가 나타난다고 볼 수 있다. 그러나 문장에서 반드시 {-어}가 무표적이고 중립적인 진술에 대한 표현으로 드러나는 것은 아니다. 심리동사나 감각동사 따위와 결합할 경우에는 화자의 심리적·정신적 태도를 드러내는 서법성을 지님을 알 수 있다(박나리 2000:4). 따라서 {-어}의 기능을 화자가 명제 내용에 대한 진술이나 느낌을 표현한 '화자 표현형'과 화자가 어떠한 의도를 지니고 청자에게 수행력을 요구하는 '청자 요구형'으로 구분하여 살펴보기로 하겠다.

4.1. 화자 표현형

화자 표현형은 청자의 존재 여부와 관계없이 명제 사실에 대한 화자의 느낌이나 진술을 말한다. 이러한 경우는 인식적 양태 영역에 속하며 문장 종결 양식으로는 평서문과 감탄문에 해당한다. 구체적으로 {-어}가 실현되는 환경에 따른 의미 기능을 살피면 다음과 같다.

(28) 가. 나는 오늘부터 유럽 여행을 가려고 돈을 모아.
　　나. 나 다시 마음을 강하게 먹기로 했어.
　　다. 그를 처음 만났을 때 난 너무 기뻤어.
　　라. 나는 좋은 대학에 가기 위해 열심히 공부하겠어.
　　마. 난 도대체 내가 뭘 위해 살고 있는지를 모르겠어.
　　바. 나는 어렸을 때부터 서울에서 살았어.
　　사. 나는 북쪽에서 살았고, 그들은 남쪽에 살았다는 것밖에 다른 게 없었어.

예문 (28)은 1인칭 주어가 결합된 경우로 사태에 대한 화자의 진술로 해석이 된다. 동사와 결합한 경우에는 행위성이 수반되므로 화자의 다짐으로 이해될 수 있고 형용사와 결합한 경우는 어떤 상태에 대한 화자의 심리적 태도를 나타냄을 알 수 있다. 또한 선어말어미 {-겠-}이나 {-었-}과의 결합이 자연스러운데 1인칭 주어와 함께 쓰여 {-겠-}이 의지로 해석되며 이때 {-어}는 사태에 대한 화자의 진술로 무표적이다. 다음으로 '모르겠다'나 '알겠다'와 같은 경우에서 {-겠-}은 1인칭 화자의 의지로 해석된다기보다는 하나의 어휘처럼 쓰여 그 사실에 대해 화자의 심리적 태도를 나타내는 인식적인 양태 영역으로 보인다. 이때 {-어}의 결합은 사태에 대한 진술이고 반말체로 문장 종결의 기능을 지닌다. 기존의 연구들에서는 {-겠어}의 통합 형태를 '말하는 이의 의도나 추정을 나타내는 것으로 보았는데(한길 1991, 이희자·이종희 1999 등), 이는 {-겠-}의 의미 기능에 이끌린 해석으로 {-어} 자체의 의미 는 아니다. {-어}의 의미 기능은 [사태에 대한 화자의 진술]로 파악이 되며 다른 서법 어미와 통합되어 나타날 때는 무표로 쓰여 반말체 종결어미의 기능만을 나타낸다.

(29) 가. 나도 올해는 대학에 꼭 들어가고 싶어.
     나. 여름에는 물놀이가 제일 좋아.
     다. 태양이 정말 뜨거워 / *태양이 무척 뜨겁네.
     라. 그 곡 안에 인생과 우주가 다 녹아들어 있는 것 같았어.
     마. 저기 있는 사람이 범인임에 틀림없어.

위의 예문 (29)에서는 {-어}가 심리 형용사나 감각 동사와 결합하는 경우이다. 박나리(2000:4)에서 일반적으로 {-어}는 화자의 특별한

심리적 태도의 표현 없이 사실을 있는 그대로 서술할 때 사용되지만
(무표적), '앗, 뜨거워'와 같은 즉각적인 반응의 결과, 화자와 밀착적
인 동사와 쓰일 경우 예외적으로 유표적 쓰임새를 보인다고 하였다.
이처럼 {-어}가 화자의 심리를 나타내는 용언과 결합할 때에는 [화
자의 즉각적인 반응]을 나타낸다고 할 수 있다.

> (30) 가. 어머, 사람이 저렇게 많아!
> 　　　나. 언니랑 모처럼 공연을 보니 참 좋아!
> 　　　다. 박꽃이 그렇게 고울 줄은 몰랐어!

　　앞서 살펴본 바와 같이 평서문에서의 {-어}가 대체로 무표로 쓰여
어떤 사실에 대해 알리거나 객관적으로 나타난다. 감탄문에서도 기
본적으로는 이와 같은 사태에 대한 진술을 나타내는데 청자를 의식
하지 않고 화자의 감정이나 느낌을 표현한 것이다. 이때 적절한 운
율 요소가 덧붙여 나타남을 알 수 있다. 종결어미 {-어}는 화자의 사
태에 대한 인식적인 표현으로 실현되지만, 그 사태에 대해 화자는
확실성을 지니지 않는다. 즉, 화자는 현상 자체를 인식했을 뿐, 사태
에 대한 정보가 없는 무표적 인식이다. 이때 {-어}의 의미는 [미지
(未知)]로 파악되며 주어진 현상이나 사태에 대한 화자의 인식, 또는
반응을 나타낸다.

4.2. 청자 요구형

청자 요구형은 화자의 의도가 실려 청자의 의향을 묻거나 수행력을 요구하는 경우에 해당한다. 이와 관련된 문장 양식으로는 의문문, 명령문, 청유문이 있다. 한길(1991)에 따르면 {-어}는 서술법의 {-어}는 '단순한 반말 서술'의 의미로 파악되고 물음법의 {-어}는 '단순한 반말 물음'의 의미로, 청유법의 {-어}는 '단순한 반말 꾀임', 명령법의 {-아}는 '단순한 반말시킴'의 의미로 파악된다. 반말은 높임의 정도가 안높임이기 때문에 각 서법의 {-어}는 공통의미로 '단순한 안높임'이라는 문법적 의미로 이해된다.

(31) 가. 배고픈데 바로 집으로 돌아가지 않고 왜 또 왔어?
     나. 결단을 내리고 앞으로 내려갈 자신이 있어?
     다. 시험이 내일인데 놀긴 어디서 놀아?

위의 예문 (31)은 의문문에서 실현된 경우인데 이때 {-어}는 화자가 청자에 대해 의향을 타진하거나 대답을 요구하는 의미로 해석된다. 그러나 형식은 의문문으로 실현되었으나 반드시 대답을 요구하지 않고 강한 긍정 진술을 내포하고 있는 수사 의문문으로 쓰일 때에는 강하게 부정함을 나타내기도 한다.

(32) 가. 집에 가서 먹어.
     나. 왼쪽으로 세 번만 돌려.
     다. 순이야, 너 혼자 쉬고 있어.
     라. 잠자코 가만히 있어.
     마. 어서 말해 줘.

예문 (32)는 명령문에서 실현된 경우로 {-어라}와 비슷한 기능을 지닌다. 이기동(1987:91~92)에서 어느 사람 A가 다른 사람 B에게 명령을 한 경우, B가 곧 A가 시키는 일을 할 경우도 있으나 그렇지 않은 경우를 상정하여, 이때에 A는 B로부터 어떤 도전을 느끼고 자신의 명령을 강조해야 한다고 느낄 수 있고 {-어}가 나타난다고 보았다. '얘, 밥 먹어'의 문장에서 몇 번이고 밥을 먹으라고 했으나 그래도 듣지 않을 때 화자는 일종의 도전을 받는 것이 되어 자신의 명령을 {-어}로 강조하여 나타낸다. 이렇게 한번 시켜서 듣지 않는 경우나 보통은 말을 잘 안 듣는 아이에게 무엇을 시킬 경우에 '너 빨리 내려와! 안 내려오면 때릴 거야.'와 같이 화자는 {-어라}로 표현되는 명령보다 {-어}로 명령하는 수가 많다. 다음은 청유문으로 실현된 경우를 살펴보자.

(33) 가. 여름휴가 때 모두 같이 놀러 가.
　　　나. 우리 다함께 노래해.
　　　다. 잠깐만 기다렸다가 같이 떠나.

위의 (33)의 문장은 청유문에 {-어}가 실현된 경우인데 화자의 주관적인 심리적 태도를 나타낸다기보다는 무표적으로 쓰여 문장 종결의 기능으로 해석된다. 이때 {-어}는 단순한 청유로 볼 수 있고 {-자}로 바꿔 쓸 수 있다. 청유문의 경우 '같이, 다함께' 등의 부사어와 자연스럽게 호응한다.

이처럼 {-어}는 무표로 쓰여 화자 표현형에서는 명제 사실에 대한 화자의 진술이나 느낌을 나타낸다. 청자 요구형에서는 청자의 의향을 물어보거나 대답을 요구하거나 단순한 명령이나 권유를 나타냄을 알 수 있다. 다만 심리 형용사나 감각 동사 등과 함께 쓰여 화자의 즉각적인 심리적 반응을 드러낼 때에는 주관적 태도의 {-어}가 나타남을 알 수 있다. 청자의 반응을 요구하는 문장에서 운율과 함께 실현되어 사태에 대한 화자의 주관적인 태도를 표현하는 것으로 파악된다. 이러한 화용적인 맥락에서도 화자는 사태의 진행 여부에 대한 확실성이 없고 사태가 전개되기까지의 그 어떤 정보도 알지 못한다. 따라서 {-어}의 기본 의미인 [미지(未知)]가 맥락적 상황에서도 동일하게 적용됨을 알 수 있다.

5. {-지}와 {-어}: 旣知와 未知

이 장에서는 반말체 종결어미가 문장에서 화자의 인식적인 표현으로 서법성을 나타냄을 고찰할 것이다. {-지}와 {-어}는 보편적으로 모든 문장 유형에서 두루 쓰인다. {-지}는 {-어}에 비해 유표적인 인식 표현으로 [기지(旣知)]의 의미를 지닌다. {-어}는 현상에 대한 화자의 무표적 인식 표현으로 [미지(未知)]의 의미를 지닌다. 또한 {-어}는 단순한 반말을 의미하는 종결어미이나 {-어}가 종결어미로 쓰인 어떤 문장은 경직된 명령이나 단정적인 내용을 나타내기도 한다. 이는 {-어} 자체의 본래적인 의미 때문에 그런 것이 아니라 운율 요소의 영향 때문이다. 종결어미로 {-어}가 쓰인 문장에 부드러움을 나타내는 운율이 놓이면 부드럽고 친근한 느낌을 주는 것으로 미루어 알 수 있다. 한편 맥락에 따라 {-지}는 '추정'의 의미와 아울러 '친근감'의 의미를 가지고 있는 반말을 나타내는 종결어미이다. {-지}의 의미로 친근감을 드는 이유는 {-어}와 {-지}가 종결어미로 함께 쓰일 수 있는 문장에서 {-지}가 {-어}보다 친근감을 주기 때문이다(한길 1991 참조). 따라서 문장 유형에 따라 반말체 어미가 어떠한 서법적인 의미로 나타나는지를 살피고 나아가 {-어}와 {-지}가 용법상 어떠한 차이를 나타내는지를 고찰한다. 가령 '의도'를 나타내는 문장의 반말 종결어미로는 {-어}가 쓰여야지 {-지}가 쓰이면 비문이 된다. 그리고 '추정'을 나타내는 문장에서는 {-지}가 쓰여야만 문법적인 문장이 된다. 반말체 종결어미 {-지}와 {-어}가 화자 표현형과 청자 요구형에서 나타났을 때 어떠한 차이가 있는지를 살핀다. 이들 종결어미는 평서문, 감탄문, 의문문, 청유문, 명령문에서 두루 나타나며 실제로 문장에서 {-어}의 {-지}의 의미에 있어서 거의 차이가 없고 용법에서도 차이가 없이 서로 대치되어 쓰인다. 다만 화용적 측면에서 약간의 차이가 있다.

(34) 졸업은 했어? / 졸업은 했지?

{-어}는 단순한 질문을 나타내는 데 비해 {-지}는 말할이가 명제 내용에 대하여 '그럴 것이다'라고 추정하고 이에 대하여 들을이에게 동의를 구하거나 확인하는 경우에 나타난다. 좀 더 친근감을 나타낸다고 할 수 있다(한길 1991 참조). {-지}와 {-어}의 차이를 문장에서 실현될 때 나타나는 통사·의미적 특성과 화청자 간의 정보 공유성의 담화·화용적 특성으로 구분한다. 전자를 발화 내적 특성, 후자를 발화 외적 특성으로 보아 {-지}와 {-어}의 차이를 중심으로 살피고자 한다.

5.1. 발화 내적 특성

{-지}와 {-어}는 평서문, 감탄문, 의문문, 명령문, 청유문에서 두루 실현된다. 이에 따른 결합 환경과 의미를 살피면 다음과 같다. 평서문에서는 {-지}와 {-어} 앞에 놓일 수 있는 선어말어미는 {-시-}, {-았-}, {-겠-}이 통합 가능하지만 {-더-}는 불가능하다.

(35) 가. 선생님께서 학교에 오시어 / 오시지.
　　 나. 내가 진작부터 그렇게 생각하였어 / 생각하였지.
　　 다. 내가 그 일을 꼭 해 내겠어 / 넌 아버지가 옳다고 생각하겠지.
　　 라. 철수가 밥을 먹더어 / *먹더지.

(한길 1991:52)

발화 내적으로 {-지}와 {-어}는 교체 가능하고 통사적으로 특별한 차이를 보이지 않는다. 선어말어미 {-겠-}과 통합할 경우 {-겠-}은 [불확실성]의 인식적 양태 의미 영역에 속하며 미래 시제로도 해석될 수 있다. 평서문에서 1인칭 주어와 결합할 경우 화자의 능동적 행위를 수반한 용언과 결합하면 '의도'로 나타나고 3인칭 주어나 상태성 용언과 결합할 경우에는 '추측'으로 실현된다. 이는 {-겠-}의 의미 기능이며 {-지}와 {-어}의 자체의 의미로 '의지'와 '추측'은 실현될 수 없다. 서법 어미 {-겠-}과 통합할 경우에 {-지}와 {-어}의 의미는 우선적으로는 문장의 종결의 기능을 지니고 부차적으로 사태에 대한 화자의 진술을 나타낸 양태 의미로 파악된다.

(36) 가. 나는 내년에 미국에 가겠어.
　　 나. 나는 이다음에 꼭 성공하겠어.

　　다. 나는 오후에 김 선생을 만나겠어.

　　위의 예문 (36)은 평서문으로 주어가 1인칭이고 불확실성의 {-겠
-}은 미래 시제와 관련된다. 이때 서술어는 화자의 행동을 나타내는
동사이므로 {-겠-}이 화자의 의도를 나타내게 된다. 그러나 {-지}인
경우에 '의도'를 나타내는 환경이라도 {-겠-}이 '의도'로 해석되지
않고 '추측'의 의미로 이해된다. 다음의 예문을 살펴보자.

　　(37) 가. 나는 내년에 미국에 가겠지.
　　　　　나. 나는 이다음에 꼭 성공하겠지.
　　　　　다. 나는 오후에 김 선생을 만나겠지.

　　예문 (37)의 경우에 {-겠-}이 '의도'를 나타내는 환경에 놓이더라
도 종결어미의 영향을 받는다는 것을 알 수 있다. 곧 서술법의 {-어}
에서는 {-겠-}이 의도를 나타내는 환경에서 '의도'의 의미를 갖지만
{-지}에서는 의도를 나타내는 상황에서라도 의도의 의미로 이해되
지 않고 추측의 의미로 해석된다. 따라서 평서문에서의 종결어미 {-
지}는 선어말어미 {-겠-}이 주어의 인칭이나 서술어의 종류, 시간에
관한 것에 관계없이 항상 사태에 대한 화자의 짐작의 의미로만 쓰인
다고 할 수 있다.

　　(38) 가. 나는 내일 경찰에 체포되겠어.
　　　　　나. 나는 내일 경찰에 체포되겠지.

　　위의 예문 (38)에서는 서술법으로 주어가 1인칭이고 비확실성의
{-겠-}이 쓰였다. 서술어에 따른 의미는 화자의 능동적인 행위로 이

해될 수도 있고, 수동적인 행위로 이해될 수도 있다. 전자의 {-겠-}
이 화자의 의도로 해석되어 화자가 자진해서 능동적으로 경찰에 잡
히는 것으로 파악되며 후자의 {-겠-}이 화자의 추정으로 이해되어
화자가 수동적으로 경찰에 잡히는 것으로 파악된다. 그러므로 종결
어미가 {-어}가 오는지 {-지}가 오는지의 차이로 의미가 달라졌으며
평서문의 {-지}는 어떤 환경에서도 의도를 나타내는 {-겠-}과는 통
합하지 못하고 추측의 {-겠-}과만 통합될 수 있다.

의문문에서의 {-어}와 {-지} 앞에 통합될 수 있는 형태소로 {-시
-}, {-았-}, {-겠-}은 통합 가능하나 {-더-}는 불가능하다.

> (39) 가. 선생님은 서울에 언제 가셔 / 가시지?
> 나. 무슨 일이 생기었어? / 생기었지?
> 다. 무슨 일이 생기겠어? / 생기겠지?
> 라. *철수가 언제 거기에 가더어? / *가더지?

의문문에서 불확실성의 {-겠-}은 의도를 나타내는 상황이 주어의
인칭에서 평서문과 차이를 보인다. 평서문에는 주어가 1인칭일 때
의도를 나타내는데 비해 의문문에서는 2인칭일 때 청자의 의도를
나타낸다고 한다(서정수 1997:75). 의문문의 {-어}와의 통합에서는
{-겠-}이 의도를 나타내는 환경에 놓이면 청자의 의도를 나타내나
의문문의 {-지}와의 통합에서는 의도의 환경에 놓이더라도 의도의
의미로 이해되지 않고 추측의 의미로만 해석된다.

> (40) 가. (너는) 내년에 미국에 유학 가겠지?
> 나. (너는) 다음번 시험이야 잘 보겠지?
> 다. (너는) 다음 학기에는 열심히 공부하겠지?

주어가 2인칭이고 불확실성의 {-겠-}이 쓰여 미래 시제와 관련된다. 이때 서술어가 동사인데도 {-겠-}이 화자의 의도로 파악되지 않고 화자의 추정의 의미로만 파악됨으로 보아 의문법의 {-지}와 통합되는 {-겠-}은 항상 추측의 의미로만 쓰임을 알 수 있다.

청유문과 명령문에서의 {-지}와 {-어} 앞에 놓일 수 있는 형태소는 아무것도 없다. {-시-}도 통합될 수 없고 다른 선어말어미와도 통합될 수 없다.

다음으로 {-지}와 {-어}가 통합 관계를 이룰 수 있는 서술어에 관해 살펴보자. 각 서법의 {-지}와 {-어}는 서술어 어간에 통합에서 차이를 보인다. 평서문에서의 {-지}와 {-어} 동사, 형용사, 지정사 등 모든 서술어 어간에 통합될 수 있다.

> (41) 가. 언니가 지금 저녁 먹어 / 먹지.
> 　　　나. 나는 강아지와 노는 시간이 좋아 / 좋지.
> 　　　다. 내 장난감을 망가뜨린 사람은 바로 형이야 / 형이지.

의문문에서의 {-지}와 {-어}도 평서문에서와 마찬가지로 모든 서술어 어간에 통합될 수 있어 제약이 없으나 청유문과 명령문에서의 {-지}와 {-어}는 동사의 어간이나 동사처럼 쓰이는 '있-'에 통합될 수 있을 뿐 형용사의 어간이나 형용사처럼 쓰이는 '있-'과 지정사 어간 다음에는 결합될 수 없는 제약이 따른다. 이에 {-지}와 {-어}의 통사적 특성에서는 주어의 인칭과의 공기 관계에서 어떤 제약이 따르는가를 밝히며 {-지}와 {-어}가 간접 인용문으로 포함될 때, 이들이 어떤 중화 형태로 간접화하는가에 대해 논의하기로 한다.

{-지}와 {-어}는 주어와 공기 관계를 이루는 경우에 있어서도 각

서법마다 차이를 보인다. 평서문과 의문문에서는 1인칭, 2인칭, 3인
칭 주어와 공기될 수 있어 인칭상의 제약이 없으나 청유문에서는 공
기될 수 있는 주어로 1인칭 복수만 가능하다. 일반적으로 주어가 표
면상 생략되며 보통 '같이, 함께' 등 둘 이상을 나타내는 부사어와
공기 관계를 이룬다. 명령문에서는 주어로 2인칭만이 가능하며 1인
칭이나 3인칭 주어는 공기할 수 없다.

　주어의 인칭에 제약이 있느냐 없느냐는 서법에 따라 차이가 있으
나 반말체 종결어미는 모두 주어에 공통의 어휘적인 제약이 따르게
된다. 가령 주어가 1인칭인 경우에는 '나'는 공기할 수 있으나 '저'
는 공기할 수 없고 2인칭인 경우에는 아주 높임이나 예사 높임의 대
명사나 이에 해당하는 어휘는 공기할 수 없으나 아주 낮춤이나 예사
낮춤의 대명사인 '너'와 '자네'는 자연스럽게 공기할 수 있다. 3인칭
인 경우에는 주어의 높임의 정도와는 관계없이 모두 공기 관계를 이
룰 수 있다(한길 1991 참조).

　{-지}와 {-어}가 간접 인용문으로 드러날 때, 종결어미 중화 현상
이 적용되어 각 서법에서의 중화 형태로 바뀌게 된다. 평서문의 {-
지}와 {-어}는 간접인용문에 포함될 때 평서문 종결어미의 중화 형
태인 {-는다}로 대치될 수 있다.

(42) 가. 갑-을 : 철수가 학교에 가아.
　　 나. 을-병 : (갑이 나에게) 철수가 학교에 간다고 한다.
　　 다. 갑-을 : 놀랄만한 소식을 가지고 왔지.
　　 라. 을-병 : (갑이 나에게) 놀랄만한 소식을 가지고 왔다고 한다.

　그런데 서술어의 어간에 선어말어미가 통합되지 않고 평서문의

{-지}가 직접 통합되는 경우에는 {-지}가 간접인용문에서 {-는다}로
만 중화되는 것이 아니라 서법 형태소 {-겠-}이 첨가되어야 자연스
러운 문장이 되는 경우가 있다.

(43) 가. 갑-을 : 내가 그 친구를 한번 만나지.
　　나. 을-병 : (갑이 나에게) 자기가 그 친구를 한번 만나겠다고 한다.
　　다. 갑-을 : 내가 잠깐 생각할 여유를 주지.
　　라. 을-병 : (갑이 나에게) 자기가 잠깐 생각할 여유를 주겠다고
　　　　　　 한다.
　　마. 갑-을 : 내가 설명해 주지.
　　바. 을-병 : (갑이 나에게) 자기가 설명해 주겠다고 한다.

　평서문의 {-지}가 간접 인용문에서는 '-겠다'로 대치되었는데 이
때 종결어미가 평서문의 {-지}인 문장의 특징은 주어가 1인칭이고
서술어가 행위성을 수반하는 동사이며, 선어말어미가 통합되지 않
은 점이다. 이와 같은 상황이 아닌 경우에는 {-지}가 '-겠다'로 중화
되지 않음을 다음의 예문을 통해 확인할 수 있다.

(44) 가. 갑-을 : 당신이 이 일기장을 보았을 리가 없지.
　　나. 을-병 : *(갑이 나에게) 내가 그 일기장을 보았을 리가 없겠
　　　　　　 다고 한다.
　　다. 갑-을 : 시절을 잘못 만난 탓이지.
　　라. 을-병 : *(갑이 나에게) 시절을 잘못 만난 탓이겠다고 한다.
　　마. 갑-을 : 내 귀는 아무도 못 속이지.
　　바. 을-병 : *(갑이 나에게) 자기 귀는 아무도 못 속이겠다고 한다.

　예문 (44)에서와 같이 평서문의 {-지}가 종결어미인 문장에서 주

어가 1인칭이고 서술어가 동사이며 선어말어미가 통합되지 않은 경우에 간접 인용문으로 포함될 때 {-지}는 '-겠다'로 중화된다고 할 수 있는데 {-지}에는 {-겠-}의 의미 자질이 포함되어 있는 것으로 파악된다. 이와 같은 상황에 쓰인 {-지}의 의미를 고영근(1976:44)에서는 '약속'이라 하였다.

　다음으로 의문문에서의 {-지}와 {-어}가 간접 인용문으로 실현될 때 의문문 종결어미의 중화 형태인 {-느냐}로 중화되며, 청유문의 {-지}와 {-어}는 {-자}로, 명령문의 {-지}와 {-어}는 {-으라}로 중화된다.

　　　(45) 가. 갑-을 : 어떻게 그렇게 할 수가 있어? / 있지?
　　　　　　나. 을-병 : (갑이 나에게) 어떻게 그렇게 할 수가 있느냐고 한다.
　　　　　　다. 갑-을 : 같이 가아. / 같이 가지.
　　　　　　라. 을-병 : (갑이 나에게) 같이 가자고 한다.
　　　　　　마. 갑-을 : 밥 먹어. / 밥 먹지.
　　　　　　바. 을-병 : (갑이 나에게) 밥 먹으라고 한다.

　예문 (45)와 같이 반말체 종결어미 {-지}와 {-어}가 간접 인용문으로 나타날 때, 문장 종결 양식에 따라 {-어}는 {-는다}로 중화되고 {-지}는 {-는다} 또는 특수한 환경에서는 {-겠다}로, 의문문에서는 {-느냐}로, 청유문에서는 {-자}로, 명령문에서는 {-으라}로 중화됨을 알 수 있었다(한길 1991 참조).

　　　(46) 가. 너 점심 먹었어, 안 먹었어?
　　　　　　나. *너 점심 먹었지, 안 먹었지?
　　　　　　다. 그 영화 재미있어, 재미없어?
　　　　　　라. *그 영화 재미있지, 재미없지?

선택 의문문의 경우, {-어}는 가능한 반면에, {-지}는 불가능하다. {-어}는 문장에 담긴 명제 내용에 대하여 전혀 모르거나 완전하게 알지 못하는 것에 해당하는데, {-지}는 문장에 담긴 명제 내용에 대하여 화자가 이미 어느 정도 믿음이나 확신을 가지고 있다는 것을 보여준다(윤석민 2000:158). 따라서 화자는 단지 그러한 자신의 믿음이나 확신에 대하여 청자에게 동의를 구하거나 확인을 요구할 뿐이다. 선택 의문문은 두 가지 가능성 가운데 한 가지를 묻는 것인데, 이미 어떤 한 가지 가능성에 대하여 믿음이나 확신을 가지고 선택을 요구할 수 없기 때문에 {-지}는 선택 의문문에서 사용되지 못한다.

5.2. 발화 외적 특성

발화 외적 특성은 담화 상황에서 화용론적 입장을 고려한 것으로 볼 수 있다. 특히 {-지}와 {-어}의 차이는 화자와 청자 사이에 [정보 공유성] 정도에 따라 세부적인 의미 차이가 나타난다. 장석진(1973: 127-130)에서 화용론적 입장에서 서법에 따라 {-지}의 의미를 밝혔다. 서술법의 {-지}는 '추정적인(suppositional)' 의미를 갖는다 하였고 물음법의 {-지}는 '말할이 자신이 추정한 제의에 동의를 구하는' 의미를 갖는데 영어의 부가의문문과 일치한다. 명령법의 {-지}는 '요구나 명령보다는 제의'의 의미를 갖는다고 하였다. 그리고 청유법의 {-지}는 '건의나 요구보다는 제의'의 의미를 갖는다고 하였다. {-지}의 기본적 의미로는 '추정(suppositiveness)'을 들고 있다. 장석진(1973)은 {-지}의 쓰임을 화맥에서 찾아 이를 바탕으로 기본 의미를 '추정'으로 설정하였는데 실제 예문에서 '추정'의 의미로 해석되지 않는 경우가 있다.

> (46) 가. 내가 어렸을 때는 공부를 잘 했었지. (회상)
>   나. 내가 설명해 주지. (약속)
>   다. 이분이 교장선생님이시지. (부드럽고 친근감을 주는 서술)

위의 예문 (46)에서 {-지}는 '추정'의 의미가 나타나지 않는다. 따라서 {-지}의 기본의미로 '추정'만을 드는 것은 '추정' 이외에 여러 다른 의미를 갖고 있는 {-지}를 효과적으로 설명하기가 어렵다.

한편 화자 표현형에서의 {-지}는 주어의 인칭이나 서술어의 종류에 관계없이 완료의 {-았-}이나 단속의 {-았었-}과 통합되면 '회상'의 의미로 해석되나(한길 1991), 이는 선행하는 선어말어미의 기능에 이끌린 것으로 보인다. {-지} 자체의 의미는 화자가 이미 일어난 사태에 대한 짐작을 나타내는 것으로 볼 수 있다.

> (47) 가. 나는 어릴 때 공부를 잘 했지 / 했었지.
>   나. 너는 어릴 때 참 예뻤지 / 예뻤었지.
>   다. 그분이 우리 담임선생님이셨지.

위의 예문(47)은 {-았-}과 {-았었-}의 시제 형태소가 통합되는데 {-지}는 명제 내용에 대한 화자의 진술로 [과거 사태에 대한 짐작]으로 해석될 수 있다. 또한 평서문의 {-지}는 화자의 인칭이나 서술어의 종류에 관계없이 불확실성의 {-겠-}과 통합되면 '추정 서술'의 의미로 이해될 수 있다(한길 1991).

> (48) 가. 내가 다음번에 당선되겠지.

나. 죽어도 여기서 죽을 수밖에 딴 방법이 없겠지.
다. 누가 듣고 있는 건 아니겠지.

{-겠-}이 {-지}와 통합되어 명제 내용에 대한 화자의 추정 서술로 파악된다. 이때 {-지}는 '친근하거나 부드러운 서술'의 의미로 문장 종결의 기능을 갖는다.

고영근(1976:44)에서는 {-지}는 화자의 주관적 상념을 표시하는 것으로 이해된다고 하고 {-어}가 서실적인데 비해 {-지}는 서상적이라고 하였다. {-지}가 서술법으로 쓰일 때 1인칭(나, 우리)과 호응하면 약속의 용법이 드러난다고 하였다. 그런데 {-지}가 {-어}에 비하여 말할이의 주관적 생각을 나타내는 것이 일반적이기는 하나, 서술법의 {-지}가 1인칭과 호응한다고 해서 항상 약속의 용법으로만 이해되지는 않는다.

(49) 가. 내가 시장에 다녀오지.
    나. 내가 시장에 다녀왔지.
    다. 내가 설명하지.
    라. 내가 책임을 지지.
    마. *내가 시장에 다녀오겠지.

평서문에서의 {-지}는 주어가 1인칭이고 선어말어미가 통합되지 않으며 서술어가 동사일 때 화자의 '약속'의 의미로 해석된다. 반면에 나머지 예문들에는 약속의 의미가 드러나지 않고 다만 선어말어미 {-겠-}, {-았-} 등에서의 차이만 있다.

서정수(1984:71)에서는 각 서법에 따라 {-지}의 의미를 파악하였는데 {-지}가 서술형으로 쓰일 때는 대개 사실을 확인하고 다짐하는 느낌이 가미된다고 하였다. 의문문으로 쓰일 때는 대개 화자가 생각하거나 믿는 바에 대하여 청자의 동의나 확인을 바라는 뜻이 시사되고, '어디', '무엇' 등 모름을 나타내는 말이 쓰일 때는 보통 의문을 드러낼 뿐이라 하였다. 명령문으로 쓰일 때는 '제외' 또는 '권유'의 느낌이 있고 청유문과 어울릴 때는 같이 행동하기를 은근히 제의하는 느낌이 있다고 하였다.

> (50) 가. 넌 가수 중에 누구를 좋아해? / 좋아하지? (친근, 부드러운 물음)
> 나. 내일 저녁에는 뭐를 먹어? / 먹지? (친근, 부드러운 물음)
> 다. 이번 시험에도 지혜가 1등이야? / 1등이지? (추정 확인 물음)
> 라. 저 분이 박 선생님이시지? (추정 확인 물음)

의문문에서의 {-지}와 {-어}는 의문문의 종류에 따라 의미가 다르다. 의문사가 있는 의문문에서의 {-지}는 {-어}에 비해 '친근하거나 부드러운 물음'으로 이해되며 대답으로 '예-아니오'를 요구하는 의문문에서의 {-지}는 '화자가 추정한 것을 청자에게 확인하기 위한 물음'의 의미로 이해된다(한길 1991 참조).

> (51) 가. 어떻게 그렇게 할 수 있어? (실제로는 그렇게 할 수는 없다)
> 나. 누가 그런 말을 해? (아무도 그런 말을 하지 않았다)
> 다. 어딜 가? (아무 데도 못 간다)

또한 의문문에서의 {-어}가 실현된 위의 예문들은 수사의문문으로 이해될 수 있다. 곧 표면상으로는 의문문의 형식을 취하지만 내면적으로는 강한 부정적 서술을 나타내는 예들이 있다. 위의 예문들은 표면상으로는 의문문으로 이해되지만 내면적으로는 강한 부정적 서술을 나타낸다. 표현 행위(locutionary act)는 수행력(force)으로 나타난다고 할 수 있다.

> (52) 가. 이번 프로젝트를 같이 하지 / 해.
>   나. 빨리 좀 가지 / 가.
>   다. 오늘은 일 그만하고 같이 놀지 / 놀아.

위의 예문 (52가)~(52다)는 청유문에서의 {-지}와 {-어}의 실현을 제시한 것이다. {-지}가 {-어}에 비해서 '화자가 청자에게 명제 내용을 함께 하기를 부드럽게 제의'하는 의미로 이해된다. 명령문에서의 {-지}는 '화자가 청자에게 명제 내용을 해 주기를 부드럽게 권유'하는 의미로 이해된다. 이처럼 명령이나 청유를 나타내는 문장에서 {-어}는 상대방에게 직접 명령하는 의미를 나타내지만 {-지}는 직접 명령하기보다는 간접적으로 권유하는 의미를 나타내어 {-어}보다 친근하고 부드럽게 느껴진다. 한길(1991)에서는 서법에 따라 다르게 나타나는 {-지}와 {-어}의 의미 차이를 밝혔는데 이들의 공통적 의미 특성으로는 {-어}가 '단순한 반말'임에 비해 {-지}는 '부드러운 반말'을 추출할 수 있다고 하였다.

(52다)에서와 같이, {-지}는 {-어}와 달리 청자에게 자신과 함께 문장에 담긴 행동을 실행할 것을 제안하는 데 그치지 않고 자신이 제안하는 행동에 대하여 청자가 틀림없이 동참할 것이라고 믿거나 확신하고 있다는 뜻을 드러낸다. 즉, 화자는 자신의 제안이 자신뿐만 아니라 청자에게도 받아들여질 만한 어떤 이유를 가지고 있을 때 이러한 형태로 청자에게 제안한다. 명령문에서는 다음과 같이 실현된다.

(53) 가. 이제 그만 가지 / 이제 그만 가.
　　 나. 빨리 좀 오지 / 빨리 좀 와.

(53가)~(53나)에서, {-지}는 청자가 요구를 수용할 것이라는 믿음을 가지고, 즉 기지(既知)의 사실을 재확인하는 경우에 나타난다. 반면에 {-어}는 사태에 대해 불확실한 정보를 지니므로 미지(未知)의 의미이다. 화자는 단지 청자가 그러한 행위 또는 사건이 이루어질 것을 기대하는 것이다.

맥락적인 측면에서 {-어}는 상관적 장면에서 주로 사용된다. 즉, 화자와 청자가 이야기를 주고받는 대화에서 주로 쓰인다. 그러나 {-어}는 청자를 전제하지 않은 화자의 혼잣말인 단독적 장면에서도 쓰인다. 화자 이외 아무도 없는 상황에서 '아휴, 더워'라고 발화했을 때 이 발화는 화자의 혼잣말이므로 단독적 장면에 해당한다. 종결어미 {-어}는 입말에서 주로 쓰이므로 실제 발화에서 종결접미사 {-어}인 문장은 성분 생략이 많이 일어나고 토씨가 자주 생략되는 현상이 일어난다(한길 1991:59~64).

{-지}의 화용적 특성을 살펴보면, {-어}와 마찬가지로 화자와 청자가 이야기를 주고받는 대화에서 곧 상관적 장면에서 주로 쓰인다. 이처럼 {-지}도 대화에서 주로 쓰이기 때문에 실제 발화에서 종결어미가 {-지}인 문장은 성분 생략과 조사의 생략 현상이 많이 일어난다. 또한 {-지}는 화자와 청자의 관계에서 화자가 청자에게 친근감을 갖고 대할 때나 부드럽게 대할 때 쓰이며 화자가 청자를 높이고자 하는 의향이 없을 때 사용된다.

평서문의 {-지}는 앞서 밝힌 바와 같이 表면상의 부정문이 내면적으로 긍정문으로 이해되는 문장의 종결어미로는 쓰일 수 없으며, 의문문의 {-지}는 수사의문문의 종결어미로 쓰이는 일이 거의 없으며, 있더라도 {-어}는 강한 부정적 서술을 나타냄에 비하여 {-지}는 부정의 정도가 약화된다. 명령문이나 청유문에서의 {-지}도 강한 명령이나 청유의 수행력을 갖지 못하는데 그 이유는 {-지} 자체가 '부드러운 반말'이라는 의미적 특성을 갖기 때문으로 볼 수 있다.

6. 마무리

본 연구에서는 반말체 종결어미의 서법적인 특징을 논하였다. 특징적으로 반말체 종결어미 {-지}와 {-어}는 화자의 인식적인 태도를 표현하는 의미로, 서법 범주의 특징을 잘 보여준다. 반말체 종결어미 {-지}와 {-어}는 서법, 화계, 문체법 등 각 문법 범주가 겹쳐서 실현되고, 화자의 다양한 화행상의 의도를 문법화 한 것이므로 담화 차원까지 고려하여야 한다. 본 연구에서는 맥락에 따른 {-지}와 {-어}의 의미를 고찰하였다.

앞에서 살펴본 바와 같이 {-지}와 {-어}는 [기지(旣知)]와 [미지(未知)]의 문법적인 의미를 지닌다. {-지}는 화자가 이미 아는 사실을 나타내는데 쓰이므로 인식의 유표성을 나타내고, {-어}는 어떠한 사태가 앞으로 전개될 경우에 쓰이므로 인식의 무표성을 드러낸다. 화자의 인식적인 표현을 나타내는 경우, 소위 서법 형태소라 하여 선어말어미가 담당하는 것이라고 여겨 왔다. 본 연구에서는 화자의 인식론을 포함하는 {-지}와 {-어}는 종결어미로써 반말체로 실현된다는 점을 고찰하였다. 국어의 서법 범주를 담당하는 요소가 반말체 종결어미에서 현저하게 나타나며, 사태에 대한 화자의 인식적 태도를 충분히 반영한다. 본 연구에서는 문법 형태소로서의 {-지}의 의미 기능을 기지[旣知], {-어}의 의미 기능을 미지[未知]로 보았는데, 담화 상황에서도 이들의 기본 의미로부터 확장되어 맥락적 의미를 획득하는 것으로 파악하였다.

▌참고문헌▌

고성환. 1998. "문장의 종류." 「문법 연구와 자료」 서울: 태학사.

고영근. 1965. "현대국어의 서법 체계에 대한 연구: 선어말어미의 것을 중심으로." 「국어연구」(국어연구회) 15.

고영근. 1976. "현대국어의 문체법에 대한 연구." 「어학연구」(서울대학교 어학연구소) 12-1.

고영근. 2004. 「한국어의 시제 서법 동작상」 서울: 태학사.

구연미. 1992. "서법 범주로서의 추정법에 대하여." 「우리말연구」(부산대) 2.

김경훈. 1998. "시제, 상, 서법의 상관관계에 대한 일고찰." 「개신어문연구」(개신어문학회) 15.

김민수. 1971. 「국어문법론」 서울: 탑출판사.

김민수. 1981. 「국어의미론」 서울: 탑출판사.

김일웅. 1993. "한국어의 서법: 서법의 개념과 하위범주." 「우리말연구」(부산대) 3.

남기심·고영근. 1993. 「표준국어문법론」(개정판) 서울: 탑출판사.

노마히데키. 2003. 「한국어 어휘와 문법의 상관구조」 서울: 태학사.

도원영. 1997. "시제·상·서법 연구사." 「우리어문연구」(우리어문학회) 10.

박나리. 2000. "국어 평서문 종결어미의 서법 의미에 대하여: 격식체와 비격식체의 비교대조를 중심으로." 「이화어문학회」(이화어문논집) 18.

박나리. 2004. "한국어 교육문법에서의 종결어미 기술에 대한 한 제안." 「이중언어학」(이중언어학회) 26.

박덕유. 1999. "현대국어의 상, 시제, 서법에 관하여." 「선청어문」(서울사대) 27.

박병선. 2000. "현대 국어 양태 표현의 변천: 서법 내용을 중심으로." 「현대 국어의 형성과 변천 2」 서울: 박이정.

박선자. 1993. "한국어 서법 연구." 「우리말연구」(부산대) 3-1.

박승빈. 1931. 「조선어학강의요지」 경성: 보성전문학교.(「역대한국문법대

계」 1부 19책)

박영준. 1995. "국어 반말 종결어미의 역사성." 「어문논집」(민족어문학회) 35.

박영준. 1997. "종결어미 '-지'에 대하여." 「한국어학」(한국어학회) 1.

박재연. 1999. "국어 양태 범주의 확립과 어미의 의미 기술." 「국어학」(국어학회) 34.

박재연. 2003. "국어 양태의 화·청자 지향성과 주어 지향성." 「국어학」(국어학회) 41.

서정수. 1986. "국어의 서법." 「국어생활」(국어연구소) 7.

서태룡. 1985. "정동사어미의 형태론." 「진단학보」(진단학회) 60.

시정곤. 1992. "국어의 기능범주에 대하여." 「국어학연구백년사 I」 서울: 일조각.

안병희. 1967. "한국어발달사 中." 「한국문화사대계 V」 서울: 고려대학교 민족문화연구소.

안병희·이광호. 1990. 「중세국어문법론」 서울: 학연사.

양태식. 1979. "서법 논의에 대한 몇가지 문제." 「수련어문논집」(부산여대) 7.

윤석민. 1998. "문장종결법." 「문법 연구와 자료」 서울: 태학사.

윤석민. 2000. 「현대국어의 문장종결법 연구」 서울: 집문당.

이기갑. 1987. "의도 구문의 인칭 제약." 「한글」(한글학회) 196.

이기문. 1961/1998. 「국어사개설」(新訂版) 서울: 탑출판사.

이남순. 1998. 「시제·상·서법」 서울: 도서출판 월인.

이숭녕. 1961/1981. 「중세국어문법: 15세기어를 주로 하여」 서울: 을유문화사.

이유기. 1997. "17세기 국어 문장 종결 형식의 연구." 동국대 박사학위논문.

이유기. 2000. "현대국어의 문체법." 「동악어문논집」(동악어문학회) 36.

이익섭. 2001. 「국어사개설」 서울: 학연사.

이인모. 1975. "중세국어의 서법과 시제의 연구." 고려대 박사학위논문.

이지양. 1990. "서법." 「국어연구 어디까지 왔나」 서울: 동아출판사.

이효상. 1995. "다각적 시각을 통한 국어의 시상체계 분석." 「언어」(한국언어학회) 20-3.

이희승. 1949. 「초급국어문법」 서울: 박문출판사.(「역대한국문법대계」 1부 32책)

임홍빈. 1980. "'겠'과 대상성." 「한글」(한글학회) 170.

임홍빈·장소원. 1995. 「국어문법론 1」 서울: 한국방송통신대학교.

장경현. 2006. "인터넷 블로그에 나타나는 종결어미 '-지(요)'의 용법과 의미." 「한국어 의미학」(한국어 의미학회) 19.

장경희. 1985. 「현대국어의 양태 범주연구」 서울: 탑출판사.

장경희. 1997. "국어 대화에서의 서법과 양태." 「국어교육」(한국국어교육연구회) 93.

장경희. 1998. "서법과 양태." 「문법 연구와 자료」 서울: 태학사.

정유남. 2006. "현대 국어 추측의 양태 의미 연구." 고려대 석사학위논문.

조일영. 1994. "국어 양태소의 의미 기능 연구: 시간관련 선어말어미를 중심으로." 고려대 박사학위논문.

주시경. 1910. 「국어문법」 경성: 박문서관.(「역대한국문법대계」 1부 11책)

차현실. 1991. "반말체의 구성과 반말체 어미의 문법적 기능에 대하여." 「이화어문논집」(이화여대 한국어학연구소) 13.

최현배. 1937/1961/1977. 「우리말본」 서울: 정음문화사.

한길. 1991. 「국어의 종결어미 연구」 춘천: 강원대학교 출판부.

홍기문. 1947. 「조선문법연구」 서울: 서울신문사.(「역대한국문법대계」 1부 15책)

홍종선 외. 2000. 「현대 국어의 형성과 변천」 1·2·3 서울: 박이정.

허 웅. 1973/1975. 「옛말본」 서울: 과학사.

Bybee, Joan. 1985. *Morphology*. Amsterdam/Philadelphia: John Benjamins Publishing Company. (이성하·구현정 역. 2000. 「형태론」 서울: 한국문화사.)

Jespersen, O. 1924. *The Philosophy of Grammar*. London: George Allen & Unwin LTD. (이환묵·이석무 역. 1987. 「문법철학」 서울: 한신문화사.)

Palmer, F.R. 2001. *Mood and Modality*. Second edition. Cambridge:

Cambridge University Press.

▌사전자료▌

국립국어원 편. 1999. 「표준국어대사전」 서울: 두산동아.
이희자·이종희. 2001. 「한국어 학습용 어미·조사 사전」 서울: 한국문화사.
연세한국어 전자사전. http://dic.dreamwiz.com/krdic/

찾아보기

국어 문법의 탐구 1

┃저자약력┃

홍종선 고려대학교 문과대학 국어국문학과 교수
박주원 고려대학교 민족문화연구원 국어사전편찬실 연구원
백형주 고려대학교 문과대학 국어국문학과 대학원
정경재 고려대학교 민족문화연구원 국어사전편찬실 연구원
정연주 한성대학교 강사
정유남 고려대학교 문과대학 국어국문학과 대학원

국어 문법의 탐구 1
국어의 시제, 상, 서법

초판인쇄 2009년 8월 20일
초판발행 2009년 9월 1일

저자 홍종선·박주원·백형주·정경재·정연주·정유남

발 행 인 윤석원
발 행 처 도서출판 박문사
책임편집 김진화
등록번호 제2009-11호

우편주소 서울시 도봉구 창동 624-1 현대홈시티 102-1206
대표전화 (02) 992 / 3253
팩시밀리 (02) 991 / 1285
전자우편 bakmunsa@hanmail.net

ⓒ 홍종선·박주원·백형주·정경재·정연주·정유남 2009 All rights reserved. Printed in KOREA

ISBN 978-89-962895-7-9 94810   정가 12,000원
ISBN 978-89-962895-6   (전3권)